RAP

레이드 : 신의 탄생 1

초판 1쇄 인쇄일 2015년 11월 20일 | **초판 1쇄 발행일** 2015년 11월 24일

지은이 박민규 | **펴낸이** 곽중열 | **담당편집 팀장** 이범수
편집부 신연제 이윤아 김호성 김은경

펴낸곳 (주)조은세상 | 출판등록 제 2002-23호
주소 경기도 연천군 미산면 청정로 1355
TEL 편집부 02)587-2966 | FAX 02)587-2922
e-mail bukdu@comics21c.co.kr

ⓒ박민규 2015
ISBN 979-11-5832-354-7 | ISBN 979-11-5832-353-0(set) | 값 8,000원

NEO MODERN FANTASY STORY

레이드

:: 신의 탄생

박민규 현대판타지 장편소설

①

북두
(주)좋은세상

레이드
:: 신의 탄생

1. 발록

NEO MODERN FANTASY STORY

RAID
신의 탄생

1. 발록

레이드

NEO MODERN FANTASY STORY

대한민국.

서울 도심 한복판에 정체를 알 수 없는 문이 솟았다. 검은 불꽃에 휩싸인 문의 상단에는 뿔이 솟아있었다.

대한민국의 삼대길드. 활인, 화랑, 워스트의 움직임이 다급해졌다. 정체를 알 수 없는 문의 등장. 문 앞에는 국내에서 내로라하는 각성자들이 원을 그리며 긴장을 유지하고 있었다.

긴장감 속. 문의 공간이 일그러지며 사람의 형체를 한 검은 피부의 존재들이 걸어 나왔다. 그린 듯한 외모에 서슬퍼런 눈빛을 가진 그들의 머리에는 돼지꼬리처럼 말린 뿔이 솟아 있었다. 숫자는 둘. 남자 하나 여자 하나.

'마족…?'

화랑 길드의 스트라이커. 김두길은 S급 각성자다. 쉰 중
반의 나이지만 1m 90cm는 될 정도로 큰 키에 우락부락한
체격을 가지고 있다. 우리나라에서 공격계 계열로는 따라
올 수 없는 강자. 그의 등에는 막중한 무게를 자랑하는 바
스타드 소드가 걸려 있었다.

그는 등장한 존재가 마족이라 알아챘다.

각 길드의 스트라이커들 역시도 눈치 챈 듯 싶다.

처음 마족은 세계적인 몬스터 아웃 브레이크가 세계를
강타했을 때 일본에 등장했다는 이야기가 있었다. 그 당시
일본은 다른 국가에 비해 단 시간에 더욱 많은 피해를 입었
고 세계인들은 일본이 안일한 대처를 감추기 위해 거짓을
말했다고 주장하기도 했다. 마족은 홀연 듯 자취를 감췄기
때문이다.

이젠 일본의 발언이 사실임이 입증되었다. 그들의 머리
에 솟은 뿔로.

누군가 마른 침을 꿀꺽 삼켰다.

[이제 곧이군. 그분이 오신다.]

주위를 감싼 인간들을 본 남성체를 한 마족의 입이 열렸
다.

바스타드 소드의 그립을 잡은 김두길의 표정이 굳어졌
다.

'하필이면 그가 없을 때라니.'

평소에는 치가 떨리게 싫은 사람이었다. 김두길의 시선이 활인길드의 대표 주자에게로 돌아갔다. S-각성자. 이수현이였다. 역시 공격계 계열. 활인길드의 진짜 스트라이커를 대신한 사내. 그 역시 강하지만 활인에는 더욱 강한 강자가 있었다.

그는 코리안 나이트라 불리며 대한민국의 수호신으로 통용된다. 세계의 삼대 길드가 대한민국이란 조그마한 나라를 무시하지 못하는 이유는 그가 있기 때문이다.

그는 지금 이곳에 없었다.

'그를 찾다니 나도 참. 이곳에 있는 우리라면 할 수 있다.'

마족에 대한 정보는 없다. 허나 그들의 앞을 막은 이들은 우리나라의 강자들뿐이었다.

김두길의 눈이 한 사람에게 신호를 줬다.

워스트 길드의 국내 랭크 12위. 이한나였다.

지원계 계열의 국내 최고의 실력자. 전장의 메딕.

끄덕.

이한나의 손바닥 위로 새하얀 날개가 돋았다.

새하얀 날개는 푸드득 거리며 허공으로 날아올라 그 크기가 독수리의 날개만큼 커졌다.

그녀의 눈이 번쩍이는 순간.

"축복-신의 날개."

서른 명이 넘는 각성자들의 날개뼈 죽지로 날개가 솟았
다가 사라졌다.

각성자들의 몸에 힘이 솟았다.

"쿨럭!"

이한나의 얼굴이 사색이 되며 피를 토했다. 그녀가 할 일
은 여기서 끝났다. 모두의 신체가 믿기 힘들만큼 강화되었
다. 지원계 육체강화.

[이것 봐 알란. 이 미천한 벌레들이 내 미모에 반해서 숨
을 죽이고 있잖아.]

[시끄럽다. 헨더.]

여성체 마족의 말에 알란이란 마족은 굵게 말했다.

알란의 얼굴로 실소가 스쳤다.

[미개한 것들이 감히.]

파아앗!

"흐으읍!"

바스타드 소드가 허공 높이 활시위처럼 젖혀졌다. 싸움
의 시작을 알리는 초탄이었다.

❖ ❖ ❖

활인길드의 마스터 오재원은 워스트 길드, 화랑 길드의
마스터와 다급한 무전을 주고 받았다. 눈앞에서 말도 안 되

는 끔찍한 참상이 벌어지고 있었다.

마족의 손에 국내 랭커들이 삽시간에 쓰러져 나가고 있었다. 비명이 난무한다. 목이 뒤틀리고 머리가 터지고 사지가 절단되며 허무하게 생을 마감하고 있었다.

"이런…."

그는 주먹을 쥐었다. 염인빈. 자신의 친구. 그만 있었더라면. 그가 있다면 달라지는 것이 있었을 지도 모른다.

아니, 달라졌을 것이다. 하필 그가 미국에 갔을 때 이런 일이 벌어지다니.

"쿨럭."

왼쪽 팔이 처참한 몰골로 잘려나간 김두길이 피를 울컥 토했다. 주위는 삽시간에 아비규환으로 변해 있었다. 생채기 하나 내지 못했다.

자신이.

[그대가 인간 중 가장 강한가?]

마족은 전투를 즐긴다. 강한 자를 찾아 갈증을 느끼듯 갈망한다.

[인간의 한계다.]

알란이란 마족의 팔이 올라갔다. 그의 팔은 칼처럼 날카롭고 치명적이다. 자신은 단칼에 베인 무처럼 깨끗이 썰릴 것이다.

'빌어먹을, 그 재수 없는 얼굴이 그립긴 처음이군.'

김두길은 실소를 토했다.

스르르 눈이 감겼다.

[호오.]

모든 싸움은 알란이란 마족 혼자서 행했다. 등 뒤에서 팔짱을 낀 채 지루하다는 듯 지켜보던 마족 헨더가 흥미롭단 소리를 뱉었다.

천천히 눈을 뜬 김두길의 눈앞에는 활인길드의 문양. 검을 감싼 용이 그려진 등이 보였다.

"왔는가."

"조금 늦었습니다."

차분하게 내려앉은 묵직한 음성. 허나 믿을 수 있는 그 목소리, 활인길드의 진짜 스트라이커. 대한민국의 코리안 나이트. 염인빈이었다.

알란의 칼처럼 뻗어진 손날을 막은 것은 인빈의 단 한 손이었다.

"난 좀 쉬지."

김두길의 몸이 옆으로 쓰러졌다. 인빈의 눈이 주위를 훑었다. 많은 이들이 죽은 듯 보였다. 가족이 있고 연인이 있는. 책임 져야할 사람들이 있는 자들이다.

"많이도 죽였군."

퍼억!

눈 깜짝할 사이였다. 안면을 강타당한 알란의 몸이 뒤로 밀려났다.

[와, 강한데. 저 인간!?]

헨더는 감탄을 뱉었다. 차갑게 내려앉은 인빈의 시선이 그녀에게 돌아갔다.

"너희 둘은 이 자리에서 죽는다."

쉬운 적이 아니다. 최대한 빠르게 끝내야 한다.

"개방."

알란이 뻐근한 목을 우둑 풀었다.

"영광-1문."

콰콰쾅!

하늘에서 내려친 번개가 인빈의 몸을 휘감았다. 번쩍하는 빛이 걷어졌을 때, 그의 머리칼은 황금빛으로 물들어 있었다. 갈색 눈동자는 붉게 타오르고 있었다.

그리고 알란의 눈앞에 그의 주먹이 있었다.

퍼억!

파앙!

공기를 찢는 소리도 나지 않을 정도로 빠른 발이 알란을 차올렸다.

후웅!

허공으로 밀려난 알란은 눈을 크게 떴다.

빛과 같았다. 보이지 않을 정도로 빠르다. 번개와 같다.

또한, 그 주먹은.

퍼어억!

믿기지 않을 만큼 강했다.

우측에서 나타난 그 주먹이 복부를 후려치면 알란이 뒤

늦게 반응해 주먹을 휘둘렀다. 그럼 또 다시 그는 좌측에서 나타나며 그를 후려쳤다.

퍼 퍼퍼퍽! 퍼퍼퍽! 퍽!

오재원의 눈이 희열을 머금었다.

'인빈…!'

오재원의 눈으로 허공에 떠오른 인빈의 모습을 눈으로 쫓기도 힘들었다. 번개처럼 그의 몸은 번쩍였으며 그럴 때마다 마족은 몸을 뒤틀며 허공에 빈주먹을 휘두를 뿐이었다.

[적당히 하지?]

인빈의 등 뒤로 서슬퍼런 목소리가 들렸다.

지켜보던 헨더.

뱀의 입처럼 날카롭게 목덜미를 노리는 그 손을 알란의 목덜미를 움켜잡아 앞세워 막았다.

헨더의 손이 멈췄다.

"너희 같은 마족에게도 동료애가 있나? 눈물겹군."

그는 조롱하며 비웃는다. 인빈의 주먹에 강한 기운이 맺혔다. 각성자들은 대부분 차크라 능력을 사용한다. 그러나 유일무이. 인빈에겐 전혀 다른 성질을 가진 카르마가 흐르고 있다. 이 카르마는 인빈에게 무시무시한 괴력을 준다.

우지지직!

후두둑!

인빈의 뻗어나간 두 손에 강한 힘이 실렸다. 단숨에 알란의 몸이 이등분되어 바닥에 검은 피를 흩뿌리며 떨어졌다.

헨더의 얼굴이 사색이 되었다.

수많은 괴수와 싸움을 벌인 코리안 나이트. 적 앞에서 그는 자비 없는 맹수와 같았다.

❖ ❖ ❖

[까아아악!]

헨더의 팔 하나가 잘려나갔다. 연 이어 또 다른 팔 하나가 잘려나갔다.

수우욱!

푸슉!

검은 피가 허공에 솟았다.

'슬슬 무리가 오는군.'

영광은 비상식적인 육체강화를 일구어낸다. 그만큼 사용자의 신체를 갉아먹는다.

인빈은 이것이 끝이 아니란 걸 직감했다.

저 문.

저 문에서 무언가 나올 것 같았다.

"문을 닫아라."

헨더의 머리통을 짓밟은 그는 당장 부술 것처럼 말했다.

[곧… 그분이…오신….]

"닫지 않을 거면 죽어라."

시간을 끈다고 좋을 건 없다.

인빈의 발이 올라갔다.

단숨에.

잠깐의 망설임도 없이

푸쥑!

헨더의 머리통이 부서졌다.

"지금 당장 남은 각성자들을 피신시켜야 합니다."

오재원과 다른 길드 마스터들이 있는 곳에 빠르게 인빈이 다가섰다.

"난 저 문에서 나오는 존재를 죽인다."

"믿는다."

오재원과 인빈의 시선이 허공에서 얽혔다. 어려서도, 각성자가 되어서도. 두 사람은 항상 친구였다.

길드 마스터들이 서둘러 살아남은 이들에게 명을 내렸다.

죽은 자의 시체는 수습하지 않는다.

그러기엔 시간이 부족해 보였다.

한참 발 빠른 움직임이 있을 때.

파지지직!

문의 공간이 뒤틀렸다.

그 문을 비집고 나온 존재를 보는 인빈은 신음을 삼켰다. 3m정도 되는 크기의 존재는 붉은 갑각을 두르고 있었다. 한 손에는 불에 타는 거대한 검을 쥐고 있었으며 뿔은 웅장하게 솟아있었다.

발록.

마계의 포악한 포식자. 마왕의 신하라 불리는 존재.

그 존재에 대해 모르나. 인빈의 등 뒤로 식은땀이 흘렀다.

헨더와 알란의 처참한 시체를 본 발록의 뱀 같은 누런 눈이 인빈에게 향해있었다.

"뭐든 상관없다."

파앗!

인빈의 몸이 빛처럼 날아올라 팔에 힘이 실렸다.

❖ ❖ ❖

"쿨럭!"

인빈의 입으로 피가 분수처럼 토해졌다. 몸이 떨린다. 발록은 강했다. 빨랐고 그가 소환하는 마계의 불은 모든 것을 소멸시키듯이 치명적이었다.

먼 등 뒤로 재원의 사색이 된 얼굴이 들어왔다.

"내가 뒈질 거 같으면 피해야지."

인빈은 작게 웃었다. 무릎을 꿇은 그는 더 이상 전투를 할 수 없어보였다. 발록의 등에 뻗어있는 박쥐의 것처럼 생긴 날개가 활짝 펼쳐졌다.

[보거라. 미개한 인간의 끝을. 이곳은 우리의 터전이 될 것이다.]

발록의 몸이 날아올랐다.

인빈의 손이 품속으로 들어갔다.

최상급 차크라 증폭제.

입으로 마개를 물어 땄다.

퐁!

그것을 단숨에 들이켰다.

차크라와 카르마는 달랐지만 같기도 하다. 그 두 기운의 차이가 분명할 뿐. 인빈의 몸 속 안 카르마가 들끓어 오르기 시작했다.

"쿨럭! 쿨럭!"

검붉은 피가 입 밖으로 뿜어져 나왔다.

눈이 흐릿하다.

"개방. 영광-3문."

파아아앗!

다시 한 번 빛이 터져나갔다. 삽시간에 빛은 주위를 밝혔다. 인빈이 끌어올릴 수 있는 한계. 인간의 한계를 넘어, 신의 경지에 잠깐이지만 오를 수 있다.

제한시간 50초.

그 안에 끝내야했다. 흐릿했던 눈의 시야가 돌아왔다. 몸을 감쌌던 고통이 잠깐이나마 씻은 듯이 사라졌다.

몸이 깃털처럼 가볍다. 힘이 불근거리며 용솟음 쳤다.

파밧!

빛이 걷히는 순간 발록의 시선이 인빈이 있던 그 자리에 멈췄다. 그는 그곳에 없었다.

"죽어라."

후우웅!

퍼억!

처음으로 발록의 얼굴이 뭉개지며 그 충격파에 바닥으로 빠른 속도로 추락했다.

떨어지는 발록의 바로 밑에는 따라붙은 인빈의 등이 바닥으로 떨어지고 있었다.

그의 다리에 묵직한 힘이 들어갔다.

퍼어어억!

[크라아악!]

강한 힘이 실린 발이 거대한 발록의 척추를 쪼갤 듯, 힘껏 위로 올려쳤다. 발록의 몸이 허공으로 치솟았다. 바닥에 내려섰던 인빈이 다시 새처럼 도약했다.

[크와아아악!]

화르르륵!

발록의 입으로 검붉은 마계의 화염이 모든 것을 집어삼킬 듯 파공음을 내며 쏘아졌다. 오른손을 주먹 쥐며 멈추지 않고 솟아올랐다.

화르르륵!

화염을 몸이 감쌌다. 잠깐이나마 육체는 모든 한계를 거슬렀다. 모든 것을 녹일 듯한 화염을 파고들자 어느덧 시야로 발록의 아가리가 보였다.

파직!

주먹이 턱을 후려쳤다. 묵직한 감각을 부수고 뼈가 부러지는 소름끼치는 소리가 났다. 녀석의 발목을 잡아채 바닥으로 패대기쳤다.

후웅!

쿵!

바닥이 깊게 패였다. 운석이 떨어진 듯 진동했다.

쿠구구구-

"족쇄."

인빈의 손으로 하얀 빛을 뿌리는 다섯 개의 빛줄기가 활처럼 날아갔다.

발록의 목, 팔, 다리에 닿는 순간 몸에 맞게 둘러지며 속박했다.

[크라아아악!]

"낙뢰창."

인빈의 머리가 바닥으로 향했다. 몸이 빠르게 회전하며 떨어져 내렸다.

파지지직!

시동이 걸린 자동차의 엔진처럼 회전하는 그의 몸에 강한 전류가 맺혔다.

[크라악!]

복부를 노리고 쏘아 들어가는 인빈의 주먹이 그 몸에 닿는 순간이었다. 벽을 뚫는 드릴처럼 파고든 그 주먹이 빠른 속도로 배를 후벼 팠다.

후웅!

번쩍 점프해 땅을 밟고 선 인빈의 머리칼이 원래의 색으로 돌아왔다.

발록의 모습은 처참했다. 오장육부가 모두 갈기갈기 찢어져 주위로 흩뿌려져있었다. 그의 낙뢰창은 가슴 부위까지 찢어발겨 올라갔다.

몸을 감쌌던 족쇄가 사라졌다.

–끝…나지 않았…다… 두 개의 달이 뜨는…날 강한… 군사들… 함께… 오겠….

몸이 산산이 부서지며 재로 변하는 발록, 인빈의 머리로 그의 전음이 날아들었다. 재는 바람에 흩어져 문 안으로 빨려 들어갔다. 헨터와 알란의 시신도 마찬가지다.

"쿨럭, 끝이 아니라고…?"

피를 토한 인빈의 다리에 힘이 풀렸다. 무릎 꿇은 그의 눈의 초점이 흐릿해지고 있다.

쿠쿠쿠쿵!

땅속에서 솟아났던 문이 바닥으로 천천히 가라앉기 시작했다.

누군가 자신을 등 뒤에서 껴안았다.

"이 병신 같은 놈아! 왜, 왜…!"

오재원이었다. 눈물범벅이 된 녀석. 길드의 마스터란 녀석이 가오가 없다. 재원은 알았다.

영광-3문. 개방은 곧 죽음을 뜻한다.

우드드득!

푸드득!

"쿠웨엑!"

입에서 피가 뿜어졌다. 심장이 터질 듯 쿵쾅거렸고, 장기가 뒤틀리고 있다. 몸에 존재하는 모든 뼈가 바스러진다. 카르마는 뜨겁게 몸 안을 휘젓고 있었다.

눈이 감겨온다. 다시 그들이 온다고 한다. 더 강한 전사들을 데리고.

지켜야했다.

허나. 육신이 그것을 허락하지 않았다.

"재원아."

스르르

그 말을 끝으로 인빈의 눈이 감기며 몸이 축 늘어졌다.

2. 환생. 기말고사

NEO MODERN FANTASY STORY

RAID

신의 탄생

레이드

NEO MODERN FANTASY STORY

눈을 뜨자 보인 것은 천장이었다. 익숙하지 않은 섬유 유연제 냄새가 났다. 몸을 반쯤 일으킨 그는 주위를 둘러보았다.

낯선 방이었다. 학생용 책상이 놓여 있고 노트북 한 대에 옷장 하나, 별 볼일 없는 아기자기한 방이었다.

그의 머리에 불현 듯 기억이 스쳐갔다.

"뭐지…?"

기억의 끝에선 영광-3문 개방 후 쓰러지는 자신이 있었다. 살아있을 수 있을 리가 없다. 그리고 더 놀라운 건.

"헉!"

자신의 몸이 멀쩡했다, 아니. 자신이란 말을 정정한다.

볼품없이 가느다란 그 팔을 보는 순간 의구심이 들었다.

침대에서 몸을 일으켰다. 기존에도 키가 훌쩍 컸던 그는 눈높이가 더 올라갔다고 여겼다.

전신거울 앞에 섰다.

"이게 무슨…."

전신거울에 비춰지는 자신은 처음 보는 생소한 아이였다. 앳된 얼굴, 이제 고등학생이나 될법하다. 키는 컸다. 184cm정도. 얼굴은 꽤나 훈훈하게 생긴 편. 코는 오똑하였고 턱은 여자처럼 얄쌍했다. 그리고 축 처진 눈매가 순둥이 같은 인상이었으며 눈동자 색은 짙은 갈색이었다.

더 마음에 안 드는 건 하늘색의 곰돌이가 그려진 잠옷을 입고 있다는 것.

"대체 이게…."

머리가 복잡하다.

"아들. 일어났니? 밥 먹어야지."

문 밖으로 들린 낯선 중년 여성의 음성에 그는 흠칫했다. 곧 문을 열고서 뽀글뽀글 머리를 만 마흔 후반의 여인이 앞치마를 두르고 손에는 주걱을 든 채 들어왔다.

"웬일로. 일어나 있대?"

"그, 그러게요…?"

이 여인의 아들이란 것은 눈치 챘다. 여인의 눈이 커졌다.

"아들, 몸이 안 좋아?"

그녀는 이마에 손을 짚었다.

"열은 없는데."

"안 아파요."

"근데 왜 안 붙이던 '요' 자를 붙여? 다른 사람처럼."

"하하, 장난 좀 쳐봤지."

"얘는. 빨리 밥 먹자."

능청스레 받아친 그는 그녀를 따라 밖으로 나갔다. 집은 전체적으로 작았다. 24평이 채 되지 않을 것 같은 단독주택이다. 거실에 걸린 가족사진이 눈에 들어왔다.

자신, 그리고 아버지 어머니 셋이 단란하게 찍은 것.

식탁에는 이미 앉아 있는 아버지로 추정되는 이가 있었다.

그가 입은 작업복이 무척 익숙했다.

왼쪽 어깨 삼각근 쪽에 새겨진 문양은 활인길드를 나타낸다. 그가 입은 작업복은 '처리조'의 인원들이 입는 것.

처리조는 길드나 혹은 각성자들이 던전을 사냥한 후에 괴수의 부산물을 챙기기 위해 투입되는 인원으로 각성자 중 최하위급인 E-급 이들이 하는 일이다.

비각성자 직장인들보단 조금 많이 벌긴 하지만. 그래도 각성자 사이에서 최악의 3D직종으로 분류된다.

"밥 먹자."

아버지가 먼저 수저를 들고 어머니가 연이어 들었다.

어색한 손으로 그도 수저를 들어 억지로 밥을 떠 입에 넣었다.

이 몸의 주인에 대해서 알아보는 것이 우선이었다. 나이는 열 아홉 살. 이름은 강민혁. 다니는 학교는 해성 각성자 전문 고등학교였다.

차원을 넘어선 괴수들이 등장. 세계를 강타한 몬스터 아웃 브레이크. 많은 인류가 숨졌고 인류는 살아남기 위해 발버둥 쳤다.

그리고 각성자들이 모습을 드러냈다. 얼마 지나지 않아 괴수들은 던전으로 들어갔다.

지금은 세계적으로 모든 국가에서 각성자 전문 고등학교를 운영하고 있었다. 대학교까지 있는 마당이다.

괴수가 등장한 지 어언 15년.

더욱더 체계적으로 괴수를 사냥할 수 있는 각성자들을 육성하고 있는 것이다. 어쩌면 효율적인 선택이었다.

인빈. 아니 이제 민혁이 된 그 때에는 목숨을 걸고 몸으로 부딪쳐 습득하는 것이 다였기 때문이었다.

발록이 나타난 지는 정확히 일주일 째.

민혁은 놀라운 점 하나를 더 알아냈다.

이 어린 소년의 몸에는 유일무이하다고 믿었던 카르마가 내재되어 있다는 것!

인빈은 카르마를 신이 내린 축복이라고 생각했다. 자신을 제외하곤 카르마를 가진 이들을 보지 못했다. 또한, 이 카르마는 무시무시한 괴력을 낼 수 있게 해준다.

저녁을 먹고 이젠 가족이 된 두 사람과 과일을 먹으며 TV를 보았다.

-정체를 알 수 없는 문의 등장 이후… 전문가들은 인간체를 한 남녀는 마족으로 또 다른 괴수는 마왕의 신하로 알려진 발록일 것이라고 예상… 괴수들과 격전 후 사망한 고(故)염인빈에게 훈장을 수여… 고(故)염인빈은 코리안 나이트라고….

뉴스에 떠오른 염인빈. 자신의 사진 한 장.

아버지의 한숨이 짙어졌다.

"큰일이야, 큰일. 이제 활인은 어찌 될지. 그 뿐이 아니지, 우리나라가 흔들릴 거야."

"저 사람이 그렇게 대단한 사람이었어요?"

비각성자인 어머니는 인빈에 대해서 알기는 했어도, 깊은 것까진 알지 못하셨다.

"암, 우리나라 던전이 노다지 천국이잖아. 그런데도 세계 3대 길드가 호심탐탐 노리기만 하지. 건드리지 못하는 이유가 누구 때문이었는데, 전부 저분 덕분이었다고. 나도 스치듯 멀리서 뵌 적이 있는데, 인간으로썬 범접할 수 없는 기분을 느꼈지."

그는 앞으로의 미래가 깜깜하다는 표정이었다.

-활인길드에 마련된 빈소에는 여전히 국민들의 발걸음이… 광화문 앞으로 그를 추모하는 추모식에 수 십 만 인파

가 몰려….

"참, 너 이 녀석."

아버지의 매서운 눈이 민혁에게 닿았다.

"네?"

"네 녀석, 내일 기말고사라고 하지 않았어? 너 저번처럼 또 뒤에서 1,2등 한 성적표 가지고 오려면 아예 고등학교 때려 치고 아빠 밑에서 일 배울 줄 알아!"

차크라를 가진 이가 각성자가 되고. 각성자한테 처리조가 되라는 것은 가장 수치가 큰 말이다. 그만큼 자신처럼 되기 싫으면 공부하란 뜻이다.

사실 이 두 부모를 오늘 잠깐 봤지만 괜찮은 사람들 같았다. 술 마시고 행패 부리다가 밥 먹듯이 교도소를 들락거렸던 전의 아버지에 비해.

이 초라한 집을 보면 눈치 챌 수 있었다.

각성자 전문고등학교는 기존의 대학교 이상의 등록금을 필요로 한다. 그 콧대 높은 각성자들이 교사로 있는 마당이다. 어지간한 돈으론 어림도 없다.

그나마 정부가 마련한 제도에 따라 정부 지원 40% 학생 부담 60%덕분에 어느 정도 보탬이 되긴 했으나 처리조는 말 그대로 비각성자보다 조금 더 벌 뿐.

수업료 내는 게 벅찰 것은 당연하다.

민혁은 몸을 일으켜 방으로 들어갔다. 익숙하지 않은 책상 앞에 앉았다.

그는 골똘히 생각에 빠졌다.

앞으로 무엇을 해야 할까. 놈은 두 개의 달이 뜨는 날 돌아온다고 했다. 두 개의 달은 괴수가 나타나기 시작하고서 2년이 조금 더 된 시간에 한 번씩 모습을 드러내곤 했다. 얼추 계산해보면 거의 정확히 2년 정도 남았다.

답은 쉽게 나왔다.

힘을 찾아야 한다.

지금 이 신체가 가진 카르마는 자신이 기존에 가지고 있던 카르마에 비하면 수십 배의 1 수준 밖에 되지 않을 정도로 작았다.

발록은 돌아온다고 하였다. '그분'의 군대를 이끌고.

막아야 했다. 전보다 더 강해져야만 했다.

쉴 틈은 없었다.

뉴스에서 보았던 상심에 빠졌던 재원의 얼굴이 스쳐 지나갔다.

얼마나 슬프고 힘들지 안다.

그러나 그를 찾아갈 순 없었다.

자신은 재원과 어린 시절부터 각별했던 친구였다. 그는 머리가 비상했고 자신은 몸을 특별나게 잘 썼다.

어떤 이는 어째 어울리지 않는 둘이 가장 친하다고 말하곤 했다. 재원이 서울의 명문대학교에 입학했을 때, 인빈은 노가다를 하고 있었다.

서로 다른 길을 걸었지만 둘은 특별하게도 각별했다.

허나. 그런 자신에게 재원은 라이벌 의식을 크게 느끼기도 했다.

술에 만취한 녀석의 푸념이 떠올랐다.

'넌 조오케따. 카르마? 도대체 그게 뭐길래!? 응? 난 이렇게 등급 하나 올리기 힘든데, 넌 대체 어디까지 달리는 거야? 응? 참나!'

세계에서 가장 높은 등급을 가진 각성자는 SS급. 그러나 그자가 민혁의 상대는 되지 못했다.

민혁은 무한한 능력을 가진 강자였고 감히 그에게 등급을 매길 순 없었다.

'너를 마스터로 세워야 되지 않냐는 목소리가 나오더라. 푸흐흐…'

빠르게 나아가는 친구에게 질투하지 말란 법은 없다. 자신은 활인길드로 돌아가지 않는다.

그래선 안 된다.

더 결정적인 이유는.

세계 삼대 길드가 자신이 힘을 잃고 고등학생으로 환생했다는 사실을 알게 되면 끊임없이 암살계획을 세울 것이다.

자신으로 인해 먹지 못한 대한민국을 삼키기 위해 지금도 머리를 굴리고 있을 터.

자신을 지키겠다고 활인길드의 많은 이들이 희생될 것.

거기에 언제까지 활인이 자신에게 의지할 순 없었다.

그는 자신의 친구 오재원을 잘 알았다.

그는 무너지지 않을 것이다.

❖　❖　❖

서울. 야경이 한 눈에 보이는 활인길드 빌딩의 가장 높은
층. 회전식 의자에 앉아 투명 유리 사이로 바깥을 보는 재
원의 손끝에서 담뱃재가 털어지지 않은 채 타 들어갔다.

벌써 일주일째다.

사무치게 그가 그립다.

"나도 참… 나쁜 친구였지."

그는 실소를 머금었다. 대한민국. 더 나아가 활인길드를
성장시키기 위해 인빈은 발을 벗고 나서주었다. 그를 앞세
워 많은 것을 일구었다.

워스트와 화랑은 활인이 인빈과 함께이지 않았다면 국내
삼대길드 축에도 끼지 못했을 거라고 말하고는 했다.

그는 다시 담배 한 가치를 꺼내 입에 물었다. 말보루 레
드가 폐부 깊숙한 곳으로 빨려 들어갔다가 허공을 장식했
다.

"미안하다. 인빈아."

더 이상 그리워해 줄 수 없다. 더 이상 가슴 아파할 틈이
없었다.

우리나라를. 활인길드를 지켜야 했다.

다행이도 이번 싸움으로 두 곳의 길드도 막대한 피해를 입었기에 당분간 주춤할 것이다.

세계도 마찬가지였다. 곧 바로 이를 드러내고 덥석 물려 하면 명백히 그 의도가 보여 질타를 받을 것이기 때문.

그 전에 다시 활인을 우뚝 세워야 했다.

그가 없어도 자신이 이곳을 크게 할 수 있다는 것을 보여 야 했다. 이 두 손으로.

그는 선반에 올려진 양주를 집었다. 그 안에는 푸른 색 내용물이 출렁거리고 있었다.

세이렌 퀸을 사냥하고 그녀의 눈물 몇 방울이 이 안에 들 어갔다. 세상에서 가장 값지다고 알려진 술.

활인이 세계 정상에 섰을 때 함께 마시자고 다짐했던 술.

그 술을 두 개의 잔에 따랐다.

한 잔을 항상 인빈이 앉았던 자리 앞에 놓았다.

자신의 잔을 그 잔과 부딪쳤다.

"건배."

탱!

그는 단숨에 들이켰다. 황홀함. 이 술은 세이렌의 유혹처 럼 달콤했다.

탁!

테이블 위에 빈 잔을 올린 오재원은 외투를 챙겨 입었다.

다시 치열한 전쟁터로 나간다. 그가 지켜준 이곳을 위해.

기말고사를 하루 앞두고 공부를 한다고 성적이 오르는 건 말이 안 되었다. 재수도 지지리 없다고 여겼다. 환생하자마자 맞이한 게 기말고사라니?

   그렇게 생각했던 민혁은 1교시 제작시험의 시험지를 보고는 허탈하게 웃었다.

   자신에겐 시험이라고 하기에는 너무도 쉬운 기본 상식뿐이었다.

   [핑크 버섯의 추출액의 쓰임새를 서술하시오.]

   [최하급 차크라 증폭제 만드는 법을 두 가지 이상 서술하시오.]

   [다음 중 미스릴의 쓰임새에 어울리지 않는 두 가지를 찾으시오.]

   고개를 들어 시험 중인 아이들을 보았다. 모두 미간이 찌푸려진 채 어렵다는 듯 시험지를 흩어보고 있었다.

   밑바닥에서 차근히 올라가면서 민혁이 쌓아올린 경험은 의외로 컸다. 몸으로 해본 건 까먹지 않기 마련이다.

   그는 술술 OMR카드에 답을 적어 내려갔다.

   시간이 반도 지나지 않아 민혁이 엎어졌다.

   '하, 요놈 봐라?'

   민혁의 담임선생이자 괴수학 교사. 엄상민의 미간이 찌푸려졌다. 전교에서 최하위 성적을 자랑하는 놈! 그뿐이 아니다. 아버지는 별 볼이 없는 처리조라고 들었다.

그래도 예의는 바른 놈이라고 생각했더니!?

'오냐, 성적표 나오면 보자.'

뭉둥이 찜질을 해줘야 정신을 차릴 것 같았다. 그는 성적
표가 나오길 학수고대하는 표정이었다.

2교시 시험은 괴수학이었다.

괴수학은 괴수에 대한 공략법과 성향, 출몰하는 배경, 괴
수를 사냥함으로써 얻을 수 있는 부산물 등에 대해서 공부
하는 것이었다.

2교시 시험 역시도 민혁에게는 식은 죽 먹기였다. 재빠
르게 문제를 풀어나갔다.

3교시 역시 가뿐히 돌파했다.

❖ ❖ ❖

점심시간.

뷔페식으로 운영되는 급식소에서 밥을 모두 먹은 민혁은
의아함을 느꼈다. 학교를 다니면 그래도 친한 친구 하나씩
은 있는 것이 사람 아니던가?

잘 생각해보니 학교에 온 후로 단 한 사람도 자신에게 말
을 거는 사람이 없었다.

급식실에서도 마찬가지였다. 자리에 앉자 얼마 지나지
않아 주위에 있던 학생들이 몸을 일으켰다.

'왕따구나.'

그는 눈치 챌 수 있었다. 학교에 몇 명씩은 있는 존재. 그러나 이유는 잘 간추릴 수가 없었다. 보면 허우대도 이 정도면 훌륭한 편이었다.

그런데 왕따를 당한다.

성격이 무척 소심하거나 혹은 내성적이어서 자신이 친구들을 밀어내거나. 다르겐 재수 없는 놈이거나.

혹은 자신이 아닌 다른 이유가 있거나.

식판의 음식을 버리고 교실로 올라가려던 민혁의 눈앞으로 자신을 보며 이죽거리며 웃는 무리가 보였다. 이제 급식실에 들어 와 줄을 서고 있었다.

"밥 맛있게 먹었어?"

키가 자신만큼이나 큰 남자아이가 물었다. 자신을 보며 이죽거리는 그는 무리의 우두머리 격인 아이 같았다.

훤칠하게 잘 생겼다. 귀티가 좌르르 흘렀다.

"왜 벌써 가냐?"

뒤에 있던 다른 아이가 미간을 찌푸리며 말했다. 앞에 선 아이가 능글맞게 웃었다.

"놔 둬, 시험기간이잖아. 시험기간 끝나고 보자. 민혁아."

툭!

그는 팔을 한 대 쳐주었다. 민혁은 미간을 찌푸리곤 몸을 돌렸다. 딱히 욕을 하거나 건드리진 않았다. 능글맞은 웃음

뒤에 숨은 독사 같은 혀가 날름거리는 것이 보이긴 했지만.

오늘 처음 학교 오자마자 이유도 정확히 모른 채 문제를 만들 순 없었다.

"저 새끼 표정 봤어? 쳐 돌았네."

"시험기간 끝나면 오랜만에 같이 놀아야지."

앞에 선 아이가 이죽거리며 웃었다.

❖ ❖ ❖

얼굴이 둥글고 착하게 생긴 아이가 있었다. 아이의 옆에 슬쩍 다가가 왜 자신이 왕따를 당하나 하는 식으로 이야기를 조심스레 꺼냈다.

녀석은 주위의 눈치를 살피는 듯 하면서도 집요하게 물어보자 하나 둘 그 이야기를 풀어내었다. 대강 몇 마디 말을 듣고 짐작할 수 있었다.

아까 가장 앞에 선 아이의 이름은 오중태였다.

잠재능력등급이 A급이나 되는 최상위권.

이론이면 이론, 실기면 실기, 리더십까지 뛰어난 학교의 촉망 받는 인재.

그 인재가 민혁을 괴롭히고 있었다.

가면 뒤에 숨은 얼굴로.

더 재밌는 사실은 녀석의 아버지였다.

어떻게 그 아버지 밑에서 이런 망나니 같은 아들이 나왔

RAID[1]

는지는 모르겠다.

오중태의 아버지는 활인길드의 2분대 공격대장. 오혁수였다. 오혁수는 A+급의 실력자였다. 특히나 국내 삼대 길드의 2분대장 직책이면 전국 어디를 가도 무시하지 못하는 권력을 쥔 자였다.

그렇지만 민혁이 알고 있는 오혁수는 아들과는 근본적으로 달랐다. 앞뒤가 꽉 막힌 구석이 있기는 하여도 자신의 주위 사람을 소중히 여길 줄 아는 자신의 사람을 지키기 위해 노력한 각성자였다.

물질을 쫓는 각성자가 태반인 세상. 오혁수 공격대장은 인빈의 죽음 후에 진심어린 눈물을 흘렸을 진짜 자신의 사람이었다.

때마침 문으로 아까의 그 무리가 들어왔다.

이야기를 늘어줬던 아이는 아무 일도 없던 것처럼 고개를 돌려 노트 요약 집을 보는 척 했다.

오중태란 놈은 작게 웃기만 하고는 자신의 자리에 앉아 다음 시간 시험을 준비하기 시작했다.

'조만간 밟아야겠군.'

자신이 먼저 나서기 전에.

그들이 올 것이다.

그때 밟는다.

이 육체의 주인은 이제 자신이었다. 문제를 만들고 싶은 생각은 없지만 덤벼드는 이를 피하며 굴복할 사람이 자신도 아니다.

얼마 지나지 않아 오후 시험을 보기 위해 교사가 들어왔다. 뿔테 안경이 잘 어울리는 서른 중반의 말끔한 신사 최민수 교사였다.

그가 넘긴 시험지가 뒤로 넘어왔다. 민혁은 시험지를 확인하곤 고개를 갸웃했다.

시험지가 아닌 빈 A4용지 한 장이었다.

아이들의 얼굴이 사색이 되며 일그러졌다.

"이번 시험은 여러분이 익히 아는 전술학 시험이다."

그는 얼굴이 굳어진 아이들을 보며 교탁의 양 끝을 잡고는 아이들을 둘러봤다.

"지금부터 여러분은 길드의 전술가가 된다. 공략해야 할 던전은 C-12던전. 이미 오래 전 활인길드에서 공략을 한 이젠 보편화 된 오픈 던전이 되었다. 이 던전에 대해서 잘 모른다면 그건 그만큼 여러분이 공부를 게을리 했다는 것으로 간주하겠다. 얼마만큼 치밀하고 전략적으로 괴수와 지형지물, 아이템을 이용했는지가 관건. 알다시피 이 전술학 시험은 내 주관 하에 치러지며 책이나 인터넷을 통해 본글을 복붙 하면 빵점처리를 하겠다."

민혁의 얼굴로 얕은 웃음이 스치고 지나갔다. C-12던전. 너무나 익숙한 곳이다. 활인길드가 막 삼대길드로 떠오를 때쯤에 파헤친 던전이다.

처음 워스트 길드가 공략을 시도했지만 실패했고 그 후

로 활인길드가 공략을 시도했다. 전술은 길드 마스터인 오재원이 땄으며 1분대 공격대장을 맡았던 자가 그때 당시 바로 강민혁. 자신이었다.

1분대 공격대장 및 분대는 길드에서 가장 강한 스트라이커다. 당연히 민혁은 가장 측근에서 재원이 치밀하게 계획한 전술서를 머리에 외웠고, 그 전술 덕분에 무난하게 C-12던전을 공략함으로써 워스트가 해내지 못한 것을 활인이 해냈다며 그 이름을 드높이 세운 적이 있다.

오래전의 일이지만 몸으로 겪어본 일이다. 아직도 그때의 긴장감이 손끝에 남은 듯 싶다.

이 전술서를 작성하는 것은 인빈에게는 식은 죽을 먹은 후, 몸을 반쯤 일으켜 담배 한 대 물고 방안에서 편하게 피는 것이나 다름없는 것이다.

"시험시간은 1시간 30분이다."

시험이 시작되었다. 민혁이 쥔 볼펜 머리가 눌리며 심지가 또각이며 튀어나왔다.

그의 손이 번개처럼 움직이기 시작했다.

3. 차크라 구현능력 시험

RAID

신의 탄생

3. 차크라 구현능력 시험

레이드

NEO MODERN FANTASY STORY

셋째 날 오전까지 필기시험을 진행하고 오늘 오후에는 차크라 구현 능력 시험이 있었다. 차크라 구현 능력 시험은 자신의 신체에 적합한 차크라 능력을 선택했는가를 20%보며 선택한 차크라 능력을 얼마나 몸으로 빨리 받아들여 습득하고, 가상 시뮬레이션을 통해 나타난 괴수를 사냥했는가를 80%를 보는 시험이다.

각성자 전문 고등학교는 이론보단 분명 실기가 더욱 높은 점수를 거머쥘 수 있었다.

이중 차크라 구현 능력 시험은 가장 중요한 부분을 차지하고는 했다.

소강당. 시험실 바로 위에는 스크린이 하나 있었다. 스크린으로 학생들은 실시간으로 친구들이 시험을 치는 장면을 확인할 수 있었다.

"오중태."

"네."

가상 시뮬레이션 기계를 학교에서 담당하고 이번 차크라 구현능력 시험을 맡은 교사 이태수는 의젓하게 앞으로 오는 중태를 보면서 부드럽게 웃었다.

'아버지는 활인길드 오혁수 공격대장. 실기면 실기, 필기면 필기, 리더십이면 리더십. 싹싹하기까지! 미래가 기대되는 놈이다. 정말.'

그가 가면 뒤로 행하는 일은 알지 못하는 이태수는 기대가 큰 표정이었다.

"시험실로."

"네."

오중태가 당당히 시험실 문을 열고 들어갔다. 아이들의 이목이 스크린으로 집중되었다.

학생에게는 가상으로 괴수 포인트 50이 주어진다. 그 50의 포인트로 스스로 차크라 능력을 선택하면 된다.

차크라 능력을 선택하는 것에 따라 학생 본인이 얼마나 자신의 신체를 파악하고 있는지를 확인할 수 있었다. 오중태는 공격계 계열.

흔히 차크라 능력을 세 가지로 분류하면 공격계, 방출계, 지원계로 나뉜다. 이 세 가지의 큰 틀 안에서도 또 자신들만이 만들어내는 차크라 능력이 다르게 존재하곤 한다.

'역시.'

이태수는 컴퓨터에 뜬 차크라 능력 일치율 86% 수치를 보고는 싱긋 웃었다.

마우스 휠을 그는 쭈욱 내렸다.

E-괴수들이 즐비해 있으며 이중 시험 감독관이 선택할 수 있다.

그는 E-괴수 중 그나마 좀 강한 놈을 선택했다. 불에 살이 녹아내린 것 같은 형상을 한 개였다. 크기는 중견, 스피츠 정도. 잡기 어렵기보다는 더러워서 꺼림칙한 괴수 놈.

사람들은 흔히 스타크래프트의 저글링과 닮아. 그 이름 그대로 부르곤 했다.

중태가 서 있는 공간의 배경이 변했다.

태양이 강하게 내리쬔다. 40도의 고열을 넘는 사막. 그 한 복판에 중태가 서 있었다.

[촤라라락!]

얼마 후 저글링이 모습을 드러냈다.

❖ ❖ ❖

"와."

짝짝짝짝!

중태의 시험을 스크린으로 지켜보던 아이들이 저글링의 목이 우둑 꺾이며 바닥으로 축 늘어지자 일제히 박수를 쳤다. 실제 학생들은 괴수를 직접 사냥을 하는 경우가 일 년에 학교에서 몇 번 없다.

이 가상시뮬레이션과 3학년 말에 존재하는 던전 실습이 다였다.

때문에 대부분 아이들은 이 가상시뮬레이션에 들어가는 순간부터 머리가 하얘진다.

경험이 많이 없다는 건 그만큼 독이 된다.

허나 중태는 노련하게 저글링을 사냥했다.

사실 그의 집엔 이 가상 시뮬레이션 기계가 배치되어 있었다. 괜히 있는 집 자식이 아니다.

"다음 시험자가…"

채점표를 집은 이태수의 미간이 와락 일그러졌다.

[강민혁.]

'이 놈… 작년에 고블린을 보고 울고불고 소리치며 내보내 달라고 했었지? 바지엔 오줌까지 지리고. 문제가 많은 놈이야… 듣기론 잠재능력등급 시험 때는 차크라 구현도 못 해서 0점을 맞았다지. 학교의 수치야, 수치. 쯔!'

잘하는 놈이 있으면 못하는 놈이 있기 마련.

이태수가 본 강민혁은 학교의 명예를 실추시키는 암 같은 존재다. 모든 부분이 바닥을 기었다. 가정형편 마저도! 뭐 하나 이뻐 보일 게 없는 아이.

"못 하겠으면 미리 말해도 좋다."

"괜찮습니다."

"작년처럼 또 울고불고 소리치면 곤란해."

"걱정하지 않으셔도 됩니다."

민혁의 얼굴이 굳었다가 펴졌다. 대체 이 몸의 주인은 어떻게 살았길래. 이 가상 시뮬레이션 시험에서 울고 불고까지 했단 말인가.

'응? 이 녀석 뭔가 변한 것 같은데.'

그는 민혁이 미묘히 변했다고 여겼다. 그럴 것이 항상 겁에 질린 듯 움추러 들었던 어깨가 펴져 있었고 바닥을 보던 눈 역시도 날카롭게 빛나고 있었다.

'생긴 건 이리 보니 잘 생겼단 말이야. 어휴… 피곤하다, 피곤해.'

이태수는 한숨을 푹 쉬며 몸을 일으켰다.

"오중태."

"네, 선생님."

중태는 반의 반장도 맡고 있었다. 그의 어깨를 툭 쳐줬다.

"선생님, 화장실 좀 다녀올 테니까. 차크라 일치율이랑 적응력 수치 여기에 적고 괴수는 E-급에서 가장 약한 놈으로 선택해줘라. 너도 작년에 봤지? 바지에 또 오줌 싸면 어휴…."

"이번연도는 작년보다 낫겠죠."

"그래야 할 텐데. 쯔! 갔다오마."

"네."

이태수가 나서고. 중태는 바로 채점표를 확인했다.

차크라 일치율:86%

차크라 적응력:89%

최상위 중의 최상위라고 보아도 무방할 수치였다. 그의 얼굴로 웃음이 맺어졌다.

그는 컴퓨터로 시험실로 들어간 민혁의 행동을 주시했다.

[계열을 선택해 주십시오.]

"공격계."

[공격계를 선택합니다.]

공격계를 선택하자 그의 눈앞으로 손바닥만한 크기의 무기를 본뜬 홀로그램이 좌르륵 펼쳐졌다. 장검, 단검, 활, 크로우, 건틀릿 등 다양했다.

그중 민혁은 주먹 진 맨주먹 모양을 클릭했다.

[차크라 능력을 선택하여 주시기 바랍니다. 주어진 괴수 포인트는 총 50입니다.]

기계음에 따라 그는 턱을 어루만지며 차크라 능력을 흘어보았다.

그중 가장 낮은 포인트가 드는 세 개의 능력을 선택했다.

물소-성난 올려치기

고릴라-광분의 폭격

아나콘다-비틀기

'역시 그 수준인가?'

중태는 그가 선택한 차크라 능력을 보고는 혀를 쯔 찼다. 가장 많은 포인트가 드는 하나로 가장 강한 차크라 능력을 선택하는 게 도움 될 터인데. 아둔한 놈.

사람은 여러 개의 많은 스킬이 있다고 해서 더 유용한 능력을 많이 쓰지, 잡다한 건 서브로 가끔 사용하기 마련이건만.

그런데 컴퓨터에 차크라 일치율84%란 수치가 떴다.

"뭐야? 컴퓨터가 이상한가?"

이미 민혁은 자신의 몸쯤이야 꿰뚫어 보고 있었다.

고개를 갸웃한 중태의 얼굴로 작은 웃음이 감돌았다.

반 아이들이 이죽거리며 기대하고 있었다.

'기대에 부응해야지.'

재밌는 구경을 아이들에게 선사해주려 한다. 적어도 작년만큼 재밌어야지 않겠는가?

그는 E-급 괴수가 펼쳐진 표를 X를 눌러 종료하고 E+급 괴수 목록을 클릭했다. 펼쳐진 목록 중 말벌의 형태를 한 괴수가 들어왔다.

'환각까지 보면서 침까지 질질 흘리면 재밌겠구만.'

선택한 괴수는 킬러비. E+등급의 괴수 중 꽤 버거운 존재다. 육체적 공격력이나 맷집은 강하지 않지만 입으로 뱉어내는 독침이 난해한 녀석. 또 꼬리에는 독침을 대신할 날카로운 칼이 달려있었다.

딸칵!

클릭했다.

곧 민혁이 있는 화면이 바뀌었다.

수풀이 우거진 초원 한복판에 민혁이 서 있었다.

그때 문을 다급히 열고 들어오는 이가 있었다.

전술학 교사. 최민수다.

"여기 강민혁 학생 있지?"

손에 종이 한 장을 든 그는 다급해 보였다. 하필, 그를 찾고 있다니.

최민수는 여전히 자신의 눈을 의심했다. 강민혁이 제출한 전술학 시험지는 말도 안 되게 완벽한 수준이었다. 누구라도 이보다 더 완벽하게 공략할 수 없다고 그는 생각하고 있었다.

"어어? 실수로 E+급 괴수 킬러비를 선택해버렸네에? 이걸 어쩌면 좋지?"

정말 소름끼치는 발연기다. 민수의 미간이 찌푸려지며 스크린으로 돌아갔다.

그런데. 문제는 하나 더 생겼다.

중태가 앉은 컴퓨터가 먹통이 되었다. 마우스가 의지대로 움직이지 않고 스스로 움직였다.

"바이러스?"

"뭐?"

깜짝 놀란 최민수가 컴퓨터를 확인했다. 정말 바이러스

를 먹은 듯 경고창이 떠올라 있었다. 문제는 마우스가 스스로 D급 괴수목록을 펼쳤다는 것.

그리고 선택된 괴수는.

소형 자동차 크기만한 자이언트 앤트였다. 녀석의 입에 달린 갈고리 같은 입은 사람도 단숨에 찢을 정도로 강했고 특히나 그 갑각은 D급 각성자가 아니면 뚫기 힘들 정도로 단단한 편이다.

"협."

"크흠. 빌어먹을 이태수 이놈…!"

중태는 깜짝 놀란 소리를 흘렸고 최민수는 바이러스의 원인을 단숨에 간파했다. 고가의 물품인 가상 시뮬레이션 기계 담당자인 이태수는 시간이 날 때마다 이 기계를 이용해 야동을 보곤 했다.

실시간으로 앞에서 두 남녀가 몸을 엉키는 모습을 볼 수 있는 것이다.

최민수에게 한 번 그걸 들키고 그만두지 않으면 보고하겠다는 쓴소리를 들었음에도 고치지 않은 듯 싶었다.

그래도 민혁이 죽으면 절로 로그아웃이 될 테지만 걱정이 안 되는 건 아니다. 민수가 시험실로 들어갔다.

노란 색 선이 쳐져 있었고 그 뒤로 의자에 앉은 민혁이 가상 시뮬레이션용 고글을 착용하고 있었다.

민수는 교사용 선글라스를 착용했다. 노란 띠 밖으로 초원에 서 있는 민혁의 모습이 들어왔다.

40m전방에서 자신을 발견하고 날아오는 킬러비를 여유로운 표정으로 보던 민혁의 귀가 부스럭 거리는 소리를 간파했다.

'괴수가 둘?'

킬러비가 등장했을 때도 뭔가 이상하다 여겼다. 누가 일부러 그랬거나 실수거나. 그런데 또 다른 괴수 한 마리. 민혁의 눈이 그 존재를 확인했다. 자이언트 앤트가 더듬이를 움직이며 접근하고 있었다.

'생각보다 빨리 움직여야겠군.'

이 정도면 실수가 아니라 무슨 일이 있는 것. 킬러비가 나온 것부터가 이상하다.

여유로이 킬러비를 기다리던 민혁이 발을 움직였다.

타탓!

빠른 속도로 킬러비를 향해 접근했다.

[퓌에엑!]

투명한 날개로 날갯짓 하는 녀석의 입에서 25cm는 될 정도의 독침이 쏘아져 왔다. 민혁의 고개가 까딱였다.

가뿐히 피해냈다. 몸은 자신의 것이 아니어도. 수많은 괴수를 사냥한 경험과 반사 신경, 본능이 녹아있었다.

"고릴라-광분의 폭격!"

깍지 낀 팔이 활처럼 뒤로 휘어졌다가 킬러비의 몸통을 쎄게 내리쳤다.

[퀘에에엑!]

직격당한 킬러비가 바닥에 쳐 박혔다. 워낙 약한 능력인지라 죽지 않았다. 놈이 방어본능으로 꼬리를 휘둘러댔다.

꼬리를 피해낸 민혁의 발이 거칠게 칼의 면을 밟았다.

그리고 더듬이를 한 손으로 잡고 다른 한 손으로 투명한 날개를 뜯어냈다.

푸드으윽!

[키에에엑!]

날개가 뜯겨나가자 비명을 질러대었다. 어느덧 자이언트 앤트가 지척까지 다가왔다. 그는 여전히 침착했다.

발로 살짝 킬러비를 쳐내 자이언트 앤트와 킬러비가 마주보게 했다.

높게 치솟은 민혁의 발이 죽지 않을 만큼 등을 찍어 눌렀다.

[키에엑!]

기침을 하듯 토해내며 독침이 자이언트 앤트에게 날아갔다가 머리에 맞곤 튕겨 나갔다.

어떤 괴수든 약점이 존재한다. 사람에게 무수히 많은 약점이 존재하는 것처럼.

민혁이 노리는 건 더듬이. 녀석의 더듬이는 그나마 돼지 물렁뼈처럼 말랑하다.

민혁이 왼쪽 눈을 감으며 거리를 계산했다. 다시 한 번 발을 들어 꾹 눌렀다.

[퉤에엑!]

다시 쏘아진 독침이 자이언트 앤트의 더듬이에 정확히 꽂혔다. 더듬이에 꽂힌 그 독침은 마비와 환각을 일으킨다.

눈에 띄게 자이언트 앤트의 움직임이 둔해졌다.

방향감각을 상실한 것처럼 이리저리 비명을 지르며 포효했다.

[쿠랴아아악!]

녀석의 눈앞엔 환각도 보일 것이다. 민혁은 지체 없이 접근했다.

"고릴라-광분의 폭격."

다리에 힘을 실어 번쩍 뛰어오른 그가 다시 고릴라-광분의 폭격을 사용했다. 머리를 강하게 내리찍었다.

비틀거리는 틈을 타 깍지를 쥐었다.

"물소-성난 올려치기!"

퍼억!

턱주가리를 맞은 소형차 크기의 자이언트 앤트가 뒤로 벌렁 넘어갔다. 다시 일어서기 위해 발버둥 치는 모습이 안쓰럽다.

쓸 데 없이 여러 곳을 공격하는 것은 무의미하다. 발버둥 치는 몸짓에 한 번 치여도 죽을 몸이 지금 민혁의 육체다.

파앗!

다시 한 번 고릴라-광분의 폭격!

총 두 번 목을 정확히 때렸다.

[퀘에엑!]

목구멍을 역류한 초록 분비액이 민혁의 얼굴에 튀었지만 개의치 않았다. 어차피 가상이다.

당장 끊어질 듯 덜렁거리는 녀석의 목을 헤드락 걸 듯 팔로 잡아챘다.

양팔에 차크라 힘이 강하게 실렸다.

"아나콘다-비틀기."

우둑!

푸화아아악!

옆으로 푹 꺾였던 목을 그대로 쭉 뽑아냈다. 초록 분비액이 바닥을 적셨다. 머리를 바닥에 버린 민혁이 뻐근한 목을 우득 풀었다.

❖ ❖ ❖

시험실 밖. 스크린을 보고 있던 아이들이 입을 쩍 벌리고 있었다.

아이들은 눈앞에서 벌어진 일에 믿을 수 없다는 표정이었다.

작년까지만 해도 E-급 괴수인 자신의 키의 반 정도 밖에 되지 않는 고블린을 보면서 울음을 토하며 사색이 되었던 민혁이었다.

그런데 지금 그는 여유로운 표정을 지으면서 로그아웃되기를 기다리고 있었다.

담배를 피고 들어온 이태수는 반 아이들의 시선이 스크린에 고정되어 있자 의아한 표정으로 다가섰다. 스크린을 본 그는 멈칫했다.

초록 분비액을 얼굴에 뒤집어 쓴 익숙한 얼굴이 있었다. 그 앞에는 발에 밟힌 듯 처참히 일그러진 킬러비와 목이 떨어져 나간 자이언트 앤트의 시체가 널브러져 있었다.

"이게 어떻게 된 일이냐?"

"컴퓨터가 갑자기 바이러스가 걸렸어요."

"아니 그게 아니라. 어떻게 강민혁 저놈 앞에…."

두 괴수의 존재보다 작년 그 모습은 온데간데없이 E-급 괴수를 사냥한 강민혁이 있냐는 것이다!

"저도 잘…."

중태는 말끝을 흐렸다. 시험실 문이 열리고 강민혁과 최민수가 함께 나왔다. 이태수를 발견한 최민수의 눈썹이 치켜 올라갔다.

"이태수, 이노옴! 내 누누이 컴퓨터에 이상한 거 깔지 말라고 일렀거늘! 교장 선생님한테 네 추악한 악행위를 보고하겠어!"

최민수는 멱살이라도 잡을 것처럼 노발대발했다. 다행이 무사히 넘겼지만 아이들의 미래를 결정지을 수 있는 기말고사였다. 그것도 가장 중요하다는 차크라 구현 능력 시험.

한편, 시험을 치르고 나온 민혁의 눈에는 컴퓨터 앞에 앉아 자신을 멍한 표정으로 보는 오중태가 들어왔다.

'네놈이었군.'

그의 표정이 싸늘히 굳었다. 오중태는 자신도 모르게 한낱 강민혁 따위에 놀라 마른침을 꿀떡 삼켰다.

한편 컴퓨터엔 차크라 적응능력98%란 수치가 적혀 있었다.

❖ ❖ ❖

달랐다. 분명하다. 평소에 최민수 자신이 알던 그 강민혁과 많이 달랐다. 옆에서 걷는 그의 걸음에서 위풍당당함이 묻어났다.

마치 거리낄 것 없다는 듯.

최민수는 돈 밝히는 몇 교사에 비해 그나마 학생을 위할 줄 아는 진짜 교사 중 한 사람이다. 지금의 민혁은 모르겠지만 그의 고민을 자주 들어주기도 했을 정도다.

지금 민혁은 그때의 풀죽어 아무 말도 하지 못하던 학생이 아니었다.

함께 상담실에 들어왔다. 평소의 민혁이었다면 쭈뼛거리며 앉아도 되겠냐고 물었을 것이다. 허나, 지금의 그는 자리에 이미 앉아 여유로운 웃음을 짓고 있었다.

"용건이 무엇이죠?"

그 물음에 멍하니 그를 보던 최민수가 정신을 퍼뜩 차렸다. 그는 자신이 계속 폈다 접었다 반복해서 너덜해진 A4

용지를 그의 앞으로 내밀었다.

"이 전술서 네가 기획한 게 맞니?"

뜨끔!

하긴 했다. 그러나 그는 고개를 끄덕였다.

"네."

"다시 한 번 설명해 볼 수 있겠어?"

"요약해도 됩니까?"

"그래."

그는 요약해서 설명을 하기 시작했다.

먼저 C-12던전의 배경. 각 던전마다 배경이 다르다. 현대의 고층 빌딩이 즐비한 곳이 나오기도 하며 사막, 빙하기, 숲. 수를 헤아릴 수 없을 정도로 많다.

그 배경에 대해서 설명했다.

C-12던전은 괴수 중 죽은 생명체가 다시 부활해 나타나는 던전이다. 그 습한 곳에 필요한 물품들을 그 다음에 읊었으며 지형을 이용한 공격법, 또한 길드원들의 위치 배치에 대해서 설명했다.

술술 막힘없이 흘러나오는 그 말.

마치 오더처럼 명령을 내리는 것 같기도 해 보였다. 무엇을 챙겨라, 어디를 집중해라! 수색대 발걸음을 늦춰라, 공격대 집중 타격하라!

"하… 믿을 수가 없구나."

최민수는 얼굴을 손바닥으로 비볐다.

정말 뜨끔하긴 했지만 각 길드는 자신들이 공략한 던전의 전술에 대해서 발설하지 않는다. 만약 발설한 길드원은 대게 그 길드에서 아웃이다.

던전 공략은 하나의 재산으로 통하기 때문.

그렇지만 C-12던전은 조금 다르다. 너무 오래전에 공략된 상황이었고, 다양한 수의 공략이 나왔다. 책으로도 나왔을 정도다.

굳이 숨길 필요는 없다.

단, 최민수가 놀라는 건.

그가 오재원이 펼친 전술서를 직접 본 적이 없다는 것.

그렇다는 건 자신의 역량대로 이제까지의 공략법을 본 것을 토대로 비교를 해본 것이다.

이제껏 이 C-12던전을 이토록 완벽히 파헤친 사람은 보지 못했다.

이게 사실이라면.

최민수는 결심한 표정을 지었다.

그는 진중한 표정으로 말했다.

"혹시 전술가가 될 생각은 없니?"

의외의 제안에 민혁의 얼굴이 찌푸려졌다 펴졌다.

그는 단호히 고개를 저었다.

"괜찮습니다. 선생님."

"어째서? 민혁아. 인마."

슬그머니 최민수의 손이 올라와 그의 손을 잡았다.

'낮간지럽군.'

민혁은 손을 빼고 싶었지만 최민수의 눈에서 뿜어지는 그 그윽한 눈망울에 차마 그럴 순 없었다.

"너 인마 몇 개월 전만 해도 선생님한테 부모님 힘들게 이렇게 좋은 학교 보내줬는데 재능이 없어서 원망스럽다고 그랬잖아? 전술가가 되면 넌 먹고 사는데 충분해, 아니 그 이상이야!"

굳이 최민수가 민혁에게 전술가를 추천하는 결정적인 이유가 있다.

"그리고 민혁이 너 차크라 구현 못 하잖니…."

최민수도 비각성자였다. 비각성자가 가장 크게 성공하는 방법 중 하나가 바로 전술가가 되는 것.

민혁의 미간이 찌푸려졌다.

알고 보니, 이 몸의 주인은 차크라 구현도 행하지 못했던 듯 싶다. 이유를 생각해보면 쉽게 답이 나왔다.

카르마 컨트롤을 할 줄 모르는 것이다. 적어도 차크라보단 카르마의 구현이 훨씬 어렵다.

이제야 최민수의 말이 이해됐다.

확실히 그가 봤을 때 앞으로 민혁이 잘 먹고 잘 살며 부모님께 효도하는 것은 전술가가 되는 것.

그렇지만.

"죄송합니다."

그는 싫다. 그 지루하기 짝이 없는 전술가를 하라고? 사실 고맙다. 이 부담스런 눈을 가진 교사에게 본래 몸의 주인이 의지를 많이 했던 것 같다.

또한, 벌레보듯 하던 다른 교사들과 이 최민수란 교사가 보는 시선 자체가 달랐다. 진심으로 자신을 걱정해주는 이의 눈빛이었다.

단호한 그 대답에 그는 하는 수 없다는 듯 고개를 끄덕였다.

"그래, 결국 장래는 네 선택이니까. 그래도 생각 바뀌면 언제든지 선생님한테 말해라. 나 최민수. 내 이름을 걸고 우리 민혁이 책임진다."

자신감과 겉멋으로 보였지만 사실이다. 최민수는 학교에 있기는 아까울 정도의 전술가였다. 솔직하게는 괴수들이 우글거리고 하늘 높은 줄 모르고 솟은 콧대의 각성자들에게 치여 신물이 나 이곳에 온 교사. 지금은 나름 만족하고 있었다.

"너 내가 아는 민혁이 맞나?"

그 물음에 민혁이 씨익 웃었다.

"저라고 언제까지 그 모습 그대로 있을 수만은 없죠. 변해야죠. 부모님을 위해서라도."

하루아침에 이렇게 변하는 게 가능할까 싶을 정도지만. 아무렴 상관없었다. 민수는 그의 어깨를 두들겨주었다.

몇 마디 더 말을 나누고 교실로 돌아오자 이미 아이들은 모두 하교한 후였다.

그 오중태란 놈은 내일 밟아야 할 것 같다.

내일은 차크라 잠재능력등급을 확인하는 마지막 시험이
남아있었다.

4. 오혁수 공격대장

RAID

신의 탄생

4. 오혁수 공격대장

레이드

NEO MODERN FANTASY STORY

학교 인근의 식당에서 친한 친구 몇과 밥을 먹는 중태의 머릿속엔 아까 전에 보았던 강민혁의 그 모습이 사라지질 않았다.

그것은 다른 아이들도 마찬가지였다.

"강민혁, 그 새끼 요새 좀 이상하던데."

"너도 느꼈어? 뭔가 눈빛이 달라졌다고 해야 하나? 걸음 걸이도 변한 것 같고."

시험기간인지라 굳이 그를 터치하지 않고 있었다. 자신들도 공부하기 바빴기 때문이다. 그런데 오늘에서야 긴가 민가했던 것이 확실해졌다.

녀석은 변했다. 아주 많이.

"우리 이러다 큰일 나는 거 아냐?"

한 아이가 우려 어린 목소리를 냈다. 분명 그의 움직임은 중태 이상, 아니 훨씬 뛰어났다.

그 말에 중태의 미간이 찌푸려졌다가 실소를 흘렸다.

"니들 작년 기억 안 나냐?"

"작년?"

아이들이 고개를 갸웃했다.

"우리 학교의 망신. 강민혁. 그 새끼 차크라 구현 못하잖아."

"아… 맞다…!"

잠재능력등급 시험도 일 년에 딱 한 번 치루는 시험이다. 앞으로 이 각성자가 얼마만큼 성장할지를 암시하는 것이다.

말 그대로 암시다. A+가 나왔다고 해서 SS급이 될 수도, C급이 될 수도 있는 노릇.

그렇지만 확실한 건.

A+가 나온 각성자가 C급이 나온 각성자보다는 더 높은 급에 설 확률이 훨씬 높다는 것.

사실 잠재능력등급은 각성자 관리법에 따라 본인이 누설하지 않을 시엔 비밀에 붙는다. 그렇지만 아이들은 스스로 아무렇지 않게 자신들의 등급을 말하곤 한다.

정부가 군이 이런 법을 만든 이유는 아이들 사이에서 차별이 크게 존재하지 않기 하기 위함이었지만 무용지물이었다. 이미 아이들은 잠재능력등급에 따라 체계를 만들고, 권력을 형성했다.

작년 강민혁은 차크라 구현을 하지 못했다.

차크라 구현능력시험을 한 오늘은 가상으로 주어진 괴수 포인트를 이용해 사냥을 한 것이다. 허나, 내일은 실제로 차크라를 사용할 줄 알아야 등급을 책정을 할 수 있는 것.

그가 차크라 구현을 못한다는 걸 알게 된 것은 중태가 한 번도 그가 차크라로 몸을 방어하는 것을 보지 못해서다. 비록, 차크라 능력을 만드는 건 괴수 포인트이고 괴수 포인트는 괴수 사냥 혹은 아이템 등을 이용해 올릴 수 있지만, 실제 차크라가 실린 팔 자체가 능력이 실리지 않아도 훨씬 강했다.

그런데, 한 번도 녀석이 차크라 구현을 한 적이 없었고, 그것을 빌미로 눈치 채 잠재능력등급 시험 후, 계속 숨기려고 했던 것을 집요하게 괴롭힘으로써 차크라 구현을 하지 못해 등급조차 확인 못했단 걸 확인했다.

그 사실은 순식간에 학교 전체에 퍼져 나가 모두가 그를 학교의 망신으로 생각하곤 했다.

차크라를 구현 못하는 각성자라니!

"몸이 빠르면 뭐해? 차크라 구현을 못하는데. 결국 뒤처지게 되어 있어."

중태의 말이 맞았다. 차크라를 구현할 수 없다면. 그는 아무리 몸이 빠르고 감각이 틀려도. 각성자를 상대로 이길 수 없다. 그저 싸움 잘하는 일반인이 될 것이다.

"설마 차크라를 구현 하진 않겠지?"

한 아이가 다 된 밥에 재를 끼얹었다.

다시 분위기가 가라앉았다.

'그놈이? 흥. 말도 안 돼.'

얼마 전까지 자신의 밑에서 기던 그 모습을 생각하며 중태는 부정했다. 물론 그것은 그의 엄청난 착각일 뿐이었다.

❖ ❖ ❖

잠재능력등급 시험은 엄격한 비밀리에 치러진다. 교사가 시험실 밖에서 대기를 하고 학생은 잠재능력등급을 책정하는 기계 위에 손을 올려 등급 측정을 하면 된다.

등급측정이 완료되면 컴퓨터상으로 등급이 나타나며 등급은 컴퓨터를 통해서 대통령도 함부로 열어볼 수 없게 보안이 유지된다.

이 잠재능력등급을 만든 이유 중 하나는 학생들과 각성자들의 학구열을 높이기 위함이기도 했다. 실제로 잠재능력등급처럼 되리라는 보장은 없다. 채찍질일 뿐.

잠재능력등급을 올리는 방법은 노력+재능이다. 작년보다 이번연도 더 노력을 했다면 신체는 더욱더 많은 차크라를 확보할 수 있다고 반응한다. 그렇게 되면 잠재능력등급이 올라가며 채찍질 역할을 하게 되는 것.

만약 작년에 비해 나태하게 1년을 보냈다면 자칫 등급이 떨어질 수도 있다.

'역시…!'

시험을 치르고 나온 중태의 얼굴로 환한 웃음이 피었다. 미친 듯이 노력했던 만큼 성과를 거뒀다. 작년보다 등급이 올라 A+였다. 이정도 잠재능력등급이면 추후 각성자가 되면, S급 그 이상을 볼지도 모른다.

"중태야, 너 등급 뭐 나왔냐?"

"A+"

"캬. 역시 엘리트 집안은 다르구나."

친구의 물음에 중태는 속삭이듯 말해줬다.

이렇게 각성자 관리법은 무용지물이다.

"강민혁."

교사의 부름에 민혁이 몸을 일으켰다. 반 아이들의 이목이 집중되었다. 어제 놀라우리만치 차크라 구현능력 시험을 치룬 놈. 설마 그가 작년과는 다르게 차크라 구현을 통해 높은 등급을 받는 것은 아닐까?

시험실로 들어간 민혁은 자신의 손 높이로 올라온 배구공만한 차크라 수치 측정 구슬 위에 손을 얹었다.

그는 단전 깊숙한 곳에 숨어 꿈틀거리는 카르마를 끌어올렸다. 이 약한 육신은 미약한 카르마를 겨우 끌어올렸다. 그렇지만 결과는 대단했다.

컴퓨터가 보이는 수치를 본 민혁은 역시나 하는 표정을 지었다.

컴퓨터는 ∞를 나타내고 있다.

무한.

마르지 않는 잠재력. 어떻게 보면 컴퓨터 따위가 카르마에 대해서 인식하지 못하는 걸지도 모른다. 덧붙여 계속해서 민혁은 성장할 수 있는 것을 의미할지도 모른다.

이 때문에 염인빈이 그토록 말도 안 되는 강함을 가졌던 것. 물론 그도 급이 높아질수록 그 힘을 쌓는 게 어려웠지만 남들처럼 신체가 거부하지 않는 것.

정확하겐! 카르마와 차크라는 같긴 하지만 차크라가 결국 몸에 무리를 줄 수도 있는 기운이라면. 카르마는 신의 숨결처럼 따뜻하고 부드러운 기운이었다.

그 기운은 끝없이 광활했고 계속해서 수용할 수 있었다.

만족스런 표정을 지은 민혁이 밖으로 나왔다.

한 여자아이가 궁금증을 참지 못해 물었다.

"민혁이 넌 등급이 뭐야?"

귀로 속삭이듯 물었다.

민혁이 그녀의 귀에 속삭였다.

"알면.다쳐."

여자 아이의 미간이 찌푸려졌다. 줄을 선 아이들을 뒤로하고 민혁이 걸음을 이동했다. 중태가 그 아이에게 다가갔다.

"쟤 등급 뭐래?"

"알면 다친다는데?"

"미친놈… 작년하고 똑같나 보네."

중태는 고개를 절레절레 저었다.

자신이 보았을 때, 그는 차크라 구현에 성공했다면 동네방네 떠벌렸을 것이다. 작년에 어마어마한 실의에 빠진 걸 보면서 자신도 잠깐 동정이 생겼다가 말았으니까.

그만큼 각성자가 차크라 구현이 불가하다는 건 수치다.

그 수치를 들키지 않기 위해 저렇듯 숨기는 걸로 밖에 안 보였다.

역시 그는 며칠 놀라운 모습을 보여줬다고 해도. 강민혁은 강민혁일 뿐이다.

드디어 모든 시험이 끝났다. 학생들은 해방감에 놓였고 학교가 끝나고 어딜 갈까. 고민들을 하고 있었다.

민혁은 어제의 일을 떠올리며 오중태와 그 무리를 밟을 생각을 하고 있었는데, 예상대로 먼저 다가와 줬다.

"우리 같이 노래방이나 갈까?"

중태의 얼굴로 생긴 웃음에 민혁은 고개를 끄덕였다.

"좋지, 시험도 끝났는데."

의도하는 바를 민혁도 안다.

그리고 그 의도하는 바를 역으로 민혁이 고대하고 있었다.

과거의 이 육체의 주인이 당했던 빚을 오늘 갚아주려 한다. 그래야 이 몸을 빼앗긴 기존의 민혁에게 미안한 마음이 어느 정도 덜어질 듯 하다.

노래방으로 오자 담배를 꼬나무는 아이들, 그리고 자신에겐 앉지 말라는 말을 하는 중태.

"노래 한 곡 해봐. 요즘 너무 기고만장하는 것 같던데, 큭, 재밌네. 너 또 차크라 구현 못했냐? 병신새끼 하여튼."

자신은 잠재능력등급에 대해 말한 적이 없는데 스스로 판단하고 있었다. 민혁이 마이크를 들었다.

참 웃긴 놈이다. 중태라는 놈. 학교에선 좋은 마스크를 쓰고 있던데, 지금은 그 표정이 많이 달랐다.

"하나만 묻자, 왜 날 괴롭히냐?"

마이크의 머리를 어루만진 민혁이 커버를 벗겨냈다.

"그냥."

당연한 걸 묻는다는 듯 답했다.

"이 새끼가 우리 중태가 부르라면 부르지 뭔…!"

가장 가까운 쪽에 있던 아이가 탬버린을 집어 들며 위협하듯 다가왔다. 그 순간이었다. 탬버린을 집어든 손이 우둑 꺾였다.

"끄윽!?"

테이블 위에 꺾인 손을 올려놓은 민혁의 마이크를 쥔 손이 허공으로 치솟았다가 손을 내리찍었다.

퍼억!

우직

"끄으으윽! 으아아…!"

뼈가 아작 나는 소리가 소름 끼치게 퍼졌다. 눈 깜짝할
사이에 일어난 일이었다. 총 숫자는 다섯. 한 아이가 손을
붙잡고 바닥을 굴렀다.

"이런 씨발 새…!"

두 아이가 동시에 벌떡 일어섰다. 테이블 위로 솟아오른
민혁의 발이 한 아이의 명치를 걷어찼다. 명치를 맞고 기침
을 토하며 밀려난 아이. 등 뒤로 민혁을 노리는 다른 아이
가 느껴졌다. 그대로 회전하며 무릎을 굽혀 주먹으로 턱을
후려쳤다.

"끄윽!"

손으로 테이블을 짚으며 원심력을 이용해 명치를 움켜잡
은 아이의 턱을 발로 후려쳐 기절시켰다.

순식간에 세 아이가 쓰러졌다.

다른 아이 하나가 몸을 날렸다. 그대로 껴안듯 잡곤 문
앞으로 던져버렸다.

오중태의 팔로 차크라가 집중되었다.

"이 새끼가…!"

번쩍 뛰어오른 그가 민혁의 안면을 향해 주먹을 휘둘렀
다. 그 주먹을 민혁이 잡아챘다.

"날 괴롭힌 이유는 뻔하지. 차크라 구현도 못해서, 학교
에서 공부도 못하는 아이여서, 소심해서, 아버지는 처리조
란 신분이셔서."

민혁의 서슬퍼런 눈이 중태의 눈을 압박했다.

민혁이 잡은 손을 옆으로 쳐냈다. 중태의 몸이 반쯤 돌아간 순간, 어느덧 민혁은 그의 코앞에 서 있었다. 중태가 움찔하며 다시 주먹을 휘두르려는 순간이었다.

민혁의 발이 그의 명치를 걷어차 다시 소파 위로 앉혀버렸다. 그치지 않고 얼굴을 걷어찼다.

"크흡!"

고개가 휙 틀어진 그는 정신을 차릴 수 없었다. 민혁은 소파 위로 내려서 그의 왼 손을 양 발 사이에 끼고 있었다.

"또 한 번 건드리면."

그 살벌한 눈이 경고했다.

"넌 죽는다."

우득!

"끄아아악!"

❖ ❖ ❖

시험기간 동안 미뤘던 교사 이태수의 징계위원회가 아침부터 열렸다. 징계위원회에 참석한 교사들은 자신들의 눈앞에 놓인 징계사유에 대해서 확인했다.

'가상 시뮬레이션 기계를 이용해 야동?'

'천잰데!?'

여교사들은 민망한 듯 손부채질을 했고, 남자 교사 중 어떤 이는 그 비싼 기계를 구매해볼까 하는 생각을 하는 이도 있었다.

원 모양의 테이블의 정중앙 학생용 의자에 앉아 민망함에 고개도 채 들지 못하는 이태수가 앉아있었다.

가장 크게 높은 징계를 내려야 한다고 목소리를 높이는 이는 다름 아닌 최민수였다.

최민수는 비각성자이기는 했지만 다른 교사들이 쉬이 대하지 못한다. 적어도 국내에서는 중소길드 이상에서 수많은 스카웃 제의가 계속 들어왔다. 물론 그 바닥에 한 번 있었고 지쳤기에 당차게 거절했다.

분명한 것은 해성 각성자 전문 고등학교가 전술학 수업이 수준 높고 학생들 성적이 뛰어나다고 칭찬이 자자한 이유가 바로 최민수 덕분이라는 사실이다.

"학생들의 장래가 달린 기말고사 시험이었습니다. 그것도 큰 비중을 차지하는 차크라 구현능력시험에서요. 물론 잘 넘어가긴 했습니다만, 비싼 고가의 학교 기계를 이용해 자신의 사생활을 즐기는 것에 사용한 이태수 교사는 높은 징계를 받아야 한다고 생각합니다. 그뿐만이 아니에요! 학생에게 시험을 맡기고 담배를 피러 갔단 말입니다."

교장은 그 말에 고개를 끄덕였다.

징계가 내려졌다. 이번 학기가 모두 끝날 때까지 출근하지 않는 것으로. 이 정도도 큰 편이다. 학교 측은 더 많은 돈을 벌 수 있는 각성자를 교사로 두기에는 쉽지 않았으니까.

"보고서에 따르면 바이러스 때문에 E+괴수인 킬러비와 D급 괴수 자이언트 앤트가 나와 있다고 보고되었네요? 시험을 친 학생은 어찌 되었습니까?"

"다행이도 무사히 시험을 쳤습니다. 그 당시 제가 시험실에 들어가서 지켜봤습니다."

"그 무사히 라는 게 그냥 죽어서 로그아웃 되었다는 거겠지요?"

그 물음에 최민수가 어색하게 웃었다.

"시험을 친 학생은 두 괴수를 무사히 사냥했습니다."

"뭐요?"

교장이 깜짝 놀랐다. 징계위원회 교사 중 몇몇은 이미 들어 알고 있는 사실이었다. 그렇지만 너무 말도 안 되는 이야기라 긴가민가했다.

"시험점수도 뛰어났습니다. 차크라 일치율이 84% 차크라 적응력이 98%였습니다."

"9, 98%!"

교사들이 경악한 소리를 토해냈다. 교장의 눈이 크게 떴다. 학교에 이런 인재가 있었나!? 그중 한 교사가 의문을 표했다.

"혹시 컴퓨터의 바이러스가 나타난 괴수의 신체적인 조건을 낮췄거나 한다는 것도 가늠해볼 수 있지 않습니까?"

"그건 아닙니다."

98%란 수치가 너무 믿기 어려웠기에 한 질문 같았다. 교

장은 다급했다.

"그 동영상 지금 당장 확인할 수 있겠지요?"

"물론입니다."

"이 선생이 빨리 가져와요."

당연히 시험영상은 모두 자동 녹화된다. 이태수가 벌떡 일어나 나간 후 곧 들어와 USB와 빔 프로젝트를 연결했다.

스크린으로 빔 프로젝트가 비춰졌다. 교사들 모두가 숨을 죽이고 녹화된 영상을 지켜보았다.

곳곳에서 놀란 탄식이 토해졌다.

"헉…!"

"헐?"

"저, 저거 강민혁…."

특히나 가장 놀란 대목이 그 시험의 대상자가 강민혁이란 사실이었다. 학교의 위신을 떨어트리는 골칫거리! 부모는 처리조에 수업료를 밀리기 일쑤인 놈!

몇 교사는 이미 강민혁에 대한 소문인 건 알았지만 실제로 보자 눈을 비볐다.

아무리 봐도 컴퓨터 오류를 이용한 사냥 같진 않았다.

특히나 킬러비의 독침을 이용해 자이언트 앤트의 더듬이를 마비시킨다.

그 상대 괴수를 잘 이해해야만 가능한 것인데.

한 교사가 덧붙였다.

"사실 저도 어제 밤에 깜짝 놀랐습니다."

괴수학 교사이자 강민혁의 담임교사 엄상민이었다.

"알다시피 지금 스크린에 나오는 강민혁 학생은 매번 전교에서 꼴찌를 앞 다투는 아이입니다. 시험 날 답을 빨리 적고 자고 있어서 괘씸해서 제가 한 번 가채점을 해봤는데… 94점이 나왔습니다."

"네에!?"

"94점이요?"

다른 교사들이 눈을 동그랗게 떴다. 매번 시험 보는 것마다 5점에서 10점을 왔다 갔다 하던 그 아이가?

더 웃긴 건 공부를 안 하는 아이도 아니었다. 그저 말 그대로 베스트 오브 돌대가리.

"이번 전술학 시험에서 전 100점을 줄까합니다."

"저, 전술학 시험 100점 말입니까?"

교사들의 눈이 경악했다. 괴수학은 그렇다 치더라도 전술학 시험의 경우는 무척 까다롭다. 특히나 명망 있는 최민수 교사가 채점을 했는데, 그 정도라니?

"C-13던전에 대해서 잘들 아실 겁니다. 활인길드에서 꽤 오래 전 공략한 던전입니다. 그것에 대해 전술학 시험을 출제했는데, 제가 이 정도로 짤 수 있을까하는 의문이 크게 들더군요."

"최, 최민수 선생이 말입니까?"

"네, 교장 선생님."

"허…"

교장은 믿기 어려운 눈치다. 그도 강민혁에 대해 알았다. 작년에 학교에서 나온 차크라 구현이 불가한 아이. 그 때문에 얼마나 학교 위신이 깎였는지.

물론 소문으로 돌긴 한 사실이지만. 그마저도 얼굴이 화끈거리는 사실이었다.

그리고 여기에서 가장 중요한 사실은.

"그 친구. 어제 잠재능력등급은 얼마나 나왔답니까?"

어제 잠재능력등급 시험장에 서있던 교사에게 엄상민이 한 질문이다.

"그야 저도 모르죠. 본인만 알 겁니다. 저도 작년에 차크라 구현 실패한 학생이여서 유심 있게 봤는데, 나올 때 표정이 그냥저냥 이었습니다. 구현을 실패한 것 같았습니다."

"구현 실패라…."

"허…."

교사들이 안타까운 탄식을 흘렸다.

특히나 교장은 자신도 모르게 '에잉!' 하는 소리를 냈다.

말 그대로 차크라 구현을 하지 못하면 저 뛰어난 적응력과 실력을 두고도 말짱 꽝이다. 전술학을 중심으로 밀고 나가는 것을 제외하면.

교장은 슬쩍 엄상민에게 눈짓했다.

혹시라도 우리 학교의 인재가 될지 모르는 아이의 등급을 물어보라는 눈짓이다. 엄상민이 고개를 끄덕였다.

징계위원회는 이태수의 징계로 시작해서 마지막엔 강민혁에 대한 놀라움과 탄식으로 끝이 났다.

❖ ❖ ❖

어제 맞은 아이들의 얼굴은 가득 멍이 들어 있거나 깁스를 한 상태였다. 잠잠하자 민혁이 의아했다.

그래도 아이들 중 누구는 각성자를 아버지로 두고 있을 터인데? 자신들 잘못을 깨달았다고 하기엔 무리가 있어보였다. 오히려 쫄아서 그런다는 게 더 맞을 수도 있다.

담임교사 엄상민이 부른다는 말에 교무실로 갔다.

교무실에서 그는 자질구레한 이야기를 뱉어냈다.

아버지는 잘 계시냐는 둥, 학교생활은 괜찮냐는 둥, 괴롭히는 이는 없냐는 등. 전부 짧게 답했다.

자신을 볼 때 평소 보였던 그 눈빛과는 조금 달랐다.

그리고 조심스레 본론을 꺼냈다.

"참, 어제 민혁이 잠재능력등급 시험 봤지? 작년에 등급 확인 못해서 많이 서운했을 텐데, 이번 연도엔 잘 나왔겠지?"

은근슬쩍 차크라 구현을 성공했는지에 대해서 묻고 있었다. 민혁은 무표정으로 답했다.

"각성자 관리법에 따라 당사자는 본인이 원치 않을 시 잠재능력등급을 발설하지 않아도 될 의무가 있습니다."

"크흠, 그, 그렇긴 하지. 그래도 선생님한테만 작게 귀띔이라도….”

“싫습니다.”

단호했다.

사실은 말해줄 수 없었다. 다른 시험들은 몰라도 무한이란 수치가 나온 것을 사람들이 알게 되면 어떻게 될까?

빠른 속도로 퍼질 것이다.

전국 뿐 아니라 세계의 이목이 집중될 것이다.

사람들은 지금 자신이 차크라 구현을 못 해서 계속 숨긴다로 여기는 이들이 꽤 있는 듯 싶은데, 차라리 그렇게 생각하라고 해라.

자신은 이게 편했다.

“용무 끝나셨으면 일어나 보겠습니다.”

민혁이 자리에서 일어나 교실로 돌아갔다.

“저 새끼, 왜 이리 건방져졌어?”

그가 나서자 엄상민이 곱씹었다. 보니, 타고난 전투감각이 있다는 건 깨달은 것 같긴 한데, 차크라 구현을 못 해서 그게 들키기 싫어 숨기는 모양새다.

그때에 제작을 가르치는 교사가 민혁이 나서자 이동식 의자를 쭉 밀며 다가왔다.

“엄상민 선생님. 대박입니다.”

“왜요?”

“제작 시험 100점입니다.”

“혁…!”

아마도 괴수학, 전술학의 영향을 받아 제작 시험도 가채점 한 듯 싶었다. 항상 성적을 떨어트린다고 여겼던 놈인데, 오늘 여러모로 놀래 킨다.

'대체 이게 어떻게 된 거야? 이게 가능하긴 해?'

믿기에는 전의 민혁이 너무 밑바닥이었다. 상민은 그가 문을 열고 나선 곳을 놀란 눈으로 봤다.

❖ ⁂ ❖

집으로 돌아가는 길이었다. 오늘 처음으로 수업을 받았다. 수업은 모두 민혁에게는 크게 도움 될 것이 없는 수업이었다.

그것보단 왜 오중태 무리가 잠잠하냐는 것이다.

그 대단한 부모님이란 분들이 모습을 드러내지 않았다. 물론 민혁에게는 상관없었다.

학교를 때려 치라면 때려 치면 그만이다. 각성자 전문 고등학교는 필수가 아니라 선택이다. 배운 상태로 각성자가 될 것인지 맨 몸으로 부딪칠지. 그건 선택.

조금 꺼림칙한 건 부모였다. 가난한 형편. 애 하나는 제대로 된 교육 시키겠다고 각성자 전문 고등학교에 보내놨더니, 문제까지 일으켜봐라.

그간도 밑바닥을 치는 성적표를 보며 여간 속을 썩였을 것.

'역시 조용할 리가 없지.'

민혁의 눈썹이 치켜 올라갔다. 집과 멀지 않은 곳. 골목길 어귀에서 모습을 드러내는 건장한 세 사람이 있었다.

나이는 20대 중반쯤.

그들은 오중태와 친분이 있는 선배들이자 버스커 길드의 길드원들이었다. 버스커 길드는 평이 좋지 않다.

쉽게 말하면 과거에도 조직 폭력배가 존재했듯 현재에도 각성자들로 일구어진 폭력배 조직이 존재하는데, 그것이 버스커 길드다.

서울 일대에서는 어느 정도 이름 있는 조직이다.

"네가 강민혁이냐?"

길드원인만큼 그 셋은 각성자들이었다. 고등학생과는 분명히 달랐다.

이들을 이끈 길태현은 앞에 선 강민혁이란 녀석이 흥미롭다. 오중태. 자신의 후배이지만 앞날이 창창한 인재이다. 특히나, 아버지가 활인길드 공격대장 오혁수인데 무슨 말이 더 필요할 것인가.

그 오중태가 쉽게 밟혔다고 한다. 원래 왕따였다는데, 어찌 된 영문인지 모른단다. 더 재밌는 사실 하나는.

차크라 구현을 못 한다는 것.

"재밌네."

민혁의 눈이 날카로워졌다. 어제 오중태 무리는 고등학생에 지나지 않았다, 특히나 오혁수 공격대장과 친분이 두터웠던 자신이기에 그 정도 선에서 끝낸 것이다.

그렇지만 앞에 선 이들은 아니다. 민혁도 그들이 버스커 길드라는 걸 알아챘다.

흐긋하고 목 뒤로 보이는 뱀이 혀를 내민 문신이 증명했다.

소문으론 화랑 길드가 뒤를 봐주고 일정의 상납금을 받는다는 말이 있다. 국내 삼대 길드가 신경을 쓸 만큼 큰 길드는 아닌지라 활인도 그냥 두고 있다.

그래도 많은 이들의 것을 부당하게 빼앗고 각성자로써 옳고 그름을 하지 않는 존재들.

"웃어? 감히 우리가 누군지….."

민혁의 두 다리로 카르마의 기운이 뻗어졌다. 눈 깜짝할 사이 몇 걸음 움직인 순간. 가장 앞장 선 머리를 시원하게 민 태현의 코앞에 다다래 있었다.

"헉…!"

놀란 탄식이 터져 나왔다.

하단을 노려 다리를 움켜잡은 민혁은 그대로 바닥으로 고꾸라트린 후 등 뒤에선 이의 안면을 머리로 들이받았다.

"크윽!"

코를 부여잡고 비틀거리는 그때. 민혁의 옆구리를 노리고 날카로운 단검이 쏘아져 들어왔다.

두 발자국 뒤로 걸음 하여 피해냈다. 고등학생을 상대로 자신의 무기를 꺼내다니.

"표범-야수의 손톱!"

단검을 빼든 이의 몸동작이 마치 먹이를 노리는 표범과 같이 번쩍 뛰어 올라 머리를 내려칠 듯 쏘아졌다. 반 스텝 뒤로 물러났다.

각성자들을 상대하는 것은 맨몸으로 분명 무리가 있다.

민혁의 양 손으로 카르마 기운이 맺혔다.

미약하지만 이들 쯤은 충분히 제압할 수 있다. 또한, 카르마는 일반 차크라와 분명히 달랐다. 기본적으로 괴력을 낼 수 있게 해준다.

내려쳐졌다가 자리로 돌아가려는 팔을 잡아챘다.

그 악력에 눈을 부릅 뜬 순간.

한 손으로 가볍게 나무 막대 휘두르듯 벽에 던져버렸다.

쾅!

"끄으윽!"

척추가 쪼개질 듯한 통증이 엄습했다. 그것이 끝이 아니었다. 기다란 머리칼을 한 손으로 움켜잡은 민혁의 입이 뒤틀렸다.

"각성자는 말이다."

콱!

벽에 남자의 머리가 쳐 박혔다.

콱콱!

두 번 세 번.

"괴수를 사냥하라고 있는 사람들이지. 힘없는 사람들 괴롭히라고 있는 사람들이 아니다."

그의 눈이 날카롭게 빛났다.

"크어어…."

이마에서 피를 줄줄 흘리는 남자는 이쯤에서 끝냈으면 했다, 허나 강민혁이다. 상대를 잘못 골랐다. 울퉁불퉁한 그 벽에 머리를 움켜쥔 상태로 잡고 밀어버렸다.

찌이익익

얼굴이 그대로 쓸렸다.

바닥에 주르륵 쓰러지는 그의 머리통을 한 번 후려쳤다. 고개가 바닥에 떨어졌을 때, 민혁의 눈앞으로 전류가 흐르는 압축 된 구가 날아왔다.

방출계. '마법'이라 불리는. 차크라 볼트다.

카르마가 맺힌 손이 차크라 볼트가 쏘아져 오는 방향으로 펼쳐졌다.

손아귀에 차크라 볼트가 들어오는 순간.

콰직!

파지지직!

차크라 볼트가 부서지며 허공으로 스파크를 튀기며 흩어졌다.

'이런 씨발! 오중태!'

D-급 각성자 한 명이 허무하게 바닥을 굴렀다. 쓰러졌던 몸을 일으킨 길태현은 오류가 있음을 알았다.

다른 이의 차크라 능력을 상쇄시킨다는 건 그 본인은 더 강한 차크라를 소지하고 있다는 것을 의미한다. 다르게는 구현할 수 있다는 것.

말도 안 된다.

고등학생이.

그것도 방금 차크라 볼트를 쏜 방출계 각성자는 자신들 중 가장 급이 높은 D급이었다. 아무리 던전이 아닌지라 제대로 된 공격을 퍼붓지 못한다 해도 상대는 고등학생이었다.

다시 쏜살같이 달려온 민혁은 가장 거추장스러운 방출계 각성자에게 쏘아졌다. 시전을 하는데 시간이 걸린다. 전술 포지션에선 주로 공격계 바로 뒤에 선다.

늦기 때문에.

능력 구현을 하던 중 그는 목이 붙잡혔다. 그대로 다리를 걷어차며 붕 떴을 때 강하게 바닥으로 내리 꽂았다.

쿠우웅!

"끄읍!"

다리 하나를 부여잡고 몸을 뒤집게 한 후 다리 사이에 끼워 넣었다. 거침없이 꺾었다.

뿌드득!

"끄아아악!"

"이 개색…!"

마지막 남은 이. 길태현은 공격계 계열. 뻗어오는 주먹에 강한 살기가 실렸다. 죽인다. 자신을 죽이겠다는 소지가 다분하다.

민혁의 손이 주먹 쥔 그 손을 가볍게 손바닥으로 잡았다.

뿌드득!

"끄허억…!"

손이 모두 아스라졌다. 뼈가 산산조각이 나며 고통이 엄습했다. 절로 다리에 힘이 풀리며 바닥에 쓰러졌다. 말도 안 되는 괴력이었다.

"제, 제발 노, 놔…."

질질

그의 간절한 애원에도 손을 잡은 상태로 끌고 갔다. 벽에 쳐 박혀 쓰러진 이의 단검을 집어 들었다.

그의 다리를 잡고 몸을 돌렸다. 아킬레스건에 날이 시퍼런 단검이 지척으로 다가섰다.

"끄으…."

민혁의 눈이 살기를 머금었다. 망설임이란 없었다.

푸슉!

"우우우웁!"

단검이 뽑히며 피가 분수처럼 솟았다.

❖ ❖ ❖

집과 멀지 않은 인근 공원에 화장실이 있었다. 그곳에서 대충 손과 얼굴의 피를 닦아내고 집으로 돌아왔다.

방금 전 살벌했던 그 모습은 온데간데 없이 사라진 민혁은 자신을 맞이하는 어머니와 함께 식탁에 앉았다.

얼마 후 화장실에서 머리를 감고 아버지가 나왔다. 아버지의 팔에 자리 잡은 통 깁스를 보고는 민혁의 눈이 커졌다.

"아버지, 팔이…."

"신경 쓰지 말거라."

민혁의 눈이 어찌 된 일이냐며 어머니를 보았다.

"에휴, 이이는 그게 어떻게 신경 쓸 일이 아니야. 세상에 던전에 들어갔는데 아직 남아있던 괴수가 있었다구나. 자칫 잘못했으면…."

"어허, 애한테 뭐하려고 그런 소리를 해?"

"여보, 난 당신 그 일 안 했으면 좋겠어. 응? 차라리 다른 일을…."

"다른 일 무슨 일? 내 나이에 이 정도 대우에 돈 주는 곳이 또 어디 있다고? 괜한 소리하지 말고 밥이나 먹어."

어머니는 한숨을 삼키며 물 잔을 들었다. 민혁은 무슨 일이 있었을지 머리에 훤히 그려졌다.

길드원들의 던전 공략이 끝난 후 가장 마지막에 투입되는 처리조는 보통 8~12인 하나의 조를 이뤄 들어가며 한 조마다 두 세 명의 전투가 가능한 각성자들과 함께 한다.

혹시 모를 남은 잔 괴수 때문이다. 더군다나 던전 공략을 할 때 전부 쓸어버리는 게 아니다. 일부 들어갔다가 나오고, 일부 들어갔다가 나오고. 그 때문에 자칫 그 지점을 넘은 괴수가 있으면 처리조가 큰 피해를 본다.

팔에 깁스 정도는 양호한 편이다. 활인은 그나마 처리조에 대한 대우가 어느 정도 있었다. 함께 따라붙는 각성자들의 등급이 높았다.

"걱정 되냐?"

아무리 전혀 다른 영혼을 가진 이의 아버지라 해도 지금 자신은 민혁이다. 당연했다.

"그럼 공부 열심히 해라. 아빠 너한테 C급 이상도 안 바래. 아빠처럼만 살지 마라."

자신처럼만 살지 말란 그 말이 비수처럼 꽂혔다. 힘든 형편, 자신처럼 살지 않게 하기 위해 각성자 전문 고등학교에 보낸 사람. 실망만 시켜준 기존의 강민혁.

"시험 잘 봤냐?"

무안한 듯 물을 한 모금 삼킨 아버지가 가늘게 눈을 떴다.

"네, 이번엔 성적 오를 것 같아요."

"어머머, 정말이니?"

"네, 선생님도 이번엔 공부 열심히 한 것 같다고 하시더라고요."

"됐다. 그거면."

아버지의 얼굴로 미소가 만연했다. 자신의 팔의 깁스쯤이야 아무렇지 않다는 듯.

과거의 민혁의 아버지완 다르다. 그는 처음으로 아버지란 어떤 것인가 느껴보고 있었다.

몸에서 땀이 비 오듯 흐르고 있었다. 팔굽혀펴기를 하는 민혁의 육체는 부실하기 그지없었다.

오십 개를 채 하기도 전에 쓰러져 버렸다.

이 육체가 딱 이 정도다. 카르마를 구현하지 않으면 일반 인 중에서도 형편없을 정도.

본능적 감각과 탁월한 전투능력이 그를 받침 하고 있기 는 했으나 아까와 같은 일은 계속해서 자신에게 들이닥칠 것이다.

특출난 사람이 있으면 그 주위로 파리가 꼬이기 마련.

그렇다고 물러설 수는 없는 노릇이다.

당분간은 기본적인 육체의 힘을 길러야 할 것 같았다.

그는 숨을 고르게 쉰 후 침대 위에서 양반다리로 앉았다. 양 손의 엄지와 검지를 둥글게 만 후 무릎 위에 올려놓았 다.

"후우우."

숨은 그 어떤 때보다도 의식하지 않고 편안하게 했다.

눈을 감은 그는 머릿속으로 몸속에 내재 된 카르마의 기 운을 쫓았다.

어두운 기운. 강이 흐르듯 붉은 기운이 어둠 속에서 쪼르 르 움직이고 있었다.

그 형상을 배 쪽으로 밀었다. 몸 전체에 피처럼 퍼졌던 카르마가 배꼽 밑 단전으로 모여들었다. 그곳에는 흔히 각 성자들이 말하는 차크라 주머니가 있었다.

차크라 주머니에 모여든 카르마는 당장 원래의 자리로 돌아가기 위해 발버둥을 치고 있었다.

카르마는 내재하고 있지만 다루는데 익숙하지 않은 몸. 자유자재로 다룰 수 있어야 더욱 효율적이 될 것이다.

그는 출렁이며 몰려든 카르마를 오른손으로 밀었다. 오른손으로 밀린 카르마를 다듬기 시작했다.

뒤는 뭉툭하고 튼튼하게. 앞쪽은 그 어떤 때보다 뾰족하게. 2분이 지나고 그제야 카르마가 원하던 모양으로 만들어졌다.

카르마는 앞쪽이 뾰족한 송곳과 비슷했다.

차크라 컨트롤. 어지간한 각성자가 아니면 그 등급을 떠나 사용을 하지 못하는 능력. 더 나아가 칼처럼 벨 수도, 도끼처럼 찍을 수도, 해머처럼 단단하게 내려칠 수도 있다.

당장 차크라 능력 개방이 불가한 민혁의 최후의 한 수였다.

계속 찾아올 위협을 대비한.

"후우우."

눈을 슬며시 뜬 그가 작은 호흡을 내뱉었다. 이미 어떤 방식으로 해야 하는지 알고 있다. 며칠 이내에 송곳의 모양은 빠르게 만들어낼 수 있을 것이다.

씻기 위해 화장실로 들어가 물을 틀었다.

불현 듯 자신의 나약한 육체에 본디 염인빈일 때 가지고 있던 수많은 귀한 부산물, 아이템이 스쳤다. 그중에는 괴수 포인트를 올리거나 차크라 지수. 신체를 강화하는 물품도 있었다.

"그럼 뭐해."

그는 입맛을 쩝쩝 거리며 다셨다. 그래 봤자 모든 아이템 은 활인길드에 귀속될 것이다. 자신이 죽으면 그렇게 할 수 있게 모든 절차를 거쳤고, 유언장 작성도 미리 해두었다.

그 물건들이 길드에 큰 힘을 주고 지탱해줄 것이다.

오재원에겐 마지막 선물이었다고 할 수 있다.

허나 그중에도 분명 놓칠 수 없는 게 있었다.

'인피니티 건틀릿.'

민혁이 가장 아끼던 무기다.

인피니티 건틀릿에는 재밌는 일화도 있었다. 인피니티 건틀릿의 재료. 골든 다이아몬드는 이마에 뿔이 솟은 상체 는 사람, 하체는 염소의 것을 가진 사티로스의 심장이었다.

사티로스는 겉보기에는 별 볼일 없는 괴수처럼 보이지만 화랑 길드가 무척이나 힘겹게 사냥한 S-괴수였다.

무시할 수 없는 이유는 빠른 발과 방출계 마법을 사용한 다는 것.

녀석을 사냥한 전유물로 나온 골든 다이아몬드. 우습게 도 황금빛을 띠는 그저그런 다이아몬드에 불과해 보였다.

단 한 사람에게만 제외하고. 그게 바로 자신이었다.

화랑, 워스트, 활인의 정상들이 갖는 회담에서 화랑은 사티로스를 잡았다는 증표로 그것을 내세워 자랑했다. 그때에 인빈이었던 자신은 보석함에서 나온 손톱만한 그것을 처음 보았다.

본 순간.

그는 알았다.

자신의 물건이다.

몸 속 안 카르마가 골든 다이아몬드에 격하게 반응했다. 허나 화랑 길드의 것을 빼앗을 수는 없는 노릇.

입맛만 다시었는데 얼마 지나지 않아 일이 터졌다.

화랑 길드의 길드원들이 주점에서 활인길드의 이들과 싸움이 붙었다. 문제는 A급 각성자 셋이 활인길드 B급 각성자 한 명을 식물인간 상태로 만들었다는 것.

활인은 그 당시 한참 떠오르는 신흥길드였다.

오재원은 최소한 길드원을 그렇게 만든 화랑을 그저 웃으며 넘길 정도로 멍청한 사람이 아니다.

전쟁 준비를 했고 그 앞에 선 사람이 민혁이었다.

화랑은 겁에 질렸다. 활인길드 자체가 아니라 천군만마와 같은 힘을 내는 민혁이 무서웠기 때문.

결국 고개를 숙이고 공식적인 사과를 하였으며 그 과정에서 민혁은 골든 다이아몬드를 받기로 했다. 물론 활인에 대한 예의도 화랑은 보였고 특히 식물인간이 된 각성자의 유족을 화랑의 길마가 직접 찾아가 고개를 숙여 보여 사람들은 '화랑의 굴욕'이라고 말하곤 했다.

그 골든 다이아몬드를 활인길드의 명장 구태환이 건틀릿으로 탈바꿈 시켰는데 모두 인빈의 요구에 의아한 반응이었다.

아무런 특이점도 찾지 못하는 단순 다이아몬드에 불과한데 무기에 박아 달라 했기 때문에.

그러나 건틀릿을 착용한 순간. 민혁은 그때부터 고속질주를 하며 더 빠르게 강해지기 시작했다.

인피니티 건틀릿은 그 당시 민혁을 만든 최고의 무기였다. 카르마 자체는 힘을 더욱 증폭시킨다. 덧붙여서 인피니티 건틀릿. 정확하게는 카르마에 반응하는 골든 다이아몬드는 다른 존재의 차크라를 뺏어 올 수 있는 힘을 가졌다. 쉽게 말해 괴수와 인간을 죽이면 차크라를 흡수하고 그것을 카르마로 저장하여 민혁의 차크라 지수를 높여준다는 것.

덧붙여 민혁의 카르마는 무한한 흡수가 가능하다. 즉! 인피니티 건틀릿만 있다면 금방 다시 민혁은 치고 오를 수 있을 것이다.

사람들이 그 값어치를 모를 뿐.

'지금 혹시 오재원 놈 사무실에 걸려있진 않겠지?'

자신을 그리워하며 아꼈던 물건을 박제 하듯 걸어놓진 않았을까 싶었다. 그 대단한 물건을…!

'내가 다시 가져와야 한다.'

어떤 방식으로든 다시 인피니티 건틀릿을 자신이 가져와야 했다. 허나 쉽사리 그 방법이 생각나질 않았다.

한참이나 생각 속에 빠져 허우적대던 그의 눈이 스르르 감겼다.

❖ ❖ ❖

월요일 아침. 학교에 오자마자 교장이 찾은 사람은 엄상민이었다.

"강민혁 학생에게 물어봤나?"

"단호하게 말하기 싫다고 하더군요. 아마 차크라 구현에 실패한 게 아닐지…."

하나 같이 민혁의 차크라 잠재능력등급을 말하지 않은 것에 대해 구현을 하지 못한다고 여겼다.

그럴 것이 작년에 실패했던 아이가 이번연도 성공했다면 눈에 띄게 기뻐하며 동네방네 자랑하고 싶을 것이다.

작년처럼 못해내진 않았다면서.

"허… 구현만 한다면 대단한 인재인데… 오중태 학생보다 더 뛰어날 것 같던데. 흠… 아버지가 처리조라고 했던가?"

"네. 그렇습니다. 어머니는 비각성자인 평범한 가정주부입니다. 아무래도 직업 특성상 학교 수업료도 자주 밀리곤 했지요."

교장은 테이블 위에 손가락을 두들겼다. 썩히긴 아깝고.

"아. 최민수 선생한테 전술가로 키워 볼 생각 없냐고 권유해볼까? 어쩌면 국내에서 내로라하는 전술가가…."

"최민수 선생이 이미 그렇게 입질을 했나 봅니다. 싫다고 했다더군요."

"싫다고? 거참…."

교장은 난색을 표했다. 이렇게 되면 학교 측에서 더 이상 해줄 수 있는 게 없다. 인재를 찾았건만 그 인재가 나은 삶을 살 수 있는 길을 져 버리고 있는 거다.

때마침 교장실 전화가 요란히 울렸다.

전화를 받은 교장은 화색을 띠며 공손해졌다.

"아, 네! 이 여사님. 그간 안녕하셨습니까."

교장이 이 여사라고 부를 사람은 딱 한 사람이다. 학부모위원회 회장이자 오중태의 어머니. 활인길드 오혁수 2분대 공격대장을 남편으로 둔 이문숙 여사다.

"네에!? 뭐라고요? 강민혁 학생이 그랬단 말입니까!?"

방금까지 이야기의 화두로 있던 민혁의 이름이 나왔다. 교장의 얼굴이 사색이 되어 일그러졌다.

5. 버스커 길드

NEO MODERN FANTASY STORY

RAID

신의 탄생

5. 버스커 길드

레이드

NEO MODERN FANTASY STORY

　학교에 등교하자마자 민혁은 자신을 기다리고 있는 엄상민 교사를 볼 수 있었다. 그는 민혁을 교장실로 이끌었다. 얼굴이 붉으락해진 그는 거친 말을 서슴지 않았다.

　"지금 네 까짓 게 어떤 아이를 건드린 줄 아는 게냐!? 아버지가 자그마치 활인길드 2분대 대장님이시다. 응!? 그런 아이 팔을 분질러 놔!? 이런 미친…."

　"적당히 하죠."

　민혁의 얼굴이 서늘해졌다. 엄상민이 걸음을 우뚝 멈추어 섰다. 요즘 좀 대단한 능력을 보인다 싶었더니 이런 사고를 치다니!? 목소리에 반성은커녕 뻔뻔하고 반항기가 가득했다.

"이런 정신 넋 나간 놈이!"

괴수학 교사. 엄상민의 손이 뺨을 노리고 휘둘러졌다. 각성자 전문 고등학교는 일반 학교에 비해 체벌이 심한 편.

그 손목을 민혁이 잡아챘다.

"사건의 정황도 들어보지 않지 않으셨습니까. 재밌네요. 이제까지 제가 힘들어 하던 건 방관하셨으면서 말이죠."

거칠게 손을 밀어낸 민혁의 표정을 본 엄상민은 자신도 모르게 마른 침을 꿀꺽 삼켰다.

민혁이 앞서 걸어가자 뒤에서 쫄쫄 그제야 쫓아갔다.

'건방진 놈…! 요즘 좀 특별하다 싶었더니. 네놈은 퇴학이다! 퇴학!'

오중태를 건드렸으니 퇴학당할 것이라 엄상민은 확신했다.

교장실 문을 상민이 노크하고 문을 열고 들어갔다.

중앙 소파엔 머리가 몇 가닥 남지 않은 교장이. 좌측에는 오중태의 어머니와 오혁수 공격대장이 있었다.

두 사람의 등 뒤에는 팔에 깁스를 한 오중태가 싱글거리며 웃고 있었다.

"강민혁 학생, 부모님한테 연락은?"

"했습니다. 금방 오신답니다."

"엄 선생은 나가 봐."

"네."

엄상민이 문을 닫고 나섰다. 교장이 앉으라며 소파를 가리켰다. 이문숙은 잔뜩 뿔이 난 듯 양 팔짱을 낀 채 민혁을 죽일 듯이 노려보고 있었다.

오혁수는 표정 변화 없이 민혁을 보고 있었다.

오혁수는 그 며칠 사이에 많이 야위어 있었다. 많이 바쁠 것이다. 자신이 없는 빈자리. 거기에 문이 나타난 그때에 활인길드의 랭커들 상당수가 죽어 나갔다.

쉴 틈이 없을 것. 지금만 봐도 그는 손목시계를 자주 보곤 했다.

'건드릴 사람이 없어서 오중태 학생을 건드려? 이런 미친놈….'

아침까지만 해도 값진 인재를 썩혀야 하나 하는 고민을 했던 교장이 순식간에 변해 있었다.

오혁수는 마주 앉은 훤칠한 키에 새하얀 피부. 순둥이 같이 내려간 눈매, 허나 눈동자만큼은 결코 가볍지 않은 아이의 얼굴을 살폈다.

민혁이 오기 전 교장으로부터 이야기를 들었다.

얼마 전만 해도 성적도 최하위였고 특별한 것 하나 없는 아이라던데 아버지는 활인길드의 처리조 일원이라고 들었다. 놀라운 건 작년에 차크라 구현을 실패 했다는 아이가 자신의 아이를 제압했다는 것.

그뿐 아니라 다른 아이들까지.

'범상치 않군.'

눈매부터가 달랐다. 이 아이. 보통의 아이는 아닌 듯 보였다.

"강민혁 학생이 오중태 학생과 다른 친구들을 폭행했다는 말이 사실인가?"

"네, 사실입니다."

한 치 망설임도 없는 당당한 대답.

"가, 감히 네까짓 게 금쪽 같은 내 아들을! 이거 어떡할 거야!? 응?"

이문숙의 눈이 화를 머금고 폭발하려 할 때였다. 문이 열리며 민혁의 아버지와 어머니가 들어왔다.

특히나 아버지의 표정은 사색이 되어 있었다. 엄상민에게 대충 오중태의 아버지가 누군지 들은 모습이었다.

아버지는 불편한 깁스를 한 오른손으로 활인길드의 경례인 왼쪽 심장 부근에 오른손을 올리고 왼팔은 몸 뒤로 뺐다.

"활인."

오혁수는 가볍게 경례를 받았다.

창백해진 아버지는 어머니와 함께 조심스레 자리에 앉았다.

마주 앉은 것만 봐도 오혁수나, 이문숙에 비해 한 없이 초라한 차림새.

"우리 애 어떡할 겁니까? 이 팔 이거 보이죠? 다른 애들도 맞았다면서요? 교장 선생님. 저 가만히 못 있어요. 이런 애는 퇴학시켜야 해요!"

학부모 위원회 회장 이문숙이 목소리를 높였다. 교장의 이마로 식은땀이 줄줄 흘렀다.

어머니와 아버지의 얼굴이 창백해졌다.

어머니가 자리에서 벌떡 일어나셨다. 무릎을 굽히려던 순간.

아버지의 왼 손이 어머니의 손목을 잡으며 의자에 앉혔다.

"전 저희 아들이 이유 없이 그러지는 않았을 것이라 생각합니다."

아버지의 확신 어린 목소리. 믿음.

민혁도 다소 놀랐다.

그와 지금 마주 앉은 사람은.

하늘과 땅의 차이라 할 수 있는 오혁수 공격 대장이었기 때문이다.

허나 아버지는 오혁수 공격대장을 똑바로 보았다.

"제 아들이 머리도 나쁘고 이 못난 애비 애미를 닮아 차크라 다루는 솜씨도 형편없을 것을 압니다. 그래도 성심은 바른 녀석입니다."

"고슴도치도 자기 자식새끼는 예쁘다 더⋯."

"그렇죠. 사건의 정황에 대해서 확실히 들어볼 필요가 있겠지요."

오혁수는 담담한 표정으로 고개를 끄덕였다. 이문숙의 눈이 커졌다. 그의 팔을 살며시 붙잡았다.

"여보, 듣기는요. 저런 애들 딱 보면 몰라요?"

"가만히 좀 있어. 당신은. 그래. 강민혁 학생이라 했던
가? 이유가 뭐지? 왜 우리 중태와 다른 아이들을 그렇게 때
린 거니."

타당한 이유가 없다면 그에 걸 맞는 처벌이 내려질 것이다.

"이제까지 매일 중태와 그 친구들한테 폭행과 괴롭힘을
당해왔습니다. 급식실에서 둘러 싸여 갖은 욕을 듣기도 했
고 화장실에서 오물을 뒤집어쓰기도 했습니다. 또 반 아이
들을 이용해 저를 '왕따' 시켰습니다."

"흐음."

아버지와 어머니가 크게 놀랐다. 그런 일이 학교에서 있
었을 줄 꿈에도 몰랐던 것.

"무, 무슨 헛소리를 하는 거냐. 넌."

오중태의 목소리가 떨렸다. 교장도 미간을 찌푸렸다. 싹
싹하기만 하던 이 오중태 학생이?

"오중태. 사실이냐?"

오혁수의 날카로운 목소리가 파고들었다.

"아, 아버지 무슨 소리세요. 제가 그런 짓을 했을…."

"사실이냐고 물었다!"

다른 사람은 속여도 오혁수는 속일 수 없었다. 오중태가
딸꾹질을 한 번 하더니 입을 꾹 다물고는 다시 터지려는 딸
꾹질을 참기 위해 애썼다.

오혁수의 미간이 찌푸려지며 한숨이 쉬어졌다.

110 RAID¹

아버지는 결심한 듯 오혁수 공격대장을 보았다.

"저희 아들이 잘못한 건 알겠습니다. 애들에게 상처를 입혔으니 당연히 벌을 받아야지요. 하지만 이제까지 제 아이를 괴롭힌 아이들도 처벌 받아 마땅하다고 생각됩니다."

아버지는 자신의 겨우 붙들어 맨 직장까지도 내놓고 하는 말이었다. 오혁수 공격대장의 심기가 불편해진다면 자신 하나 해고되는 건 일도 아니다.

'좋은 분들이군, 정말.'

어머니는 못난 아들을 위해 무릎을 굽히려 했고 아버지는 못난 자식을 위해 물러서지 않았다.

오혁수가 대뜸 몸을 일으켰다.

그의 상체가 꺾였다.

"죄송합니다. 제 아들이 철이 없어 아드님에게 이제까지 해선 안 될 짓을 했군요. 아이가 제 아들을 그리 만든 것 이해합니다. 또한, 민혁이 아버님께서 이리 나오는 것 역시 당연하지요."

"아, 아니. 대, 대장님."

교장도 아버지도 당혹했다. 특히나 아버지는 벌떡 몸을 일으켜 어쩔 줄을 몰라 했다.

고개를 든 오혁수는 부드러운 미소를 지었다.

"다른 아이들의 부모님들에게도 제가 잘 말을 하겠습니다. 되도록 이쯤에서 서로 끝냈으면 합니다. 아직 앞날이 창창한 애들 아닙니까."

"그, 그렇게 하시지요. 민혁이 아버님."

교장도 난감하던 차에 오혁수의 제안은 달가운 것이다. 서로가 지은 죄가 있으니. 쌍방으로 치자는 것.

"그럼 그렇게 하겠습니다."

"감사합니다."

'역시 오혁수 공격대장 당신은.'

강민혁은 그답다고 생각했다. 사실 자식 앞에서 어떤 예의 바른 신사도 팔불출이 되는 경우가 많았다.

허나 오혁수는 서로 간의 잘잘못을 확실히 알았고 자신이 어떻게 처신해야 할지도 알았다.

사실 그가 가진 힘 정도면 민혁이 주장하는 왕따나 괴롭힘은 묵언해버리고 퇴학을 진행할 수 있었다.

이렇게 바른 사람이기에 그를 따르고 아끼는 길드원이 무척 많았다.

"처리조 일은 힘드신 것은 없으신지요. 저희도 되도록 개선 방향을 찾으려 해도 좀처럼 쉬운 게 없습니다."

"지금도 충분히 만족합니다. 다른 길드의 처리조 분들 이야기를 들어보면 저희 활인만큼 대우가 좋은 곳은 없더군요."

"하하, 그리 생각해주시니 감사합니다."

이문숙은 못 마땅한 표정인 것에 반면, 오혁수는 아버지에게 존칭을 하며 스스로를 낮춰 먼저 말을 걸고 부드러운 분위기를 유도했다.

'이런 씨…!'

오중태는 그 모습을 보며 머리가 하얘졌다. 토요일에 전화가 걸려왔다. 자신과 친분이 있는 길태현이었다.

기다리고 있던 전화였고 강민혁을 처절하게 밟았다는 이야기를 듣고 싶었다.

그러나 들려온 것은 강민혁을 죽이겠다는 말과 갖은 욕설. 그리고 자신에 대한 타박이었다.

그 말에 의하면.

강민혁은 차크라 구현을 한다는 것.

그래서 최종적 선택을 한 것이 부모님을 이용하자고 한 것이다. 싸워봐서 안다. 자신은 차크라 구현을 하는 강민혁을 이길 수 없다. 절대.

최소한 학교에서 쫓아내자고 생각했더니 아버지가 오히려 변수로 작용해버렸다. 계획이 완전히 엇갈려 버렸다.

"이만 먼저 가보겠습니다. 다음에 식사라도 대접해드리고 싶군요."

"어우, 아닙니다. 대장님. 들어가십쇼. 활인."

오혁수는 경례를 받고 가족들과 나서려다 몸을 돌렸다.

"아드님의 눈이 강직합니다. 크게 될 아이 같습니다."

"그렇습니까?"

오혁수의 칭찬 어린 말에 아버지는 기분 좋은 웃음을 지었다. 입에 발린 말이라도 자식 칭찬에 안 좋을 부모 없다. 그리고 오혁수의 말은 단순히 입에 발린 말이 아니다.

민혁의 눈이 그리 말해주고 있었다.

또한 앞으로 그와 자신 사이에 인연이 있을 것 같다.

특히나 자신의 아이와 다른 아이까지 때려눕혔다는 작년까지만 해도 차크라 구현을 못했다는 아이.

재밌다. 강민혁이란 학생.

그들이 나서자 아버지의 손이 조심스레 민혁의 손 위로 겹쳐졌다. 아버지는 손에 힘을 주고는 작은 웃음을 짓고 있었다.

❖ ❖ ❖

짜악-!

건물을 벗어나 주차장의 차에 오르려던 때였다. 오혁수의 손이 날카롭게 오중태의 뺨을 후려쳤다.

"읍!"

"이 녀석! 네가 지금 무슨 짓을 한 줄 아느냐!?"

"죄, 죄송합니다. 아버지."

"네가 무엇을 잘못했느냐!"

"아버지의 고개가 숙여지게…."

"이 멍청한 놈!"

"여보!"

그 대답에 다시 오혁수의 손이 들어지려다 이문숙의 만류에 그는 화를 가슴 밑으로 삭혔다. 그래도 학교에서 좋은 성적도 받아오고 해서 괜찮은 아들 하나 두었다 생각했더니 오늘 보니 아니었다.

"이 애비가 고개를 숙였다 해서 부끄러워할 줄 아느냐? 그들한테 미안하더구나! 내 자식을 이리 부끄러이 키워서! 내가 화나는 건 어째서 그런 짓을 했냐는 말이다!"

오중태는 대답하지 못했다.

입을 꾹 다물었다.

"내가 뭐라 말했느냐. 항상 각성자는 왜 강해져야 한다고 했지!?"

"자신의 주위 사람들을… 크흡, 지키기 위해서라고 했습니다."

"그것을 아는 놈이…! 꼴도 보기 싫구나!"

오혁수가 거칠게 차에 올랐다. 뺨을 맞아 붉게 달아오른 중태를 보며 어쩔 줄 몰라 하던 이문숙도 집에서 보잔 말과 함께 차에 탔다.

차가 출발하자 오중태는 결국엔 어린애답게 울음을 크게 토했다.

옆에서 이문숙의 날카로운 잔소리가 날아들었다. 오혁수의 마음도 편할 리는 없었다.

이때에 왜 그 사람 생각이 나는지는 모르겠다.

코리안 나이트. 염인빈.

때론 냉혈의 기사라고도 누군가는 말하곤 했다.

그만큼 적에게 있어 자비란 없었기에.

수년 전, 꽤 된 때의 일이다.

자신은 그때 당시 활인에서 가장 약한 5분대 공격대장을 담당하고 있었다.

5분대 회의실에 혼자 멍하니 앉아있을 때가 많았다.

자신의 미숙한 지휘 하에 분대원 두 명이 죽었기 때문이다.

두 사람이 앉아 있던 자리를 보며 홀로 눈물을 삼키곤 했다.

'집에 안 갔나?'

'호, 활인!'

문을 열고 들어온 인빈은 그때 당시 한참 활인을 높이 세우기 위해 어떤 이보다 굳고 강한 눈을 가지고 있었으며 피로해보였다.

'얼마 전 죽은 길드원들이 마음에 걸리나 보군.'

인빈은 품에서 꺼낸 담배를 입에 물고 작은 실소를 흘렸다.

'자네가 조금 더 지휘를 잘했다면 조금 더 전략적이었다면 그 두 사람을 지킬 힘이 있었다면 살았을지도 모르지.'

가슴에 비수가 되어 날아왔다. 자신도 스스로 부족하기 때문인 걸 알았다. 그런데 그는 위로의 말은커녕 자신을 몰아붙였다.

'앞으로 책임 질 가족이 많을 두 사람이었어. 나이도 창창했고.'

담배를 모두 펴 재떨이에 비빈 그는 힘 있게 말했다.

'그러니 강해지게. 자네가 더 이상 이 자리에 앉아 길드원들 때문에 스스로를 한탄하지 않게 강해지게. 강해진다는 건 그런 거야. 자네가 강해질수록 더 많은 사람을 지킬 수 있어. 각성자는 소중한 사람을 지키기 위해 강해지는 거네.'

눈물을 펑펑 흘리는 자신의 어깨 위로 차갑다고만 생각했던 그의 손이 올라왔을 때 그제야 그가 말하는 바를 알 수 있었다.

그때 이후로 더욱더 노력했고 내달렸다.

어느덧 자신은 활인의 공격대 중 두 번째로 강한 2분대 대장을 맡고 있었다.

'요즘 많이 힘듭니다. 그립군요.'

그는 씁쓸한 웃음을 머금었다.

❖ ❖ ❖

대한호텔.

화랑 길드가 운영하는 호텔로 5성급 호텔이었다. 주로 묵는 고객들은 대게 명망 있는 각성자들 혹은 정재계 고위급 인사들이 많았다.

대한호텔 앞으로 리무진 한 대가 멈춰 섰다. 앞서 훤칠한 서른 중반의 사내가 먼저 내리고 그는 문을 잡고 안의 이를 보필했다.

오재원이 내렸다.

방금 문을 열어준 이는 S-급 각성자 이수현이었다. 두 사람이 함께 호텔 안으로 들어갔다. 풀어 헤쳐진 슈트의 단추를 잠군 오재원은 호텔의 식당으로 내려갔다.

엘리베이터가 열리자 대기하고 있던 직원이 친절하게 그를 맞이했다.

"어서 오십시오. 오재원 님."

작게 고개를 끄덕인 오재원은 직원의 안내를 받아 걸음했다. 둥그런 탁자 위에 하얀 식탁보가 둘러져 있었고 그 주위로 항상 보던 이들과 오늘 초면이나 껄끄러운 이 한 명이 앉아있었다.

"어서 오시죠."

"왔어요?"

중년인. 머리를 포마드로 넘기고 줄이 달린 안경을 쓴 남성은 화랑길드의 마스터 김재민이었다.

오렌지 브라운으로 염색한 머리. 서른 중반의 나이라고 믿기지 않을 만큼 빼어난 외모를 가진 여성은 워스트 길드의 마스터 한현지였다.

그리고 한 눈에도 중국인이라는 사실을 알 수 있는 그 사내는 키나 체구가 작은 편이었다. 머리는 시원하게 밀었고, 눈 옆에 기다란 칼자국이 있는 것이 인상적이었다.

복장은 도복인 검은색 창파오였다. 창파오에 하얀 실로 수놓아진 포효하는 백룡이 인상적이다.

김재민이 그를 대신 소개했다.

"제 비즈니스 파트너인 중국 백룡 길드의 하우쉔입니다."

하우쉔.

유명한 이름이다.

오재원의 미간이 꿈틀거렸다. 결국 화랑이 일을 터뜨린다. 인빈이 죽자마자 때를 노려!

그래도 조금은 늦게 추진할 것이라고 여겼다. 지금 국내 삼대길드는 얼마 전 있었던 그 싸움으로 많은 재정비가 필요했기 때문이다.

하우쉔은 S+각성자였다. 대한민국이 보유하지 않은 각성자.

그는 강하다. 각성자 이전에 그는 중국의 유명한 무술가였다.

또한 세계 삼대 길드 중 아시아의 정점에 선 길드가 바로 백룡 길드다. 백룡 길드는 호시탐탐 대한민국을 노렸다. 그것을 막은 것이 바로 염인빈이었다.

그들과 대한민국이 손을 잡는 것은 조국 땅을 그들에게 내주는 꼴이 되기 때문.

허나 화랑은 항시 중국과 손을 잡기를 원했다. 허울 좋은 말로 새로운 나라의 문물을 받아들임으로써 더욱더 각성자들의 질을 높이고 정보와 괴수에 대한 다양한 것들을 교류하며 위급 상황 시 서로 도와야 한다는 말로 포장하곤 했다.

개소리!

화랑길드는 중국 백룡 길드를 통해 국내의 정점에 서려는 수작이다. 그것이 결국 독이 되어 화랑이 그리 된다 해도 백룡의 개가 될 뿐이거늘!

"반갑습니다. 활인길드 오재원입니다."

재원이 손을 뻗어 악수를 청했다. 하우쉔은 작은 웃음을 지으며 그 손을 보더니 실내임에도 불구하고 끼고 있던 가죽장갑을 벗고는 이죽 웃었다. 새끼손가락 하나가 없었다.

"하하, 하우쉔이 낯을 좀 가리는 성격입니다."

작게 조소한 김재민이다. 머쓱한 손을 내린 오재원은 속으로 이를 뿌드득 갈았다.

"이토록 바쁜 분들을 모시게 한 이유는 아실 거라 생각합니다. 비공식 X-32의 소유권에 대해 이야기를 해봐야겠지요."

비공식 X-32는 얼마 전에 발견된 새로운 던전이다.

아직 누구도 발을 들이지 않았다. 세 길드 사이의 눈치전이었다. 먼저 명분 없이 발을 들이는 길드는 자연스레 질타를 받게 될 것.

또한 지금 시국이 시국인지라 잠시 그 던전의 소유에 대해서 미뤄놓나 하고 워스트와 활인은 그렇게 생각하고 있었다.

던전 하나의 소유권만 해도 어마어마한 것을 길드에게 준다.

물론 그 던전이 예상을 넘는 강한 괴수들이 즐비한 던전이라면 다른 길드와 연합을 필요로 하게 되겠지만 던전 하나에서 나오는 부산물과 다양한 아이템 또한, 새로운 괴수라도 나온다면 그에 대한 공략을 먼저 습득함으로써 길드에 막대한 이득을 준다.

"워스트는 순순히 저번에 발견된 X-21의 소유권을 넘겼었습니다. 이번엔 양보해주시죠."

한현지는 꼬아진 다리를 반대쪽으로 꼬며 웃었다.

"이런이런 아니죠. 그렇게 따진다면 길드연합이 A-11던전을 공략했을 당시 저희 화랑의 피해가 가장 컸습니다. 그만큼 저희 화랑이 우위를 다투긴 했었지만 화랑이 갖는 것이 옳다 생각합니다."

"재밌군요."

오재원이 작은 웃음을 머금고 웨이터가 주전자로 따라준 물을 입에 축였다.

"X-32던전은 원 타임 길드가 저희에게 앞서 보고해 알려지게 된 길드입니다. 원 타임 길드에게 그만큼의 대가를 저희는 주었고 저희가 X-32던전의 소유자라는 것이 더 맞는 이야기 같군요."

애초에 처음 X-32던전은 원 타임이라는 작은 길드에서 앞서 발견했다. 원 타임은 그 위치를 알려주는 것을 대신 값어치를 받기에 활인에 요구했고 응당 원하는 만큼 지불했다.

헌데 이 멍청한 원 타임 길드에서 말이 새나가 다른 두 길드가 알게 되었다.

말이 새나가지 않았다면 이미 활인이 꿀떡 삼켰을 것이다.

이렇게 세 길드가 서로 양보를 할 수 없다는 굳은 의지를 보였다.

하우쉔은 오재원을 보았다.

결코 호락한 자가 아니다.

염인빈이라는 강수를 두고 크게 성장한 길드의 마스터였지만 적어도 워스트 길드의 철없는 철부지 아가씨 같은 여인에 비하면 적어도 화랑의 김재민과 동급이라 판단되었다.

"그럼 이렇게 하죠."

한 치 양보도 없다. 그렇다면 세 길드가 그만큼 희생을 해서 따내야 하는 것.

그러나 지금 그러기엔 세 길드 모두 휘청이고 있었다. 단 한 명의 각성자라도 아쉬운 판국이었다.

화랑 길드의 마스터. 김재민은 자신의 검은 속내를 드러냈다.

"대회를 여는 겁니다."

"대회요?"

대회라는 말에 오재원의 미간이 찌푸려졌다. 한현지는 흥미가 동한 표정으로 앞에 놓인 레몬에이드를 쪽 빨았다.

"지금 알다시피 국민들에 대한 저희 세 길드의 지지가 좋지 않습니다. 특히나 활인도 말할 것 없겠지요?"

국민들은 힘없이 코리안 나이트 염인빈을 잃은 활인길드를 질타하고 있었다. 그들의 잘못이 아니어도 이 판국이라는 게 그렇다.

헌데 그 비난이 다소 거센 편이다.

그 비난의 한 편에는 화랑길드가 있으리라고 오재원은 예상하고 있다.

분명히 선동을 하는 무리들이 있을 것이고 그들이 화랑의 사주를 받았을 것.

화랑은 활인만 없다면 대한민국을 집어삼킬 수 있다 믿으니까.

"국내 삼대 길드 주관하에 축제를 여는 겁니다."

"지금 시국에 축제라… 하루라도 더 빨리 상처를 여물어야 할 때일 텐데요."

"어마어마한 큰 축제를 말하는 것이 아닙니다. 작은 축제. 허나 많은 국민이 열렬히 환호하고 좋아할 겁니다. 말했듯 대회를 열자는 겁니다. 전국민을 대상으로 능력 있는 각성자들을 두고 말입니다."

김재민은 이미 그들이 어떤 말을 할지 알고 있었다.

"글쎄요."

오재원은 두루뭉술한 답을 내놓았다. 그의 마음을 대변한 건 한현지였다.

"콧대 높은 실력 있는 각성자들이 대회에 나온다는 건 다소 무리가 아닐까요. 지금 그들에겐 쉴 틈이란 없어요. 또한 각 랭크가 이미 올라있는데 굳이 대회를 연다는 건 이상하다고 생각되는군요."

랭크를 올리는 방법은 차크라 지수가 높으면 컴퓨터상 자동으로 랭크가 올라간다. 다른 방법으로는 자신보다 높은 등급의 각성자와 던전 관리국의 지휘 하에 대련을 벌여 승리하는 것.

이미 정해진 랭크. 또한 바쁜 이 틈에 국민들에게 좋은 인식을 심어주기 위해 여는 대회라면 어중이떠중이들로는 부족하다.

"그렇다면 각성자를 키우는 것은요?"

화랑 길드 김재민은 한현지가 원하던 답을 내놓자 이빨을 드러냈다.

"각성자를 키워요? 육성하겠다는 말입니까?"

"육성기간은 3개월. 참가자격요건은 전국 대상 3성 길드 이상! 각 길드가 육성한 각성자를 딱 한 사람 참가시키는 겁니다. 미성년자들 위주로."

"미성년… 흐흠…."

"타이틀은 인재를 키운다는 거지요. 지금 당장 대회에 내보낼 각성자는 없습니다. 모두 바쁘니까요. 각 길드의 저력으로 각성자를 키우고 또 그 각성자들은 추후 대한민국 발전에 이바지 하지 않겠습니까? 그리고 아직 라이센스를 획득하지 않은 미성년자들을 키워낸다. 이 타이틀이야 말로 가장 공평하고 타당하다고 생각됩니다."

공평과 타당은 국내 삼대길드가 엮이면 의미 없다. 3성 길드 이상만 참가자격이 주어진다 한들 그들이 삼대길드가 키운 인재를 이길 확률은 아주 작다.

"그리고 이 세 길드가 키운 인재 중 한 사람이 우승한다면 그 길드에 던전의 우선권을 주는 겁니다. 어떻습니까? 제 제안이."

그냥 들어보면 좋은 제안이다. 삼대 길드가 함께 3개월간 인재를 차출하여 발전시키고 그 인재가 대회에서 우승을 하면 던전을 가져간다.

이처럼 삼대길드 끼리의 마찰 없이 던전에 대한 우선권을 결정하는 것만큼 깔끔한 것은 없을 것. 그러나 먼저 이런 것을 제안했다는 것이 석연찮다. 화랑길드 김재민은 능구렁이 같은 작자였으니까.

"물론 우승한 학생에겐 그만큼 값진 선물도 줘야겠지요? 호호!"

그것을 알기는 하는 걸까. 워스트의 한현지는 그저 앞으로 재밌는 일이 생길 것 같다는 듯 웃는다.

만약 워스트의 한현지는 밑에서 받쳐주는 전술대가 아니었다면 진즉에 워스트를 말아먹었을 것이다.

"괜찮은 제안 아닙니까? 던전을 두고 서로 이를 드러내고 싸우느니 인재도 육성하고 국민들의 환심도 살 수 있겠지요. 모름지기 대부분의 사람들은 그저 하하호호 웃고 재 있으면 좋아하기 마련이니까요."

차라리 한현지가 이성적인 판단이 가능하다면 함께 밀 어붙일 판이건만 한현지 마저도 그 제안에 현혹된 듯 보였 다.

오재원은 신음을 삼키며 묵묵부답이었다.

"한현지 마스터는 찬성 하십니까?"

"괜찮은 제안 같네요."

"오재원 마스터는요?"

이미 과반수다. 두 길드가 그 일을 추진하겠다. 라고 생 각을 굳히면 활인이 안 한다고 해도 다른 수가 없다.

"그렇게 하죠."

오재원은 속으로 이를 빠득 갈았다. 모든 이야기가 끝나 고 다음을 기약하며 자리에서 몸을 일으켰다.

차량에 오른 오재원에게 운전석에 앉은 사내가 고개를 틀었다.

"저희 길드에 대해 안 좋은 소문을 뿌리고 다니는 이들 의 배후에 대해서 알아냈다고 연락 왔습니다."

"그게 어딘가."

오재원의 눈이 가라앉았다.

"화랑입니다."

예상하던 바였다. 그의 입술이 뒤틀려 올라갔다.

이런 식으로 나온다 이거지. 참으로 예의 없는 자이다.

126 RAID¹

김재민이라는 작자는. 자신의 친구 인빈이 있을 때만 해도 꼬리를 내리고 살살 눈치를 살피더니.

그가 없는 지금 대한민국을 휘어잡으려 한다.

호랑이 없는 굴. 여우가 왕인 척 행세하는 거 아니겠는가.

'호락호락 하진 않아.'

"우리도 그럼 반격을 준비해야지."

오재원의 작은 웃음에 이수현이 고개를 끄덕였다. 소리 없는 전쟁의 서막.

차량이 출발했다. 입구에서 능글맞은 웃음을 지으며 걸어 나오는 하우쉘이 보였다. 자칫 잘못했다간 대한민국에 피바람이 불지도 모르겠다.

❖ ❖ ❖

며칠 평범한 일상이 지나가고 있었다. 민혁은 팔굽혀펴기나 윗몸 일으키기, 철봉, 조깅 등의 운동을 게을리 하지 않고 있다. 최소한의 육체는 갖춰야 했고 차크라 컨트롤도 더 나아져야 하기에.

각성자의 강함은 기본 육체와 빠른 판단력, 차크라 능력, 차크라 지수에 따라 만들어진다.

아무리 강한 차크라 능력을 가지고 있다 해도 몸이 안 따라주면 뭐하는가.

또한 차크라 능력과 별개로 차크라 지수는 몸 안에 잠재된 차크라의 보유 양이다. 이 차크라 지수만 높아도. 육체는 일반인 이상의 힘을 내는 것.

카르마는 일반 차크라보다 육체에 끼치는 영향이 더 크다. 사실 정확하겐 모르겠다. 이 카르마가 자신에게만 해당하는 사항안지 기존에 카르마가 이런 존재인지.

괴력을 낼 수 있게 해준다. 카르마만 잘 사용해도 나무를 통째로 뽑을 수 있는 거다. 또한, 차크라 지수가 올라갈수록 그 힘은 더 강해진다.

"후우우."

아침 일찍 조깅을 마치고 돌아온 민혁은 문을 열고 들어오자 신문을 보고 계시는 아버지를 발견했다.

"일어나셨어요."

"그래, 운동 다녀 왔냐."

"네."

"보기 좋구나."

민혁은 그 무뚝뚝하면서도 애정이 담긴 목소리에 작게 웃는 화장실로 들어가 샤워 후 밥을 먹고는 교복을 입었다.

일단 강해진다 해도 서둘러 라이센스를 획득해야 했다. 라이센스를 획득 하려면 일단 성인이 되어야 했다.

미성년자는 대부분 괴수 사냥을 하지 못하게 법적으로 제한되어 있다.

술, 담배는 해로워서 못한다 하지 않은가?

또 군대는 전쟁이 나지 않는 이상 성인만 가지 않는가?

마찬가지다.

서울 한복판에 문이 열려 마족이 나왔던 것처럼 혹은, 괴수가 처음 나타난 몬스터 아웃 브레이크가 일어나지 않는 이상 미성년자는 괴수 사냥을 하지 못하게 한다.

때문에 성인이 되어야 강해지든 말든 한다.

이제 몇 개월 남지 않았다.

그때만 되면 자신은 치고 달리기 시작할 것이다.

학교에 등교하고 얼마 지나지 않아 아침조회시간.

담임교사 엄상민이 묵직한 출석부를 옆구리에 끼고 들어왔다.

평소완 다른 그 묵직함에 아이들은 본능적으로 직감했다.

성적표다!

"우리 반에서 여김 없이 전교 1등이 나왔다."

눈을 비비고 다시 확인해 봐도 변함이 없는 1등.

엄상민은 매우 놀랐다.

반 아이들의 시선이 전부 오중태에게 향했다.

항상 독차지하던 아이니까.

허나 전혀 다른 이름, 예상치도 못한 이름이 나와 버렸다.

"강민혁. 이리 앞으로 나와라."

민혁의 이름이 언급되자 반 아이들이 고개를 갸우뚱했다.

성적표를 내미는 엄상민은 다시 한 번 민혁의 얼굴을 자세히 들여다봤다.

자신이 아는 그놈이 분명 맞는데. 참 기상천외한 일이다.

"이번 전교 1등은 강민혁이다."

"네에!?"

반 아이들이 이구동성으로 깜짝 놀란 표정을 지었다. 오중태의 얼굴은 믿을 수 없다는 듯 일그러졌다.

사실 강민혁과 오중태의 성적은 거의 비등했다.

그렇지만 차크라 구현 능력 시험과 전술학 시험이 강민혁을 전교 1등으로 만들어냈다.

민혁도 다소 의외였다.

우리나라 각성자 전문 고등학교의 수준이 고작 이 정도인가보다 결국 병아리가 걸음마를 떼는 그 수준.

물론 아무것도 배우지 않고 전쟁터로 나가는 것보단 낫겠지만.

"축하한다. 자 박수! 너희도 할 수 있다! 전교 꼴등에서 1등!"

마치 책 제목처럼 '꼴등에서 전교 1등 되기'와 같은 일이 벌어졌다. 아이들은 여전히 믿을 수 없다는 표정을 짓다가 엄상민의 말에 엉겁결에 박수를 쳤다.

얼마 전 오중태의 일도 아이들의 귀에 슬금슬금 들어갔고 강민혁이 그 아이들을 때려눕혔다는 사실도 안다.

그는 예전과 180도. 아니 360도 다르게 변했다.

완전히 딴 사람처럼!

아이들의 성적표가 모두 나누어지고 오중태는 자신의 성적표를 보았다. 전교 석차 2등.

이게 세상에나 말이 되는가, 정말?

작년까지만 해도 최하위를 달리던 놈이 이젠 전교 1등을 거머쥐었다.

거기에 성격도 달라졌고 버스커 길드. 길드원 셋을 무참히 때려눕혔다! 차크라까지 구현하며. 그것도 차크라 능력을 개방한 것도 아닌데!

정말 이해할 수 없는 일.

그는 강민혁에게서 시선을 떼지 못했다. 표정변화 없이 성적표를 보다가 품속에 넣는 그는 딱히 기뻐하거나 하는 표정도 없었다.

단지 하나는 알았다.

더 이상 저 녀석을 건드렸다간.

자신은 뼈도 못 추릴 것이다.

❖　❖　❖

식판을 든 오중태는 우왕좌왕 했다. 똥 마려운 강아지처럼 이리 갔다 저리 갔다 하는 모습에 친구들이 의아한 표정을 지었다.

그 시선 끝에는 강민혁이 앉아 묵묵히 급식을 먹고 있었다.

'에이씨, 진짜. 아버지도 참…!'

아버지의 특명이 떨어졌다. 민혁에게 진심으로 사과하고 친하게 지내라고. 또 오늘 저녁은 민혁을 집에 초대해서 밥을 함께 먹었으면 좋겠다고.

'나도 몰라!'

그는 결국 떨어지지 않는 발걸음을 뗐다. 그의 맞은편에 식판을 내려놓자 민혁의 눈이 흘끗 올라갔다가 다시 묵묵히 밥을 먹기 시작했다.

오중태도 눈치를 보며 슬금슬금 밥을 먹기 시작했다. 민혁의 동작 하나하나에 그는 긴장해야만 했다.

민혁이 그 행동을 의식해 수저를 탁 내려놨다.

"할 말 있으면 해라."

짧고 굵은 말에 오중태가 어색하게 웃었다.

"그게 있잖아… 하, 하하. 오늘 우리 아버지가 밥이라도 한 끼 하자는데."

"아버님이?"

오혁수 공격대장이 식사 초대를 한 것 같았다. 오중태와 둘이 먹는 밥이라면 불편했어도 오혁수 공격대장과 함께 식사를 하는 것이라면.

어쩌면 요새 흘러가는 활인길드에 대해서 이야기를 들을 수 있을지도 몰랐고 모쪼록 괜찮은 자리였다.

"그렇게 하지."

"그, 그래."

오중태가 작게 웃었다. 민혁은 힐끗 그 웃음을 보고는 다시 식판을 보았다. 그저 저녁 한 끼라면 나쁠 게 있겠는가.

❖ ❖ ❖

학교가 끝나자마자 오중태와 함께 걸음한 곳은 명동이었다. 명동에 끌고 온 이유를 묻자 친해진 사진 몇 장을 인증샷으로 오혁수가 보내달라고 했단다.

'그 양반도 참.'

민혁은 혀를 쯔 찼다.

두 사람 사이에 서먹한 기운만 감돌았다. 물론 민혁은 애초에 오중태에게 관심조차 없었지만 오중태는 죽을 맛이었다.

당장 아버지의 민혁과 친해지라는 말이 떨어졌는데 그간 자신이 한 행동이 있지 않은가.

다른 사람이지 않고서야 자신과 친해지려고 하지 않을 것이다.

"우, 우리 저거 먹을까?"

마치 처음 데이트하는 커플 마냥 오중태가 수줍게 물었다. 그곳에는 어묵과 떡볶이가 있었다.

뭐든 상관없었다.

빨리 오혁수 공격대장과 식사 후 집에나 돌아가고 싶은 민혁이었다.

오중태가 길거리 분식으로 들어가 오뎅을 집었다.

"너도 하나 들어 인증샷 찍어야지."

민혁이 껄끄러운 표정으로 오뎅을 하나 집어 들자 휴대 폰을 오른 손으로 쭉 내민 중태가 어린 고등학생답게 입에 오뎅을 물었다.

그리곤 등 뒤의 당장 사람이라도 한 명 찌를 것처럼 굳어 있는 민혁을 발견하곤 어색하게 웃었다.

"아, 아버지가 정말 친해진 모습 안 보이면… 날 죽일지 도 몰라… 사, 살려줘. 민혁아."

얼마 전의 그 오중태가 맞나 싶을 정도로 겸손을 떠나 애 걸복걸하는 모습이다. 오혁수가 어지간히 무섭긴 한가보 다.

"뭐 이렇게 하면 되나?"

강민혁이 오뎅을 살짝 들어 올렸다.

"기왕이면 입에 물었으면 좋겠는데."

"이렇게?"

"응. 아 살짝 웃어. 아니아니, 그건 누구든 죽이려는 표 정이고. 입을 올리라고."

"이렇게?"

"그, 그래! 자, 돼, 됐다. 하나 두울. 셋!"

스마일~

입으로 오뎅을 물고 어색하게 입 꼬리가 올라간 사진. 오중태는 그 사진을 보며 뒷머리를 벅벅 긁었다.

민혁은 사진을 확인하곤 미간을 찌푸렸다.

사진이 참 바보 같이 나왔다. 그런데 한 편으론, 이상하게 마음이 차분히 가라앉았다.

이런 평화로운 일상이 자신에게 지금 있다는 것이 신기할 따름이다 얼마 지나지 않아 자신은 다시 치열한 전쟁터로 갈 것이다.

'나쁘진 않군.'

작은 실소가 스쳐 지나갔다.

"중태야."

퍼억!

누군가 오중태의 머리를 뒤에서 후려쳤다. 그 누군가를 발견한 민혁의 미간이 찌푸려졌다.

자신들과 비슷한 또래의 남학생이 한 명 있었다.

시원하게 민머리에 그려진 스크래치. 날카롭게 쭉 찢어진 눈, 매부리코. 각진 턱선. 무엇보다 범상치 않게 흘러나오는 품새.

최소한 일반 고등학생과는 분명히 달라 보였다.

"누, 누가…! 임재혁…?"

오중태의 눈이 경악으로 물들었다.

"오랜만이네."

오중태의 얼굴이 사색이 되었다. 학교에서 성적이 1,2위를 다투는. 또한 실습 시험 역시 그와 마찬가지인 오중태가 머리를 맞고도 아무 말도 하지 못해 주눅 들어 있었다.

그는 자신도 모르게 자세까지 공손해지고 있었다.

그것이 뭐든.

민혁은 상관 없었다.

퍼억!

그의 손이 임재혁이란 아이의 뒤통수를 후려쳤다.

"읍!?"

머리를 맞은 임재혁이 깜짝 놀라며 반 스텝 뒤로 물러났다. 그 물러나는 걸음걸이가 빨랐다.

단숨에 반 발자국 걸어나간 강민혁이 다시 뒤통수 한 대를 후려쳤다.

퍽!

머리를 또 한 대 맞은 임재혁의 손이 빠르게 그 손을 쳐내고는 반격을 하듯 안면을 노리고 들어왔다. 그 손이 몇 차례 빠르게 타탓! 타탓! 쏘아졌지만 모두 민혁의 손에 막혔다.

'번자권…?'

정체를 모르는 임재혁이란 소년은 중국의 번자권을 구사하고 있었다.

빠른 연타 기술이 주 무기인 무술.

특히나 이 번자권을 생각하자 단 한 사람이 떠올랐다.

'하우쉔?'

중국 백룡 길드의 하우쉔. 그는 번자권의 고수였다.

"넌 뭐…."

"내 친구를 쳤으면 응당 대가를 받아야지."

민혁의 눈이 날카로워졌다. 임재혁이 흠칫했다. 그 눈빛이 자신을 죽일 듯이 날카로웠다.

"이 새끼…!"

허나 자신의 능력으로 덤빈다면 이길 수 있다고 생각되었다. 막 불이 붙으려던 찰나.

"재혁."

짧고 굵직한 목소리가 들렸다. 세 사람의 시선이 함께 틀어졌다. 그곳엔 창파오를 입은 하우쉔이 있었다.

'하우쉔? 대체 저 자가 왜.'

하우쉔은 잔인한 자였다. 사람을 죽이는 것에 일순 망설임도 없다. 또한 자신이 죽인 자의 새끼손가락을 잘라가기도 하는 자이다.

하우쉔의 부름에 임재혁은 민혁을 죽일 듯 노려봤지만 곧 분에 찬 듯 몸을 돌렸다. 하우쉔의 시선이 민혁에게 고정되어 있었다. 그 시선을 피하지 않았다.

그 죽일 듯 소름끼치게 생긴 눈. 독사의 눈과 같아 어떤 이들은 마주보기만 해도 식은땀을 흘리며 실신하기도 한다고 한다.

허나 민혁은 작은 조소를 흘렸다.

하우쉔은 재밌다는 듯 작게 웃고는 재혁이란 아이와 몸을 돌렸다.

"민혁아 네가 지금 건드린 애… 위, 위험한 애야."

"위험해?"

고작 어린애 따위가?

"쟤 중학교 때 사람도 여럿 죽였어. 왜 근데 지금 여기 있는 거지…."

"사람을 죽였다라."

허나 민혁의 표정은 대수롭지 않은 듯 보였다. 자신이 코리안 나이트가 되기 위해 죽인 이의 수는 헤아릴 수 없을 정도다.

각성자는 괴수와만 싸우지 않는다. 사람과도 싸우고 서로 뺏기 위해 죽이는 세상.

것보단 하우쉔이 왜 이곳 대한민국에 왔냐는 것이었다.

저 정체 모를 소년과 함께.

'뭔가 일이 벌어지고 있나?'

민혁의 미간이 찌푸려졌다.

❖ ❖ ❖

오혁수 공격대장의 집은 웅장하고 컸다. 높게 솟은 담벼락과 문을 열고 들어가자 물레방아가 돌아가고 있었고 작게 만든 물가에는 잉어들이 뻐끔거리고 있었다.

인조잔디가 바닥에 푹신하게 깔려 있었고 대리석으로 만든 활인길드의 용을 감싼 검이 인상적이었다.

가정부들도 꽤나 되는 듯 보였다.

안으로 들어가자 오혁수가 부드러운 미소로 반겨주었다. 아직도 이문숙의 표정은 탐탁지 않아 보였다.

"아버님은 잘 계시니?"

"네. 초대해주셔서 감사합니다."

오혁수는 민혁의 어깨를 두들겨주었다.

"아직 밥이 차려지기 전이니 우리 중태 방에라도 가서 쉬려무나."

"네."

"참, 중태는 민혁이 좀 방에 안내해주고 아빠 좀 보자꾸나."

"네."

중태가 2층의 방으로 안내했다. 중태의 방은 민혁이 거주하고 있는 집의 전체를 합친 것 같다고 표현할 수 있을 정도로 컸다.

"나 잠깐 내려갔다 올게. 쉬고 있어."

민혁은 답하지 않았고 중태가 후다닥 내려갔다.

아버지는 휴대폰을 달라는 듯 손을 내밀었다.

찍혀진 어색한 사진들을 보며 오혁수는 작게 웃었다.

"어색했냐, 많이?"

"예? 예….."

기어들어가듯 작게 말했다.

"이러면서 친해지는 게다. 네가 먼저 다가가고 네가 먼저 노력해야 한다. 지은 잘못이 있으니까."

"네. 아버지."

부드러운 목소리에 중태는 작게 웃음 지었다.

"허휴! 네 아버진 도대체 무슨 생각이라니!? 고작 처리조의 아들이라지 않았니? 저 옷 입은 행색 좀 보라지. 응? 그런 아이와 우리가 겸상을….."

"엄마 그만해요. 다 제 잘못이었어요."

"뭐?"

아버지가 사라지자 어머니가 양 팔짱을 끼고 민혁이 있는 2층을 보며 욕지거리를 뱉어냈다. 중태의 말에 엄마는 다소 놀란 표정이었다.

특히나 아직 그 모습이 뇌리에서 잊어지지 않았다.

'내 친구를 쳤으면 응당 대가를 받아야지.'

그저 넘길 수도 있는 일인데 그는 자신을 '친구'라 말해 줬다. 자신 같이 나쁜 녀석을.

예전엔 녀석이 정말 싫었다. 굽어진 어깨, 항시 겁먹은 얼굴. 각성자와 어울리지 않는 모습.

허나 이젠 민혁은 자신보다 앞서갔다. 어째서 이리 된 지는 중요하지 않았다. 그가 변했다는 것이고. 자신도 언제까지 그에게 독기를 품고 덤빌 순 없다는 것.

"제가 잘못한 거잖아요. 아빠도 그걸 아니까. 저러시는 거죠."

"우, 우리 아들이 그렇다면야."

항상 아들의 편에 서는 팔불출 같은 이문숙 여사다. 그녀는 다시 방으로 올라가는 아들을 보았다. 그리곤 남편이 들어간 방을 번갈아 보았다.

이 두 부자는 정말 못 말린다. 오혁수는 이렇게 아들을 계속 성장시키고 있다.

잠시 방에서 중태와 침묵 속에 기다리고 있자 가정부 한 명이 올라왔다. 뒤따라 내려가 주방으로 향했다.

기다란 테이블 위에는 갖은 산해진미가 차려져 있었다.

가장 중앙에 오혁수가 앉고 좌측에 이문숙. 그리고 오중태가 앉았다. 그 맞은편에 민혁이 앉았다.

오혁수가 먼저 수저를 드는 것을 시작으로 식사가 시작되었다. 점잖게 밥을 먹는 민혁의 모습에 오혁수는 작은 웃음을 지었다.

"입에 맞는지 모르겠다."

"맛있습니다."

"많이 먹거라."

"네."

침묵 속에 몇 마디 말이 오가고 민혁은 조심스레 알고자 하는 이야기를 꺼냈다.

"오늘 중태와 함께 명동에 갔다가 하우쉔이란 자를 보았습니다."

"하우쉔? 그 자를 아느냐?"

오혁수의 눈이 날카롭게 좁혀졌다.

"예, 하우쉔. 중국 백룡 길드 소속. 다섯 명의 괴인 중 한 명이자 S+급 각성자. 잔인하기로 소문난 자이기도 하지요. 자신이 죽인 상대의 손가락을 잘라 모아놓는다는 이야기가 있어. '손가락 귀신'이라고도 불리는 걸로 압니다. 주로 번 자권을 구사한다죠."

"나이답지 않게 아는 게 많구나."

오혁수는 다소 놀랐다. 단지 흘겨 들은 것이 아니라 정확히 아는 듯한 목소리였다.

굳이 임재혁에 대한 이야기는 꺼내지 않았다. 마찰이 있었음을 말할 필욘 없다.

"헌데 우리나라는 백룡 길드에 적대적이지 않습니까? 하우쉔. 그자는 특히나 우리나라 사람들이 식당에서 시끄럽게 했다는 이유로 목숨을 빼앗았다는 이야기를 들은 적이 있습니다."

"그랬지."

오혁수는 고개를 끄덕였다. 그 일 때문에 강민혁이 처음 하우쉔을 보게 되었다.

그 이야기를 듣자마자 바로 쳐들어간 사람이 자신이었다.

바쁜 일도 마다했다. 중국 정부는 이 일을 철저히 숨기려 했고 막대한 돈을 사망한 유가족에게 들여 그들을 사고사로 위장하려 했다.

명분을 숨겼으나 그때의 염인빈은 그 사건에 대한 진실을 밝히기 위해 쳐들어가자마자 하우쉔을 찾았다. 인빈은 대담하게도 백룡 길드 본부에서 하우쉔과 싸움을 벌였고 패배한 그의 새끼손가락을 그의 방식대로 잔인하게 자른 후 죽이려 했다.

그때 백룡 길드 마스터가 급히 중재하지 않았다면 그는 죽었을 것. 또한 오재원 역시 하우쉔을 죽이는 것을 원치 않았을 것을 민혁도 알았기에 그쯤에서 끝냈다.

그 이후로 중국의 백룡길드원의 대부분은 활인길드와 민혁으로 인해 우리나라 땅에 발을 들이지 못하고 있었다.

"혹시 이 일에 화랑길드가 연관 되어 있는 겁니까?"

"정확히 짚었다."

'역시 그런 거였군.'

민혁의 미간이 좁혀졌다가 펴졌다. 결국 그 빌어먹을 놈들이 백룡 길드를 끌어들이려 하는 듯 싶다.

"여기서 더 나아가면 하우쉔 뿐만 아니라 중국 백룡 길드가 우리나라에 지부를 세우고 뿌리를 내리려는 계략이 분명히 보인다. 코리안 나이트가 죽은 이때를 노리는 것이지. 항상 호시탐탐 기회만 보던 자들이니."

"그렇게 되면…."

"그래 그렇게 되면 우리 대한민국조차도 중국 백룡 길드 하에 지배당하게 될지도 모른다. 대통령은 꼭두각시가 될 것이고 가장 먼저 쳐질 것이 우리 활인이다. 화랑 길드는 그 백룡 길드의 편에 서 우리나라를 손에 쥐었다 생각 하겠 지. 허나 걱정 말거라."

오혁수는 오중태와 민혁을 한 번씩 보았다.

"너희에게 중국 놈들이 판을 치는 대한민국을 우리 활인 이 보여주진 않을 것이다. 내가 모시는 마스터는 그리 나약 한 분이 아니다."

"그렇군요."

그 눈에 깃든 강한 믿음.

"그보다 이런 이야기를 꺼내기엔 아직 민혁 학생은 어린 것 같은데."

"이래저래 관심이 사실 많습니다."

"아는 것만큼 힘이 되는 세상이지."

대충 얼버무렸다. 오혁수는 역시 이 앞에 앉은 강민혁이 조금 다른 이들과 남다르다 여겼다.

식사가 끝나고 혼자 가도 된다는데 오중태가 굳이 슬리 퍼를 휘날리며 서둘러 뒤따라 나왔다.

"여기 앞에까지 가면 택시 오거든."

민혁은 고개만 끄덕였다.

"그리고 말이야. 음 내가 무슨 말을… 어… 내가 이제까지 괴롭혔던 건 미안하고… 음, 오물 그때 화장실에서 뿌린…"

"쉽게 말해라."

민혁은 짜증이 난 표정을 지었다. 오중태가 얼굴이 붉어져 꾸벅 고개를 숙였다.

"미, 미안했다. 정말. 그리고 고마워. 아까 전에 그 자식 머리 후려 줘서."

"그래."

짧고 경쾌한 대답. 어린애 붙잡고 그간의 분이 어쩌고 하며 풀면 유치해 보일 뿐이다.

순식간에 도로변에 도착했다. 민혁이 택시에 올랐다.

"조심히 들어가."

중태가 문을 닫아주었다. 그리곤 한결 가벼워진 마음으로 집으로 돌아갔다.

❖ ❖ ❖

택시를 타고 가던 민혁은 집과 조금 먼 곳에서 내렸다, 계산을 하고 내린 그는 뒤따라 멈춰서는 검은 색 차량들을 발견할 수 있었다.

목 뒤에 뱀이 혀를 날름거리는 문신.

버스커 길드 놈들이었다.

숫자는 열다섯 정도.

하나 같이 죽일 듯 민혁에게 살벌한 살기를 흘리고 있었다. 그중에는 길태현도 있었다.

"또 오면 아킬레스건으로는 안 끝나는데."

"어린 것이 입만 살았군."

앞에 선 사내는 검은 정장을 입고 있었다. 그 덩치가 무척이나 컸다. 2m는 됨직하다. 밤인데도 끼고 있는 선글라스. 까무잡잡한 피부. 시원하게 민머리 사이로 올라오는 머리칼은 꼬불꼬불하기 그지없었다.

"이 개새끼…! 너 때문에…!"

"내가 말하고 있다."

길태현이 다리를 절뚝이며 앞으로 나섰다. 선글라스를 낀 사내의 입이 비틀리는 것이 보였다.

그 순간.

콰직!

육중한 두 손이 길태현의 목을 우둑 꺾었다.

지금 일어난 일을 아직도 이해하지 못한 길태현의 눈은 의아함을 머금고 바닥으로 풀썩 쓰러졌다.

"나 대신 죽여줘서 고맙다고 해야 하나?"

"재밌는 꼬마구나."

당장 눈앞에서 사람이 죽었음에도 강민혁은 표정 변화 하나 없었다.

'이름이 곤대호던가?'

곤대호. 버스커 길드의 부 마스터.

한국인 출신. 미국으로 어린시절 입양되어 미국의 갱이 되었고 각성자가 된 후로 우리나라에 다시 들어와 버스커 길드의 부마스터가 되었다.

B급 각성자로 알고 있다.

위험하다. 지금의 민혁 수준으론 대적하기 벅차다.

"순순히 같이 가지. 부모님이 계신 집 앞에서 비명 지르고 싶지 않다면."

민혁은 검은 색 차량 뒷좌석에 올랐다,

숨 막힐 듯 조이는 감각. 깨어나는 본능.

오랜만에 느껴본다. 사실 언젠가부터 자신을 대적할 적수를 찾지 못했다. 허나 지금은 아니다. 수많은 이들이 자신보다 강했으며 자신은 다시 성장해야 했다.

이런 성장이 이루어져 자신은 더 곧게 설 것.

"이 새끼, 어린놈의 새끼가 겁대가리를 상실했구나. 키킥, 넌 오늘 좆된 거야. 뷰웅신."

옆에 함께 앉은 갈색 머리의 피어싱을 낀 껄렁하게 생긴 각성자가 키득거리며 미친 듯 웃어대었다.

어느덧 차가 멈춰서고 민혁 먼저 차에서 내렸다.

옆에 타고 있던 각성자가 내리려는 순간이었다.

민혁은 문을 세게 걷어찼다.

"끄윽! 이런 씨발!"

손이 차 문에 낀 각성자가 비명을 질렀다. 문이 다시 열리는 순간 머리채를 잡아채 무릎으로 힘껏 차올렸다.

후두둑!

치아 몇 개가 바닥에 떨어졌다. 머리가 혼미한 그를 차에서 끌어냈다.

허공으로 치솟은 강민혁의 손끝으로 카르마의 기운이 송곳처럼 변했다. 컨트롤. 며칠 새에 단 몇 초만으로 카르마를 송곳처럼 만들 수 있게 되었다. 일자로 쫙 펴진 손날은 날카로웠다.

푸욱!

복부를 손이 파고들었다. 펼쳐진 손을 주먹 쥐었다. 오장육부가 손에 걸렸다. 그것을 거침없이 뽑아냈다.

푸수욱

퓨슉!

피가 꿀럭이고 장기가 뱃속에서 쏟아져 내렸다. 잔인하고 잠깐의 망설임도 없는 모습. 조직원들은 경악한 표정이다. 자신들도 같은 인간을 저리하진 못하는 이가 많다.

강민혁은 이들과 소꿉장난을 하고 싶은 마음은 없다.

본디 이게 자신의 모습! 또한 수적으로 밀렸다. 이런 식의 기선 제압이라도 필요하다.

바닥에 쓰러진 그의 머리채를 후려 차고는 입고 있던 교복 마이를 벗어 손을 쓰윽 닦았다.

그 모습을 보던 곤대호가 선글라스를 벗었다. 애꾸 눈이었다. 누군가 파낸 것처럼.

'차크라 컨트롤…? 아직 어린 소년인데? 놀랍구나. 그리고 저 잔인한 방법은….'

차크라 컨트롤은 각성자의 등급에 따라 가능한 게 아니다. 차크라를 그만큼 이해하고 몸속 안의 70%의 물과 같이 자연스레 받아들인 자들만이 가능한 기술이다.

곤대호도 말로만 들어본 것.

그가 품속의 시가를 꺼내 입에 물고 불을 붙였다.

"후우, 제안을 하나 하지."

연기를 뿜은 그는 작은 웃음을 짓고 있었다.

"이제 곧 졸업이라고 이야기는 들었다. 부모는 처리조의 일원. 기존에는 학교에서 차크라 구현도 못 했던 아이라 들었는데 그것도 아니었나보군. 졸업 후에 우리 길드에 들어와라 최고의 대우를 해주겠다. 적어도 남자라면 좋은 차에 좋은 집 아름다운 여자들을 매일 같이 껴안을 수 있게 해주겠다."

"싫다면."

"여기서 죽는 거다."

갖지 못하면 죽인다.

"그거 좋군."

민혁이 씨익 웃었다.

발끝으로 카르마가 집중되었다.

카르마는 차크라 지수가 소진되면 사용 불가능 하다. 그리고 시간이 지나면서 차츰 다시 찬다. 지금 가지고 있는 차크라 지수의 양으론 이들을 대적하기 벅차다.

그러나 물러나진 않는다.

어떻게든 깨면 결국 길은 열리게 되어있다.

타탓!

민혁의 몸이 날았다. 앞선 각성자의 양 손이 고양이의 발톱처럼 날카로워지며 차크라 기운이 일렁거렸다. 옆으로 몸을 틀어 피해내고 턱을 강하게 후려쳤다.

빠악!

카르마가 실린 주먹은 단숨에 사내의 턱뼈를 부서뜨리고 그에 그치지 않고 다른 각성자들에게 날려버렸다.

'말도 안 되는 괴력이다.'

카르마의 괴력이 빛을 발하는 순간이다.

허공을 가르며 일본도가 상체를 노리고 들어왔다. 빠르게 달리던 민혁의 무릎이 바닥으로 굽혀지며 상체가 활처럼 뒤로 좌악 꺾여 피해냈다.

벌떡 일어선 민혁의 다리가 땅을 박차며 뒤쪽으로 부웅 날았다.

일본도를 휘두른 이의 광배근을 양 발로 밟고 선 민혁이 양 무릎을 좁혔다.

머리를 단단하게 조여 맨 다리가 빙글 회전했다.

우두둑!

머리가 돌아가며 풀썩 쓰러졌다.

그 순간 민혁의 팔로 날아든 시멘트를 뭉친 듯한 구.

미처 피해내지 못했다.

와지직!

팔에 부딪치는 순간 팔이 돌덩이처럼 딱딱하게 굳어졌
다.

"흐으읍!"

카르마를 힘껏 끌어올렸다.

와직!

돌덩이처럼 굳던 팔이 돌을 깨부수며 모습을 드러냈다.

'대체 얼마의 차크라 지수를 가지고 있는 건가!'

차크라 지수는 흔히 무협에 나오는 내공을 가진 갑자와
비슷하다. 어린 소년이 가지고 있을 차크라의 정도가 아무
리 봐도 아니다.

"하이에나─굶주린 허기!"

촤앗!

한 각성자의 양손이 배고픔에 허기진 하이에나처럼 다급
하게 팔을 잡았다. 뜯어낼 듯한 강한 압력. 피부가 벗겨지
는 것 같은 고통이 엄습했다.

머리채를 잡아채 그대로 던져버렸다.

후우웅!

쿵!

벽에 부딪친 사내가 바닥에 고꾸라지고 민혁의 팔로 피
가 뚝뚝 떨어졌다.

역시 이 몸으론 한계가 분명 존재한다.

원을 그리고 숨통을 조일 듯 둘러 싼 이들.

만약 돌파하지 못하면 죽는다.

'그러기에는 해야 할 일이 많아.'

그 빌어먹을 발록이 이끌 군사! 그들을 막기 전 자신은 죽어선 안 된다. 입술이 질끈 깨물렸다.

그때.

빠아앙!

검은 색 차량 네 대가 다급하게 들어섰다.

클락션을 울리며 들어온 차량에서 검은 색 슈트를 차려 입은 각성자들이 내리기 시작했다. 그들은 좌우로 서며 길을 만들었다. 그들의 왼쪽 가슴에는 활인을 나타내는 문양이 당당히 자리 잡고 있었다.

그리고 나타난 이는 스물 후반으로 보이는 순백의 슈트를 입은 남성이었다. 3분대 공격대장. 이길현!

깔끔하게 친 투 블럭 댄디컷의 그는 버스커 길드의 길드원들이 고등학생을 둘러싸고 있는 것을 보고 미간을 찌푸렸다.

"뭐하냐, 니들?"

황당한 장면이었다. 그래도 조직 폭력배란 것들이 학생 한 명을 다구리 놓는 장면이 연출되고 있었다.

"뭐하냐고 새끼들아."

이길현의 등 뒤에 걸려있던 해머가 그의 한 손에 부드럽게 잡혔다. 무게가 제법 나감직하고 두터운 쇠뭉치를 달고 있었지만. 그는 마른 체구임에도 솜방망이처럼 손위에 두들겼다.

"잡아, 전부. 반항하면 죽여 버려."

타타탓!

활인길드 3분대 공격대가 순식간에 난입했다.

그들은 빨랐고 강했다.

잘 훈련된 병사와 같은 자들. 서울에서 이름 좀 있다 싶다 해도 국내 삼대 길드의 공격대에 비하면 새 발의 피였다.

버스커 길드가 맥없이 쓰러지기 시작했다.

"웃차!"

해머의 끝과 끝을 한쪽씩 잡고 뒷목에 가져가 편한 자세로 콧노래를 부르며 이길현은 곤대호의 앞으로 다가갔다.

"나머지 눈깔 한쪽도 파줄까?"

"대체 활인이 왜…!"

활인이 갑자기 자신들을 공격하는지 이해할 수가 없었다.

"낸들 아냐? 까라면 까야지, 원래 계속 거슬리기도 했고."

싱긋 웃은 이길현의 해머가 검처럼 늘어뜨려졌다.

"너희 대장님도 이미 잡아넣었다."

장난스러운 특유의 미소, 그 뒤에 숨은 독사 같은 서늘함. 그것이 강민혁이 아는 이길현 대장이었다.

3분대장이었지만 그 나이를 감안하면 그는 활인이 얻은 천재 중 하나다.

콰악!

솥뚜껑만한 곤대호의 주먹이 이길현을 향해 쏘아졌다. 가뿐히 몸을 틀어 피해낸 이길현의 해머가 허공으로 치솟았다.

"흐읏…!"

"검은 곰-먹이를 쫓는 사냥꾼!"

쿠우웅!

더 빨리 곤대호의 몸이 검은 빛에 휩싸이며 육체가 단단해지며 흉기처럼 변했다.

그 몸에 치이면 단숨에 몸이 토마토처럼 짓이겨질 수도 있다.

그렇지만 내려치는 것을 이길현은 멈추지 않았다.

쿠웅!

곤대호의 몸과 부딪친 이길현은 아무런 미동도 없이 움직이지 않았다. 마치 단단한 벽 마냥.

쿵!

그리고 대호의 머리를 찍는 해머!

퍼억!

"크윽!"

단단해진 그 몸을 깨부술 듯 해머는 계속 내리쳐졌다. 바닥에 쓰러진 그의 온 몸을 마치 두더지 잡기 게임하듯 이길현은 두들기고는 양손에 침을 뱉었다.

"퉤! 자, 진짜 간다! 해머-용암 지진."

활활 타오르던 해머가 곤대호의 몸을 내리찍은 순간 맞

은 부위가 새까맣게 타들어가며 마른 낙엽에 불이 붙듯 온몸 전체로 번져 순식간에 녹여버렸다.

파들파들 떨던 그는 비명도 지르지 못하고 즉사 해 버렸다.

"끝?"

톡톡!

뼈만 앙상하게 남아 흉측하게 변해버린 곤대호를 발로 건드린 이길현은 죽은 것을 확인하곤 코를 후벼 팠다.

"겁나 약하네."

주위는 이미 순식간에 정리되어 있었다. 활인길드의 피해자들은 없었다. 기껏 해봐야 조직 폭력배들 따위다.

그의 눈에 강민혁이 들어왔다. 독특한 소년이다.

멀지 않은 곳에 차 앞에 쓰러진 각성자 한 명, 배가 뚫린 듯 보였고 장기가 쏟아져 나왔다. 그리고 막 차가 들어왔을 때 내리면서 잠깐의 순간에 목이 꺾인 각성자와 턱뼈가 너덜거리는 놈도 본 이길현이다.

저 소년이 그리 만들었다는 건데.

'존나 재밌는데?'

그의 얼굴로 정체 모를 소년에 대한 흥미가 동했다.

❖ ❖ ❖

이길현과 함께 뒷좌석에 타고 있었다.

이길현. A급 각성자로 젊었지만 활인길드에서 촉망 받는 인재로 통했다. 성격은 쾌활하고 장난끼가 다소 많다.

그렇지만 불쌍한 아이다.

부모를 둘 다 괴수에게 잃은 아이. 뿌드득 뿌드득 이를 갈아 이곳까지 올라온 게 바로 이길현이었다.

꽤나 예뻐해 주었던 놈.

대충 어떠한 일이 있었는지 들은 이길현은 작은 감탄을 했다. 듣고 보니 오혁수 공격대장님과 친분이 있는 아이였다. 방금까지만 해도 그 집에서 함께 식사를 하고 나왔다고 한다.

상당한 가격의 괴수 부산물로 만든 연고를 팔에 발라준 이길현은 칭칭 붕대로 감아주었다.

"내일 점심쯤이면 씻은 듯이 나을 거다."

강민혁은 말없이 팔만 움직여보았다.

"여기서 세워주죠."

"응? 여기가 집 근처냐?"

"네."

"그래? 아쉽네. 다음에 인연이 있다면 또 보자."

하고 싶은 이야기가 많았지만 표정을 보니 많은 말을 해줄 것 같진 않았다. 재밌는 소년. 다음에 또 볼 수 있기만 기약할 뿐이다. 민혁이 내리고, 다시 검은 차들이 줄을 이어 출발했다.

"활인. 3분대 공격대장 이길현입니다. 버스커 길드. 일망타진했습니다."

전화를 받은 이는 오재원 마스터였다. 수고했다는 말과
함께 통화가 종료되었다.

❖ ❖ ❖

집에 들어온 민혁은 긴 팔 검은 색 티셔츠 한 장을 걸치
고 있었다. 이길현은 자신을 배려해 티셔츠 한 장을 구해준
거다.

"아들, 좀 늦었네? 중태 아버님하곤 식사 잘 했니?"

"응. 잘했지."

"옷은 또 왜 그래?"

"오는 길에 차 피하다가 실수로 음식물 쓰레기통을 엎어
버렸네. 교복 마이하고 셔츠는 세탁소에 바로 맡겼어."

"이그, 조심 좀 하지."

어머니가 머리를 쓰다듬어주었다. 아버지도 소파에 앉아
신문을 보시다가 넘겨졌다는 말에 고개를 돌리셨다.

"참, 보여줄 거 있는데."

민혁이 주머니에서 잘 접힌 성적표를 건넸다.

"나 성적 많이 올랐어. 자그마치 전교 1등."

"얘는 농담은. 전교 1등 엄만 바라지도 않아. 중간에만…
응?"

어머니가 성적표를 보고는 눈을 비볐다.

아버지가 성적표를 당당히 꺼내는 모습에 슬쩍 몸을 일
으켜 어머니의 뒤로 다가왔다.

"그래, 성적 좀 올랐다더니. 얼마나 올랐… 어?"

아버지의 미간이 찌푸려졌다.

똑같은 반응이었다. 아버지도 눈을 한 번 비볐다.

전교석차.

1/213라고 적혀져 있었다.

6. 던전실습

NEO MODERN FANTASY STORY

RAID

신의 탄생

6. 던전실습

레이드

NEO MODERN FANTASY STORY

"이게 정말 사실이냐? 혹시 조작하고 그런 건 아니지?"

"그럼요. 아버지. 저 이번에 정말 열심히 공부했습니다."

"허… 차, 차크라 적응률이 9, 98%!?"

아버지는 성적표에 적힌 차크라 적응률과 일치율을 보곤 숨이 멎을 듯한 표정을 지었다.

E-급 각성자이신 아버지였지만 이 적응률이 얼마나 말도 안 되는 수치인 줄 아시는 거다.

'우, 우리 아들이 이렇게 똑똑했나? 이제까지 빛을 못 보는 다른 게 있던 게야!?'

자신처럼 살게 하고 싶진 않았다. 벌레 보듯 자신들을 한낱 도구처럼 아는 각성자들이 널린 세상이다.

때문에 아들은 최소한 D급 이상의 각성자가 되었으면 했다. 이 정도라면…!

"차, 차크라 구현은…?"

아버지도 작년 민혁이 차크라를 구현하지 못했던 사실을 안다.

"이번 연도엔 해냈어요."

무한이란 수치만 숨기면 된다. 다른 이들에겐 애초에 자신이 대답해야 할 필요성을 느끼지 못했었을 뿐이다.

"허…! 잘했다. 이 녀석."

아버지의 얼굴로 희열이 여렸다. 양 어깨 위에 손을 얹은 아버지는 무척 자랑스러워하시는 표정이었다.

몇 마디 기쁨에 찬 목소리의 아버지와 어머니. 함께 뜨거운 이야기를 하고 방으로 들어왔다.

방에 들어온 민혁의 귀로 아버지의 벅찬 목소리가 들렸다.

"어, 난데, 어어. 그래 이 밤중에 왜 전화질이긴 인마! 우리 아들 자식아. 이번에 전교 1등 했어. 뭐뭐? 아니 아니, 뒤에서 1등 말고 앞에서 1등! 알지!? 해성 각성자 전문 고등학교에서 전교 1등이라고 1등!"

픽!

민혁의 얼굴로 웃음이 스치고 지나갔다.

이제까지 친구들에게 자랑도 못하셨을 것이다. 부끄러우셨을 지도 모른다.

아버지의 통화는 밤늦게까지 계속 되었다. ·

❖ ❖ ❖

던전 실습.

각성자 전문 고등학교에서 가장 중요하고 아이들이 많은 긴장과 벅찬 설렘을 가지는 수업이다.

삼 년 과정의 각성자 전문 고등학교에서 딱 한 번뿐인 졸업 전 가장 큰 수업이라고 할 수 있었다.

대강당으로 3학년 전부가 모여 들었고 각 반의 교사들이 학생들의 맨 앞에 열중쉬어 자세로 서 있다.

언제나 그렇듯 교장의 연설은 지루하기 짝이 없다.

"3학년 학생 여러분은 이번 던전 실습에서… 괴수를 실제로 사냥을 해보고 그를 통해 더욱 나은 인재로 발전하여… 우리 해성 각성자 전문고등학교의 이름을 드높이… 마지막으로 한 마디만 더 하겠습니다… 학생 여러분은 우리나라 뿐 아니라 더 나아가 세계의 지축이… 마지막으로 한 마디만…."

항상 있는 마지막으로 한 마디. 아이들의 지루함 속에서 안전을 최우선시 하고 던전 실습을 나가면 긴장을 늦추지 말라는 당부 어린 그 말.

"모두 3학년 과정 중 가장 중요한 수업인 던전 실습에서 많은 것을 배워나가길 바랍니다. 이상입니다."

드디어 연설이 끝나자 아이들의 박수에 힘이 실려 쳐졌다.

"아참참! 중요한 걸 까먹을 뻔 했군요."

'남은 머리털 뽑아버릴까!?'

깜빡했다는 듯한 교장의 목소리에 아이들이 이구동성으로 한 생각이었다.

"저희 해성 각성자 전문 고등학교에 던전 실습을 나가는 학생 분들을 격려하기 위해 활인길드의 길드원분께서 방문하여 주셨습니다."

"화, 활인길드?"

"헉? 정말 그 길드에서 우리 학교에 왔다고?"

교장이 연설을 할 때와는 분명히 다른 아이들의 반응이었다. 열렬한 박수 속에서 훤칠한 사내 한 명이 단상 앞에 섰다.

민혁의 미간이 찌푸려졌다.

몇 번 얼굴을 본 적이 있는 이다. 또한 며칠 전 보았던 3분대의 일원이기도 하였다.

이름이 아마.

노민후일 것이다.

B+급 각성자로 알고 있다. 활인이 직접 일개 고등학교에 방문하다?

'이상하군.'

그렇게 한가한 사람들이 아니다. 활인은.

"안녕하십니까. 활인길드의 3분대 공격대 소속. 노민후라고 합니다. 이야 이 해성 각성자 고등학교에는 정말 잘생기고 예쁜 분들이 많은 것 같군요."

단촐한 멘트로 시작했다. 아이들은 귀를 쫑긋 세웠다. 교사들과는 다르다. 실전을 하루에도 수 없이 겪는 활인길드의 진짜 강자.

국내 삼대 길드는 어떤 각성자라도 들어가고 싶어 하는 선망의 대상이었다. 묻고 싶은 것도 궁금한 것도 많다.

아이들 모두가 숨을 죽여 그의 말 한 마디 한 마디에 집중하고 있었다.

수 백의 눈을 돌아보던 노민후의 눈으로 익숙한 학생이 들어왔다. 그와 눈이 마주친 노민후는 작게 웃었다.

'강민혁이라고 했지? 해성 각성자 고등학교 3학년. 잘 지켜봐.'

이길현의 말이 있었다.

지금 자신은 인재를 차출하기 위해 온 것이다.

이번 삼대 길드의 던전을 두고 벌이는 경쟁에서 싸워 이겨 나가야 할 인재를.

어제 저녁 대통령이 그 부분에 관련한 승인을 내렸다.

뽑힌 인재는 남들보다 앞서 차크라 능력을 얻고 미성년자 신분임에도 던전에 들어가 사냥할 권한이 주어지며 임시 라이센스 획득이 가능해진다.

또한 이길현 뿐만이 아니었다.

노민후는 해성 각성자 고등학교에 2분대 공격대장 오혁수의 아들이 다니는 걸 알았고 그가 이번 인재에 차출 될 것이라 판단했다.

그런데 정작 오혁수는 말끝을 흐리며.

'강민혁 학생이 눈매가 좋더군.'

이라는 말을 했다.

활인의 주축의 공격대장 둘이 주목하고 있다. 강민혁이란 학생에게.

'어디 한 번 보자. 우리 활인에게 승리를 줄 인재인지.'

이 대회는 단순한 던전 가지기 게임이 아니다.

세 길드의 자존심이 걸린 싸움.

또한 활인이 이 싸움에서 휘어잡지 못하면 화랑은 더 코웃음 치며 덤벼들 것이 불 보듯 뻔하다. 활인이 어떤 곳인지 보여줘야 했다.

"앞으로 있을 던전 실습 기간 동안 임시 교사로 채용되어 던전 실습 과정을 돌아볼 예정입니다."

"헉…!?"

"이, 임시 교사!?"

"활인 공격대원이!?"

아이들의 눈이 경악으로 물들었다.

'역시 뭔가 있군.'

민혁은 알았다. 활인이 뭔가 하려는 게 있다.

그게 무엇인지 확인하는데 오래 걸리지 않았다.

저녁. 뉴스가 힘껏 떠들어댔다.

-이번 대회는 국내 삼대 길드에서 주관하며 우리나라에 숨은 고등학생 각성자 인재를 찾아냄으로써 더 나아가 육성하고 더욱 탄탄히 보강하자는… 3성 길드 이상에서 딱 한 명의 인재를 출전… 10억 원의 상금과… 이민근 대통령은 이에 관련하여….

어쩌면.

성장이 더딘 지금.

민혁으로썬 빠르게 도약할 기회일지도 몰랐다.

❖ ❖ ❖

던전 실습은 한 명의 교사. 세 명의 학생들로 구성된다.

우르르 몰려가는 것이 아니라 하루에 열 팀 정도가 들어가며 평균적으로 여섯 시간 정도 던전을 탐방 후에 나오게 된다. 그 과정에서 학생들은 교사의 지도 하에 괴수를 실제 사냥해 보게 된다.

민혁은 오중태, 김미혜. 이렇게 두 사람과 한 팀이었다.

중태는 말할 것 없는 학교에서 우위에 선 공격계 계열. 김미혜는 방출계 계열이었다.

방출계 계열이나 지원계 계열의 고등학생의 경우 사냥 방법이 구현된 차크라를 구의 형상으로 만들어 차크라 구를 쏘아내는 것.

아직 능력을 배우지 못했기 때문이다.

이 차크라 구는 학생이 가진 차크라 지수에 따라 강함이 다르다.

교사들에 노민후까지 포함해서 총 마흔 한 명.

마흔 한 명이 버스에 올랐다.

차는 곧 출발했고 음료수를 나눠주었다.

"모두들 긴장하지 마라. 어차피 졸업하면 주구장창 잡아야 하는 게 괴수다. 너희들은 이번 실습에서 한 가지만 기억하면 된다. 죽여라. 이 실습은 죽인다는 것을 배우기 위해 하는 것이기도 하다."

사람은 닭 한 마리 바로 앞에서 죽이라고 하면 그러지 못하는 사람이 태반이다.

실제 징집된 군인이라고 해서 당장 앞에 놓인 적을 총으로 쏘라 해도 못 쏘는 것처럼.

배우는 고등학생들은 미숙했고 마음이 여리다.

던전 실습의 가장 중요한 항목은 살생이다.

"자, 너무 긴장할 것들은 없다. 음료수 한 병씩 받아라."

작은 유리병에 담긴 시원한 오렌지 쥬스를 담임교사. 엄상민이 아이들에게 한 병씩 나눠주었다.

"지금 바로 마셔라. 긴장을 풀어주는데 도움 될 거다."

아이들이 경직되어 있어 평소와는 다르게 말을 고분고분 들었다. 아이들이 일제히 뚜껑을 열고 오렌지 쥬스를 마셨다.

강민혁도 오렌지 쥬스를 땄다. 함께 앉은 중태도 마찬가지였다.

오렌지 쥬스를 딴 민혁이 피식 웃었다.

'이거… 재밌군.'

민혁은 단숨에 오렌지 쥬스를 들이켰다. 중태도 모두 입안에 털어 넣었다.

그가 의자를 뒤로 젖히고 편하게 몸을 기대었다.

얼마 후 스르르 잠에 빠져 들었다.

❖　❖　❖

잠에서 깨었을 때 고속버스는 전주의 던전 관리국에 도착해 있었다. 던전 관리국은 전국적으로 그 지부를 만들어 분포되어 있었다.

전주 던전 관리국은 보통 학생들 실습 위주를 담당한다.

또한 이곳에 있는 E-0던전의 경우 실습용 던전이다.

던전은 무한리젠 던전과 괴수를 사냥하면 더 이상 괴수가 나오지 않는 던전이 존재했다.

무한리젠 던전의 경우 희소성이 작다. 또한 괴수의 부산물이 흔한 편에 속해 사냥한다 한들 벌 수 있는 수익이 작은 편. 대신 그 안에 어떤 괴수가 있는지 알고 있기에 손쉽게 사냥 가능하며 실습 던전은 무한리젠 던전에 속한다. 이런 실습 던전은 길드의 것이 아니라 정부의 것이다.

반대로 괴수를 사냥하면 끝인 던전은 이제까지 접하지 못한 괴수가 나와 주면 더욱 많은 수익을 낼 수 있다. 그만큼 정보 없는 괴수 사냥이기에 위험성이 큰 편이다.

다른 학교의 교복을 입은 아이들도 몇 보였다.

던전관리국 직원을 따라 움직였다.

아이들은 여기에서부터 담당 교사의 지도를 확실히 받게 된다.

민혁의 담당교사는 담임 엄상민이었다.

한 번 복도에서 얼굴을 붉혔지만 그때의 일은 깨끗이 무마되었기에 딱히 불편한 기류는 없었다.

"자, 장비류 착용하고."

던전 관리국 직원이 열어준 보급 창고에 들어가 방탄복과 같이 생긴 형태의 옷을 입었다.

버튼 하나를 누르는 순간.

촤악!

몸에 부드럽게 감기며 달라붙었다. 무게는 가볍다. 야상 하나 입은 느낌?

학생들의 안전을 생각해 장비류는 꽤나 고급인 편이다.

무기도 각자 필요에 맞게 선택했다.

중태는 양 검의 길이가 다른 쌍검을 선택했다.

민혁의 경우 육체 위주를 사용하기에 주먹을 다치지 않게 해줄 조잡한 건틀릿을 양 손에 끼어 넣었다.

"건틀릿의 경우 위급 상황 시 손등에 있는 가늠좌로 겨냥하고 버튼을 누르면 마비침이 발사됩니다."

관리국 직원의 친절한 설명이었다.

김미혜는 스태프를 집었다.

"학생들이 대게 차크라 구현이 미숙한 경우가 많기에 이 스태프의 경우 차크라를 더 잘 모을 수 있게 도와주는 역할을 합니다."

"제 껀 뭐 특별한 거 없나요?"

중태가 쌍검을 들어 올리며 기대 어린 표정을 지었다.

"쌍검은 그냥 휘두르면 됩니다."

"아…네."

아쉽게도 더 특별한 건 없는 듯 싶었다. 쌍검 자체가 던전 실습의 괴수를 잡기엔 날카로운 놈이다.

"무기는 던전 실습이 끝난 후 필히 반납해 주셔야 하며 망가뜨리면 변상을 해야 합니다. 그리고 안에 들어가면 미키 버섯과 별꽃지렁이가 나옵니다. 두 녀석 모두 학생 분들이 사냥하기에 부족하지 않으리라 생각됩니다. 앞으로의 지도는 담임 교사 분을 따라주시기 바랍니다."

설명이 끝나고 엄상민을 따라 걸음 했다.

던전의 입구는 여러 개가 존재했다.

"배경은 랜덤이다. 사막이나 빙하기가 나오지 않길 기도해라."

사막이나 빙하기가 나오면 말 그대로 실습 자체가 지옥이다.

배우려는 실습. 너무 덥고 너무 추워서 잘 움직이지 못할 수도 있으니까.

던전의 입구는 마치 광산으로 들어가는 곳처럼 어둡고 위험해 보였다.

"천천히 조심해서 따라와라."

엄상민의 목소리를 쫓아 조심히 걸었다.

어둠이 걷혔다.

모습을 드러낸 건 역겨운 냄새가 지독히 풍기는 하수구 속 안이었다.

신발 밑창까지 올라온 정체 모를 물이 흘러가고 있었고 역한 냄새가 사방에서 흘러나와 코끝을 찔렀다.

거대한 배수구는 바닥으로 물을 콸콸 뿌리고 있었다.

"가자."

민혁을 제외한 중태와 미혜는 긴장된 기색이 역력했다. 키가 160cm가 될까 말까한 미혜는 다리까지 파들파들 떨며 엄상민의 뒤를 쫓아 걸었다.

❖ ❖ ❖

미키 버섯은 그 크기가 고블린 만하다. 무척 작은 체구. 머리에 달린 두 개의 귀가 미키마우스의 것처럼 검고 귀엽게 생겨서 붙은 이름이 미키 버섯.

팔과 다리가 있는데 손이 둥글게 생겼다.

짧은 다리로 뛰어다니며 팔을 휘둘러 적을 공격하는 놈.

엄상민은 라이플을 사용하는 각성자다.

C+급 각성자.

푸슈융!

라이플이 발사되자 핑크 버섯의 다리 한쪽이 관통되며 풀썩 바닥으로 쓰러졌다.

[퀘퀘퀘켁!]

일어서려고 발버둥 쳐도 일어나지 못하는 미키버섯을 보며 엄상민이 턱짓했다.

"죽여라. 어렵진 않을 거다."

"네."

민혁이 앞에 섰다. 그는 거침없었다. 미키 버섯의 안면을 향해서 주먹을 깊게 꽂아 넣었다. 움푹 들어갔다.

[퀘에엑!]

미키 버섯이 비명을 토했다.

"차크라를 구현해야 사냥하기 편하지만 넌 구현을 못 하…."

그 말이 끝나기 전이었다.

이미 민혁의 주먹에 실린 카르마가 단숨에 미키 버섯의 안면을 꿰뚫었다. 진득한 초록 액이 건틀릿에 묻어났다.

단숨에 피를 털어낸 민혁이 엄상민을 돌아봤다.

"됐습니까?"

"차, 차크라 구현을…."

"못한다고 한 적은 없습니다."

엄상민의 눈이 경악으로 물들었다. 차크라 구현이 가능한 강민혁은 오중태를 뛰어넘는 인재가 될 것이다.

중태는 알고 있던 사실이라 크게 놀라지 않았다.

놀란 건 김미혜다.

특히나 터져나가는 귀염상하게 생긴 미키 버섯을 보며 결국 헛구역질을 했다.

"우웨웨웩!"

중태가 등을 두들겼다.

앞으로 계속 나갔다.

별꽃지렁이는 1도의 화상을 입히는 점액을 죽으면서 발사한다. 그것만 잘 피하면 그다지 어렵지 않다.

길이는 80cm정도.

말 그대로 학생들이 실습하는 용도.

목숨의 위협을 느낄 정도의 괴수는 없다.

지렁이도 밟으면 꿈틀 한다고 했던가. 꿈틀거리는 지렁이를 밟은 중태는 쌍검으로 가뿐히 양단 내고는 몸을 뒤로 뺐다.

점액이 튀기며 꿈틀거리는 놈의 몸이 얼마 지나지 않아 축 늘어졌다.

김미혜도 나름 잘해냈다.

차크라 구를 수차례 날려 사냥했다. 구현하는 차크라 구가 생각보다 커서 무척 놀랐다.

끼익!

엄상민이 이끼가 낀 철문을 열고 들어갔다. 학생들이 뒤 따라 들어갔다.

그 순간,

내부의 불이 꺼지며 문이 저절로 닫혔다.

철컥 거리는 잠기는 소리가 났다.

취이이이익!

'시작됐군.'

이미 어떤 상황이 벌어질지 짐작하고 있었다는 듯 민혁 은 호흡기를 통해 넘어오는 마취제를 들이켜며 양 팔짱을 끼고 바닥에 앉은 채 숨을 골랐다.

"뭐야…! 어떻게 된 거야!"

"꺄아악! 선생님! 선생님!"

중태와 미혜가 당황해 엄상민을 불렀지만 대답은 들려오 지 않았다.

"서, 서언, 생니임…."

"제, 제발… 내, 내 보내줘…."

"수면마취제다. 다소 불편하다 생각될 수 있지만 편하게 호흡해라."

"수, 수면…!?"

민혁의 침착한 목소리에 두 사람이 경악했다.

어째서 수면마취제가?

그렇게 의문을 품던 두 사람은 어느덧 스르르 바닥으로 쓰러졌다. 민혁의 눈도 꿈뻑이다 감겼다.

❖　❖　❖

　"으으으…."

　"이게 대체…."

　하나 둘 눈을 뜨기 시작했다. 앞서 눈을 뜨고 있던 민혁은 날카로운 눈으로 주위를 경계하고 있었다.

　"민혁아 이게 대체…."

　"긴장해라."

　"뭐?"

　그 말에 불안감이 엄습한 중태의 고개가 뒤로 돌아갔다. 그의 눈이 경악으로 물들었다. 그의 눈앞에는 닭의 형상을 한 괴수가 있었다.

　날개 대신 칼처럼 날카로운 팔이 솟아있었다. 닭은 1m 50cm정도 될 듯한 크기에 무게는 60kg정도로 추정되었다.

　날카로운 팔에 한 번만 스쳐도 지금의 육체로는 중상이다. 붉은 닭 벼슬이 있어야 할 자리에는 탁구공만한 검은 방울이 달려 있었다.

　녀석들은 괴방울 닭이라 불린다.

　그들의 주 먹이는.

인간이다.

가장 즐기는 부위는.

눈.

혀.

"*끄아아아악…!*"

단말마가 터져 나왔다.

김미혜가 벌떡 자리에서 일어섰다.

"괴방울 닭. 총 숫자는 여섯이다. 내가 넷을 맡고 중태가 우측의 둘을 맡는다. 김미혜는 뒤쪽에 서 위험하다 판단될 때. 미리 형성해놓은 차크라 구를 날려 엄호한다. 녀석들의 바로 뒤에 보면 크기가 2m정도 되는 놈이 있다. 조심해라 녀석은 뇌수를 먹이 삼는다. 왕괴방울 닭. 놈의 부리는 단번에 머리를 뚫고 뇌를 파먹을 수 있다."

"저 뒤에 쓰러진 사람은…."

"담임 선생님이다."

"그럼 뇌를 파 먹혔…."

그 비명의 원인을 알아낸 김미혜가 사색이 되었다. 눈물이 흐르며 눈과 코가 얼룩졌다.

파들파들 떠는 그녀는 몸조차 제대로 일으켜 세우질 못했다.

중태가 그녀를 부축했다.

"정신 차려! 여기서 정신 못 차리면 우린 죽어. 김미혜 정신 똑바로 차리라고!"

그 다급한 목소리에도 김미혜는 여전히 멍했다. 결국 중태가 뺨을 쎄게 후려쳤다.

짜악!

"이대로 뒈질 거야!? 이제 곧 있으면 졸업이야! 각성자로 진급한다고 좋은 차, 좋은 집! 부모님한테 효도! 못할 게 없어. 대신 여기서 살아남아야 해."

"하, 하, 할 수 있을…까?"

"할 수 있어."

중태의 굳은 목소리에 김미혜가 입술을 질끈 깨물었다.

[꼬꼬대애액!]

한 마리 괴방울 닭이 울음을 토하자 그녀가 움찔했다.

스태프를 앞으로 든 그녀가 차크라 구를 만들어냈다.

"엄호할게."

"머리를 노려라. 괴방울이 떨어지는 순간 피가 분출되어 녀석들은 얼마 지나지 않아 죽는다."

민혁의 굳은 목소리에 오중태가 그 옆에 섰다.

중태의 한쪽 입술이 파르르 떨리며 올라갔다.

'난 오혁수의 아들이야. 오혁수의 아들이라고! 네깟 놈들한테 뒈지지 않아!'

"간다."

파팟!

민혁이 땅을 박차고 오중태가 뒤따라 쌍검을 굳게 쥐었다.

가장 앞에 선 괴방울닭의 부리가 눈알 냄새를 맡고 코를 킁킁이며 쪼았다. 몸을 빙글 한 바퀴 돌려 피한 민혁의 양 팔이 헤드락 걸 듯 목을 잡으며 바닥으로 끌어 내렸다.

쿠웅!

바닥에 쓰러진 녀석의 발이 버둥댈 때마다 날이 선 손톱이 허공을 갈랐다.

"흐읍!"

무릎으로 목을 내려찍은 강민혁의 한 손으로 카르마가 집중되었다. 이젠 도끼와 같이 변형시킬 수 있는 기운!

손날로 방울을 내려찍자 분리되며 피가 솟구쳤다. 얼굴에 닭 피를 흠뻑 뒤집어 쓴 민혁의 다리가 반 스텝 빠르게 물러났다.

바로 머리를 노리고 팔이 휘둘러졌다.

애먼 땅바닥을 내려친 팔을 잡아채며 뒤로 쓰러트렸다.

바로 옆으로 날카로운 부리가 목을 노리고 쪼아졌다.

양손으로 부리를 잡아 위아래로 잡아챈 그가 양손에 힘을 주었다.

우두두둑!

촤아악!

부리가 찢어졌다. 멈추지 않고 그대로 다리를 잡고 올려 옆에서 공격해 들어오는 괴방울닭을 후려쳤다.

쿠직!

오중태도 잘 싸우고 있었다.

왼손에 쥔 더 짧은 쌍검을 효율적으로 사용했다. 길게 뻗어난 왼팔이 머리 위의 방울을 노렸다.

다른 한 마리의 괴방울닭이 팔을 내리 찍는 순간 몸을 틀어 피해냈다.

어느새 방금 방울을 노린 괴방울닭의 부리가 머리를 노리고 있었다.

쿠직!

"나이스! 김미혜!"

날아온 차크라 구가 괴방울닭의 부리를 때렸다. 그 틈에 반 발자국 물러난 중태의 오른손이 휘둘러졌다.

한 마리의 괴방울닭의 이마에 솟은 방울이 싹둑 잘려나가며 피를 뿜으며 쓰러졌다.

꿈틀거리는 애먼 녀석의 날갯짓에 팔이 긁힌 중태가 미간을 찌푸렸다.

한 마리 남은 괴방울닭은 김미혜의 차크라 구의 지원에 수월하게 제압이 이루어지기 시작했다.

"미혜야, 나 말고. 민혁이를…!"

자신은 고작 한 마리. 민혁은 맡고 있는 괴수의 숫자가 많다.

"민혁이는 이미 다 처리 했는데…?"

"뭐?"

깜짝 놀란 눈을 중태가 했다. 뒤를 돌아본 그의 눈이 경악으로 물들었다. 왕괴방울 닭이 바닥에 쓰러져 피를 뿌리고 있었다.

"조심해라."

민혁은 도와줄 생각이 없었다. 자신의 할당량은 끝냈다. 오중태. 몸놀림이 예사롭지 않다.

오혁수의 아들. 또한 해성 각성자 전문 고등학교의 인재라는 말이 무색하지 않은 지 확인하고 싶다.

"칫! 강민혁 정말!"

오중태는 깜짝 놀랐지만 투덜거릴 틈이 없었다.

쿠욱!

닭의 부리가 땅에 깊숙이 박혔다.

벽을 오른 발로 차면서 높게 뛰어오른 중태가 빙글 몸을 회전시켰다.

물레방아처럼 돈 그의 쌍검이 샥샥! 두 번 목을 겨냥했다. 첫 칼질에 반쯤 잘린 목이 두 번째 칼질에 완전히 잘려 바닥으로 툭 떨어졌다.

푸슈육!

"허억허억."

거친 숨을 몰아쉬는 오중태가 바닥으로 주르륵 쓰러졌다.

김미혜는 믿기지 않는다는 표정을 짓다가 바닥에 주저앉았다.

"서, 선생님… 선생님…."

괴수를 사냥했다는 기쁨보단 선생님이 죽었다는 것에 미혜는 더 큰 충격을 받은 것 같았다.

민혁이 비틀어진 입으로 웃었다.

"선생님은 무사하시다. 단 우리한테 이 정체 모를 시험에 대해서 설명 해야 할 것 같은데."

그의 시선은 허공을 향하고 있었으나 누군가에게 뱉어내듯 거칠었다.

❖ ❖ ❖

등골이 오싹해졌다. 노민후는 자신도 모르게 자신의 팔을 부볐다. 강민혁의 매 마른 눈빛이 스크린을 통해 자신을 노려보고 있었다.

삐! 삐! 삐! 삐!

MRI기계와 흡사하게 생긴 기계 안으로 잘 눕혀진 세 사람이 있었다.

오중태, 김미혜, 강민혁이었다.

[로그아웃합니다.]

기계음과 함께 아이들의 머리에 덕지덕지 붙은 전선들이 저절로 기계 안으로 들어갔다.

가상 시뮬레이션 기계.

학교에서 사용하는 것들보다는 훨씬 정교한 조작이 가능한 기계였다. 사람의 머리속의 기억들을 조정할 수도 있으며 새로운 사람들을 만들어 내 조작할 수도 있다.

주 사용 목적은 본래 길드원들의 가상 시뮬레이션을 통한 트레이닝이다. 허나 이번 목적은 조금 달랐다.

세 사람은 시험을 치룬 것이다.

그들이 하나둘 눈을 뜨기 시작했다.

"허억허억!"

"이, 이게 뭐야…!"

오중태는 거친 숨을 토해내며 팔을 움직이려 노력해봤고 김미혜는 비명을 지르다시피 깜짝 놀랐다. 그들의 양 손목과 발목은 움직이지 못하게 단단히 고정되어 있었다.

연구복을 입은 여성들이 다가가 팔을 속박한 그것들을 풀어주고 조심스레 일으켜 세웠다.

얼마 후 강민혁도 깨어났다. 그는 다른 이들과 다르게 덤덤했다. 익숙한 것처럼.

그는 자신의 몸을 둘러봤다. 병원복 같은 옷을 입혀 놨다.

노민후는 어색하게 웃으며 괴물 보듯 강민혁을 보았다. 기계에서 몸을 일으켜 뻐근한 몸을 풀어준 강민혁이 그에게 다가오고 있었다.

"설명이 필요할 것 같은데요?"

'도대체 이 자식 뭐야… 알고 있었어. 처음부터 알고 있었던 거야.'

서늘한 그 눈빛. 스크린을 노려보던 그 표정, 그리고 대처하는 움직임. 모든 것을 이미 알고 있었다. 자신들이 의도하는 바를.

더 놀라운 건 대처능력이었다.

그는 나타난 괴수들을 보고 빠르게 판단했다. 고등학생이 당장 자신의 생명을 위협할 괴수 앞에 놓였음에도 당혹한 기색 없이 두 사람을 이끌었다.

가장 놀란 건 차크라 컨트롤과 춤을 추듯 빠르게 움직이는 몸과 거칠 것 없는 판단력이었다.

자신이 만약 강민혁의 몸 그대로를 가지고 있었다면 그리 움직일 수 있었을까?

속 밖으로 그 본심을 꺼내지 않은 노민후는 그들에게 원의 형태의 테이블에 앉을 것을 권유했다.

"앉아서 이야기 좀 하자. 설명 해주도록 하마."

중태와 미혜는 여전히 어안이 벙벙한 표정으로 테이블에 앉았다.

"세 학생은 방금 전 시험을 치룬 거다. 우리 활인길드에서 주관하는 시험에. 여기 부모님들로부터 받은 동의서다."

그는 '시험 동의서'라고 적힌 용지를 내밀었다. 시험 동의서에는 시험 방식에 관련해 적혀 있었다. 그러고 보면 공통점이 존재했다.

세 사람의 부모는 모두 활인길드의 길드원이라는 사실이다.

사실 이 시험의 시작을 민혁은 오렌지 쥬스를 따는 순간 부터 알아챘다.

오렌지 쥬스에서 익숙한 냄새가 났다. 수면 유도제이자 안정제가 함께 들어간 약이다. 주로 이 가상 시뮬레이션 트레이닝을 하기 전에 먹곤 하는 편이다.

자신들의 시험은 오렌지 쥬스를 마시고 잠이 든 시점부터 시작하여 던전 관리국에 도착하여 움직이는 것까지도 모두 가상이었다.

이 시험이 원하는 바 또한 민혁은 알았다. 삼대 길드에서 주관하는 대회.

그곳의 인재를 뽑기 위함임을.

하지만 민혁은 모른 척 물었다.

"어째서 저희에게 이런 위험한 시험을 하게 한 겁니까?"

"위험하지는 않지. 그러니까 너희 부모님들도 모두 서명하신 거고. 오히려 모두 대찬성 하셨다. 특히 중태 아버님이."

"저희 아버지가요?"

"너희들은 이번 시험에서 실전과 같은 전투를 해보았다. 일반적으로 진행되는 각성자 전문 고등학교에서 해보지 못할 아주 특별한 경험이었지. 그리고 스스로들 얼마나 강한지도 알게 되지 않았나?"

그렇긴 했다. 오중태는 자신이 그런 상황 속에서 빠르게 정신을 차리고 괴수를 사냥할 수 있으리라곤 생각지도 못했다. 김미혜도 마찬가지였다.

무서웠고 겁이 나 당장 도망치고 싶었지만 살아야 한다는 욕구가 자신을 움직이게 만들었다. 이렇게 성장한다.

괜찮다. 허나, 민혁은 실소를 머금었다.

"이런 식으로 시험을 치른다면 문제 발생 요지가 충분할 수도 있다 사료 되는데요?"

"무자비한 시험은 아니었다. 우리 활인길드는 특출 난 학생들을 한 팀으로 묶었다. 모든 학생들을 시험할 만큼 시간이 넉넉한 것도 아니고 기계를 돌릴 수 있는 것도 아니니까. 말 그대로 너희 셋이 특별했기 때문에 이 시험을 치르게 된 거다."

"특별하다라."

민혁이 작게 조소를 흘렸다.

두 아이의 시선이 민혁에게 향해있었다. 노민후 역시 마찬가지였다. 범상치 않은 아이.

이길현이 주시하라고 했던 이유도 오혁수 공격대장이 자신의 아들보다 강민혁에 대해서 언급했던 이유도 이젠 알 것 같았다.

그저 범상치 않은 아이의 수준을 넘어섰다.

'이 아이를 키운다면 우리 활인이 승리를 거머쥘 지도 모른다.'

노민후는 어찌 보면 일개 길드원 중 한 사람이었지만 그리 확신했다. 차크라 컨트롤.

고등학생이 차크라 컨트롤을 한다는 것은 세계 어디에서

도 들어보지 못한 충격적인 이야기다.

민혁은 깍지 낀 두 손을 테이블 위에 올려놓고 단도직입
적으로 물었다.

"그래서 활인이 얻으려고 한 게 뭡니까."

그 물음에 두 아이의 눈이 노민후에게 휙 돌아갔다.

"우리 활인을 이끌어갈 인재. 그리고 얼마 전 발표된 삼
대길드 주관하에 벌어지는 대회에 출전할 사람을 뽑기 위
함이었지. 그 결과 셋은 모두 합격이다. 아주 높은 점수
로."

어차피 인재를 키운다면 딱 한 사람만 키울 필욘 없다.
대통령이 승인한 상황이다. 인재는 많이 키울수록 추후 활
인에 도움이 되며 그중 단 한 사람만이 대회에 나갈 영광을
거머쥔다.

"이제 선택은 너희들의 몫이다."

따악!

노민후가 손가락을 튕기자 뒤에서 대기하던 여성이 세
사람의 앞으로 '활인길드 인재 차출 동의서.'를 한 장씩 놓
았다. 그들의 눈이 빠르게 흘었다.

"서명을 하는 순간 너희들은 활인길드의 임시 소속 길드
원이 된다. 명시된 바와 같이 너희들을 키우는 기간 동안
예상했던 것과 다른 실망스러운 모습을 보여주거나 규칙
등을 어길 시 즉시 퇴출된다. 또한 모든 훈련 종료 후 본인
의사에 따라 남고 싶으면 남고 떠날 사람은 떠나도 된다.

레이트 187

다시 말하지만 이 계약서에 싸인 하는 순간 너희 셋은 활인 길드. 임시 길드원이 된다."

"……!"

"활인 길드의 임시 길드원…."

꿈을 쫓을 나이인 그들에게 활인길드의 길드원이 될 수 있다는 기회를 준다는 건 대단한 것이었다. 모두가 동경하는 곳. 모두가 가고 싶어 하는 곳이 바로 활인길드다.

오중태는 망설이지 않았다.

아버지가 계신 곳.

언젠간 아버지보다 더 높이 서 1분대 공격대장을 맡겠다는 꿈을 품은 자신.

그는 단숨에 지장을 찍었다.

"이제부터 오중태는 활인길드 주니어 길드원으로 활동한다."

"활인!"

아버지가 해 보이던 그 경례를 어색하게나마 벌떡 자리에서 일어난 중태가 따라 했다.

"저, 저는… 특별하지 않아요…."

김미혜는 아직도 믿기지 않았다. 자신이 특별하다? 모르겠다. 자신이 활인길드라는 대한민국의 주축 길드의 길드원이 될 수 있는지 그에 대한 자신감도 없었다.

"이론, 실기 수업은 보통 중상이었다. 그렇지만 담임 선생님으로부터 추천서를 받았다. 차크라 구현 능력 시험 당시. 차크라 일치율 66% 차크라 적응률 77%를 보였다. 그럼에도 선택된 이유는 방출계 능력 구현 시간이다."

"구현 시간이요?"

"일반적인 학생들이 차크라 볼트 같은 단출한 방출계 능력을 사용하기 위해서는 보통 시전 시간이 30초보다 더 오래 소요된다. 그러나 17초. 이번 기말고사 시험에서 나온 성적이다. 담임 선생님께서 방출계 각성자시지? 무척 놀랐다고 하더구나. 나도 이번 시험을 치르면서 놀랐다. 손 위로 차크라 구를 만드는데 걸리는 시간. 단 9초. 방출계 각성자가 공격계보다 뒤에 서는 건 시전 시간이 느리기 때문이다. 바로 타격할 수 있는 공격계와 다르게 시전을 해야 해서 보호를 받아야 하는 것. 허나 김미혜 학생 같은 경우는 다르다."

"빠른 방출계 마법 시전… 특히나 방출계 마법은 그 힘만큼은 시전 되는 순간 어떤 능력보다 더 강하다."

"오중태 학생이 바로 맞췄다. 만약 현재 9초 걸리는 차크라 구를 6초 내로 끊는다면 공격계처럼 빠르게도 방출계처럼 강하게도 두 마리 토끼를 잡을 수 있다 판단된다. 확인 길드 주니어 길드원으로 충분하다."

김미혜는 혼란스러웠지만 자신을 인정해준다면 충분히 그렇다고 사람들이 생각한다면.

망설이고 싶지 않았다.

그녀가 지장을 찍고는 벌떡 몸을 일으켰다.

"화, 활인!"

"우리 활인의 경례는 우측 가슴이 아닌 좌측 심장 부근에 주먹 쥔 손을 올리는 것. 처음이라 봐준다. 다음부턴 상관인 나에게로부터 욕을 한 바가지 듣게 될 거야. 긴장해. 환영한다. 우리 활인길드 소속이 된 것을."

노민후가 악수를 청했고 김미혜가 정중히 그 손을 잡았다.

이제 남은 사람은 강민혁 뿐이었다.

그는 아무런 표정 변화 없었다.

희열도, 이런 선택을 받았다는 놀람도 기쁨도.

그래서 더 노민후는 고역이었다.

혹시라도 하기 싫다고 한다면? 그럼 어쩔 수 없다.

민혁의 입이 열렸다.

7. 훈련

NEO MODERN FANTASY STORY

RAID

신의 탄생

레이드

NEO MODERN FANTASY STORY

"하겠습니다."

"잘 선택했다."

의외로 쉽게 그는 답을 내렸다. 강민혁이 지장을 찍자 그
는 가슴을 쓸어내렸다. 민혁이라고 해서 굳이 활인을 멀리
할 필요는 없었다.

자신은 지금 무척 약했다. 강해져야 한다. 그 발판이 되
어줄 활인이 있었다. 자신의 정체를 숨기기만 하면 되었
다.

세계 어디의 누군가도 건드리지 못할 힘을 다시 갖추었
을 때. 그때는 다시 오재원과 술을 한 잔 걸치게 될 수도 있
었다.

'다시 활인이군.'

민혁은 보이지 않는 웃음을 지었다.

❖ ❖ ❖

정해진 육성 기간은 3개월이다. 1월 1일부터 시작해서 4월 1일까지 육성한다. 이건 사실 정해진 룰일 뿐. 실제로 지키는 길드는 많지 않을 것이다.

이미 육성을 시작한 길드도 있을 터.

그에 반해 활인은 1월 1일부터 정확히 시작한다.

다른 길드는 모르겠으나 활인은 경쟁구도를 통해서 그중 딱 한 사람을 뽑는다.

오재원의 머리에서 나온 아이디어. 같은 나이를 가진 수많은 활인을 이끌어갈 인재들이 서로 자신들끼리 경쟁하며 라이벌 의식을 키운다.

사람은 채찍질을 받아야 더 강해지는 법이다.

이번 연도의 마지막 날을 장식하는 12월 31일. 다른 사람들은 새해의 아침을 준비하고 있었다, 그에 반해.

민혁은 꾸려진 짐을 침대 바로 옆에 놓고는 밥을 먹기 위해 나갔다.

아버지와 어머니는 활인 길드에 소속되었다는 것에 무척 기뻐했다. 주니어 길드원. 어찌 보면 처리조와 다를 바 없을 정도의 낮은 신분이나 다름없다.

허나 육성기간이 끝나면 그들이 어떤 직위를 가지게 될지는 모르는 법이다.

"무리하지 마라. 못하겠다 싶으면 때려치고 나와도 된다. 요즘은 작은 길드들도 대우가 좋다더구나."

아버지의 말에는 걱정이 가득했다. 거대 길드인 만큼 얼만큼 큰 위험이 많은지 아버지는 알고 계셨다.

많은 돈, 명예를 거머쥘 수 있다 한들 아버지는 민혁의 안전을 최우선으로 생각하고 있었다.

특히나 계약서에 명시된 내용이 걸렸다.

'귀하의 자녀가 훈련 도중 사망 시. 활인길드는 이에 관련하여서 일정의 보상을 약속합니다.'

사람의 일이라는 게 언제 죽을지 모르는 것은 당연하다, 생수를 배달하는 사람도 직장을 다니는 직장인도 갑자기 사고를 당해 죽을지도 모른다.

계약서의 그 부분은 그런 것과 같다.

그만큼 쉽게 생각할 수도 있는 것인데 괜스레 아버지는 가슴이 답답한 듯 싶다.

"걱정 마세요."

"길드원분들이 너한테 관심을 많이 가지는 것 같더구나. 대견하다."

아버지의 그 말에 민혁은 작게 웃었다. 밥을 모두 먹은 후 민혁은 방으로 들어가 잠을 청했다.

잠에서 깼을 때 그는 아침 일찍 짐 꾸러미를 챙기고 나왔다.

시간은 새벽 5시였다.

　아직 이른 시간임에도 아버지는 평소보다 일찍 나와 신문을 보고 계셨다.

　"벌써 일어나셨어요?"

　"오늘은 좀 일찍 깼구나."

　이제 3개월 간 보지 못한다.

　걱정되는 마음도 크실 터.

　몸을 일으킨 아버지가 어깨 위에 양손을 올렸다.

　"많이 힘들 거다."

　"아버지 아들. 강합니다."

　몇 개월 전만 해도 자신의 눈치까지 보며 집안에서 말 몇 마디조차 없던 순둥이 같던 아이였다.

　자신이 봐도 민혁은 많이 변했다.

　다른 사람이 몸속에 들어 가 있는 것처럼.

　그렇지만, 눈, 코, 귀, 키까지도 민혁은 누가 봐도 자신의 아들이었다.

　"활인."

　"활인."

　민혁의 경례에 아버지는 흡족하게 받았다.

　"혹시 뭐 사 먹을 수 있으면 사 먹고."

　아버지는 지갑을 열어 돈 몇만 원을 쥐어 주었다.

　"감사합니다."

　"어서 가봐라. 기다리겠다."

"네."

민혁이 집을 나서자 아버지의 걸음은 창가로 향했다.

아들이 나오는 모습을 지켜보는 그의 눈은 걱정으로 가득했다.

'다치지만 말아라.'

한심하게 보였을 때도 있었다. 다르게는 아버지로써 대단한 재능 하나 쥐어 주지 못해 미안하기도 했다. 그런 아들이 전교 1등을 하고 활인길드의 관심을 받고 있었다.

아버지의 오른손의 주먹 쥔 손이 왼쪽 가슴에 얹어졌다.

❖ ✤ ❖

스타렉스가 기다리고 있었다. 그 앞에 선 사내는 담배를 깊게 내뱉었다. 노민후였다. 집에서 나오는 그를 보며 노민후는 손목시계를 확인했다.

"빨리 빨리 튀어와!"

오늘부로 강민혁은 활인길드 주니어 길드원이다.

이젠 상관의 명령에 따라야 하며 철저한 감시와 교육, 통제를 받아야만 했다.

민혁이 쏜살 같이 달렸다.

"왜 늦었지?"

2분 정도 늦었다.

괜한 핑계는 필요 없었다.

"죄송합니다."

"타라."

담배 연기를 허공에 뿜은 노민후가 거칠게 스타렉스의 문을 열어젖혔다. 안에는 이미 몇 아이가 탑승해 있었다.

해성 각성자 전문 고등학교에서 뽑힌 이는 총 네 사람.

오중태, 김미혜, 한태욱, 강민혁.

다른 곳에서 차출 된 이들은 다섯 명.

스타렉스 차량이 꽉 차 있었다.

"리무진이라도 기대 한 건 아니겠지?"

"아닙니다."

꽉 끼어 앉자 노민후가 실소를 흘렸다. 스타렉스 차량이 달렸다.

달린 스타렉스 차량은 강원도의 화천으로 향했다. 화천. 유독 다른 곳에 비해 많이 추운 지역이다. 침을 한 번 뱉으면 10초 내에 얼어버리고 캔 콜라를 따면 거품이 얼기도 한다. 옷에 물이라도 묻으면 빳빳하게 어는 건 시간문제.

차량은 계속 달렸다. 어느덧 가파른 언덕을 오르고 있었다.

도착한 곳은 해체 된 군부대였다. 확인 길드에서 이곳을 학생들을 육성할 수 있는 공간으로 탈바꿈 시켰다.

연병장에 차를 세우고 하나둘 내리기 시작했다.

"저기 저 막사 보이지?"

"예!"

아이들 모두가 우렁차게 답했다.

"15초 준다. 뛰어."

"네, 넵!"

"여자라고 봐주는 건 없다."

타타탓!

아이들이 뛰기 시작했다. 민혁도 달렸다. 그나마 얼마간 단련시킨 육체가 말을 들어주었다. 가파른 언덕을 지나 막사 앞에 도착했다.

천천히 걸어온 노민후가 그들을 이끌고 안으로 들어갔다.

군대의 생활관과 흡사한 모양새였다.

다른 게 있다면 각 개인의 앞으로는 무기보관함이 개인당 하나씩 놓여 있었다.

1층 침대가 하나씩 놓여있었고 TV 같은 건 없었다.

"저 남녀… 같이 생활하나요?"

"그렇다. 여자들을 위한 스위트룸이라도 있을 거라고 생각했다면 오산이다. 만약 연애질 하다가 걸리면 즉시 퇴출이다."

노민후는 단단하게 경고했다. 여자는 총 세 사람이었다.

그중 김미혜가 방금 전 뛰었던 것 때문에 헐떡이고 있었다.

"잠시 쉬고 있어라. 본 일정은 내일부터 시작한다. 내일은 라이센스를 개인에게 할당한다."

라이센스라는 말에 아이들의 얼굴로 화색이 생겼다.

각성자 진급 시험을 봐야 얻을 수 있는 라이센스!

그것을 아직 미성년자 신분임에도 가질 수 있다.

라이센스를 얻는다는 건 즉 차크라 능력 개방을 뜻하기도 하며 던전 출입이 가능하단 소리기도 하다.

노민후가 나서고 아이들은 긴장 어린 숨을 토해냈다.

"괜찮니?"

"아. 으응."

미혜가 헐떡거리자 옆에 선 단발머리의 여자아이가 걱정어린 듯 물었다.

"이야, 이런 곳에서 3개월 간 생활하라고? 나참. 어이가 없네."

178cm정도의 키를 가진 아이가 있었다. 놀러 온 건지 훈련 받으러 온 건지 이른 아침부터 머리를 왁스로 넘겼다. 옷도 준수하게 입고 왔다.

"그리고 노민후? 저 새끼 고작 B+라더만. 존나 까오 잡네."

남자 아이의 이름은 이영욱이었다.

인성 각성자 고등학교 출신의 학교에서 최고 성적을 거둔 아이.

아버지는 젠틀 길드의 마스터였다.

젠틀 길드는 삼대 길드에 미치진 못하지만 4성에 속한다. 길드에 매길 수 있는 별은 총 다섯 개.

호텔과 비슷하다.

5성 길드는 국내 삼대 길드다.

젠틀 길드는 5성 길드만큼은 아닐지라도 꽤나 막강한 권력을 휘어잡는 조직이다.

그런 이영욱이 굳이 이 활인길드의 인재육성에 참가한 이유는 우승을 차지해 활인길드의 소속원이 되어 높은 자리를 꿰차 젠틀 길드와 원활한 관계를 유지하기 위한 속셈이 있었다.

또한 아버지는 국내에서 '젠틀맨'이라고 불린다.

S-급의 각성자.

상당한 실력자였다. 던전에서도 슈트를 입고 다니며 그 슈트에 피 한 방울 묻히지 않고 적을 살생한다하여 '젠틀맨'이라고 불린다고 한다.

'이 정도면 괜찮군.'

푹신한 매트 위에 민혁이 몸을 눕히고 눈을 감았다. 쉴랄 때 쉬는 게 좋다, 내일부터 쉬지 못할 테니.

"너희들에게 한 가지만 말할게. 니들 심기 거슬리게 하지 마라. 특히나 계집애들 찡찡대거나 하지 마. 짜증나니까."

이영욱의 말에 아이들의 얼굴이 찌푸려졌다.

하나 확실해졌다.

저놈은 개 밥맛인 놈이다.

계속 그는 자신이 뭐 어쨌네 저쨌네 하며 떠들어댔다. 그러다 누워 눈을 감고 있는 민혁을 보곤 미간을 찌푸리며 다가갔다.

그가 풀어놓은 짐 꾸러미를 보며 턱을 어루만졌다.

비싼 것 하나 없는 끈이 너덜너덜한 가방에 시장에서나 샀을 법한 속옷, 헤진 수건. 쭈글쭈글해진 입고 있는 티셔츠.

"여기에 처리조의 아들이 있다던데, 그게 너였…."

"안 꺼져?"

민혁은 상대하기 피곤했다. 한 번 크게 물어 준 후 다신 짖지 못하게 만들 생각이었는데 다른 곳에서 목소리가 나왔다.

옆자리를 쓰게 된 중태였다.

그는 민혁에게 다가서던 영욱의 가슴을 밀어냈다.

"오중태. 넌 왜 참견이냐."

그는 오중태를 알았다. 아주 잘. 해성 고등학교의 에이스.

"내 친구한테 손댈 생각 마라. 모가지 비틀어 버리는 수가 있어."

"하…! 처리조의 아들을 활인길드 공격대장님을 아버지로 둔 네가 친구로 생…."

파팟!

그 말이 채 끝나기 전이었다. 오중태의 손이 뻗어 가 그의 목을 움켜잡았다. 이영욱의 손이 재빠르게 밑으로 쳐낸 후 팔꿈치로 턱을 노리고 휘둘렀다.

고개를 뒤로 젖혀 피해낸 중태가 광대뼈를 노리고 주먹을 뻗었다. 그 손을 이영욱이 잡아내며 풀려있는 손을 중태의 얼굴에 뻗었다.

중태 역시 그 손을 잡아냈다.

두 사람이 서로의 손을 하나씩 붙잡고 풀기 위해 안간힘을 쓰며 얼굴이 붉어져 으르렁거렸다.

"너 대체 왜 그러냐? 저 새끼 네가 옛날에 괴롭히던 새끼라는 소문이 있던데."

"아가리 안 닥쳐? 주둥아릴 쳐 찢어버리는 수가 있다."

"이 씨발놈이 정말."

"한 번만 더 내 친구에 대해서 그딴 식으로 말하면 쥐도 새도 모르게 죽여 버린다."

"그만들 하자. 친구들아."

한 남자아이가 다가서며 중재에 나섰다. 180cm정도 될 듯한 키에 육중한 체격이 헬스 트레이너를 연상시킨다. 거기에 흑빛 피부.

흑인이었다.

이름은 스미스.

둘을 가뿐하게 떼어낸 스미스는 민혁을 내려 봤다가 다시 영욱을 보았다.

"이 친구가 이번엔 잘못 한 것 같구만."

스미스는 툭툭 이영욱의 어깨를 두들기며 자리로 데려갔다. 오중태의 눈이 여전히 살기를 머금은 채 걷어지지 않았다.

"그만들 하자. 3개월 동안 함께 지낼 친구들이다."

스미스는 유창한 한국말을 구사했다. 결국 이영욱이 먼저 고개를 틀었고 오중태도 자신의 침대에 걸터앉았다.

스미스는 이영욱, 오중태보다 훨씬 강하다.

소문에 의하면 미성년자인 스미스가 C-급 괴수를 괴력으로 찢어 죽였다는 이야기가 있을 정도다.

'A-급. 그 이상으로 올려야 한다.'

3개월. 짧으면 짧다고 할 수 있지만 100일 가까이 되는 시간이기도 하다.

최소한 A-급 이상.

그 목표를 민혁은 잡았다.

다른 아이들이 그 생각을 읽었다면 비웃었을 것이다.

허나 가능했다.

강민혁이라면.

편안하게 머리를 뉘인 민혁이 새근새근 코를 골아대었다. 여전히 어색함이 감도는 생활관에 그의 코 고는 소리만 퍼지자 미혜가 자신도 모르게 웃고 말았다.

"으휴. 환장하겠네."

중태도 픽 웃어버리며 침대에 드러누워 버렸다.

내일부터 지옥이 시작된다.

타타타탓!

"뒤 쳐지는 새끼는 필요 없다!"

화천에는 군부대가 많았고 그만큼 40km행군이나 천리 행군을 할 때 사용되는 드높은 산턱이 많았다.

경사가 가파르고 한 걸음 걸어 올라 갈 때 다리가 후들거리는 곳. 확 차라리 절벽 밑으로 떨어지는 게 편하다고 생각되기도 하는 그곳. 대성산.

오늘부로 활인의 교육생으로 불리게 된 이들이 매일 아침마다 타야 했다.

"허억허억."

아이들의 입으로 거친 숨이 토해졌다. 민혁은 카르마를 다리에 집중시켰다. 호흡의 안정을 위해서도 최대한 생각을 비워냈다.

일반적인 육체로 이 미친 언덕을 뛰어 오르는 건 무리다.

이 아침 구보는 육체를 기르는 것보다 차크라를 단단히 하기 위한 훈련으로 보였다.

이미 이해한 몇 아이들은 수월하게 가파른 언덕을 달리고 있었다. 그들은 숨만 조금 헐떡일 뿐. 능숙하게 움직이고 있었다.

어느덧 하나둘 친구들의 귀띔을 들은 몇 아이들이 차크라를 다리에 집중했다. 아이들은 꽤나 잘 따라주고 있었다.

"힘내…!"

"으응…!"

반면 김미혜는 거친 숨을 헐떡거리며 계속 뒤처지고 있었다. 그 옆을 단발머리의 소녀 이민정이 지키고 있었다.

공격계 계열. 그녀는 태권도 유단자였다.

"뒤쳐지는 새끼는 아침밥 없다!"

노민후는 여자라고 얄 짤 없었다.

가장 앞서던 스미스가 뜀박질 속도를 늦췄다.

"밥은 먹어야지."

이대로면 분명 김미혜는 얼마 가지 못해 쓰러질 것이 훤히 보였다. 그녀를 안아 든 스미스가 다시 빠르게 내달렸다.

"친구를 돕지 말라곤 안 하셨습니다."

노민후는 싸나운 눈초리 한 번만 줄 뿐이었다. 팀워크를 기르는 것 또한 중요한 훈련이다.

10km언덕 구보를 순식간에 돌파했다.

산을 내려 온 아이들의 몸에는 땀이 흠뻑 젖어있었다. 모두 샤워를 끝내고 식당에 왔을 때는 오자마자 그들의 손에 날계란 하나씩이 쥐어졌다.

아이들 모두가 의아한 표정을 지었다.

"계란을 항시 밥 먹는 손이 아닌 다른 손에 쥐고 있는다. 그리고 차크라를 그 손에 구현해라."

"……!"

아이들의 눈이 떠졌다.

"계란을 차크라의 힘으로 띄워라. 과한 힘이 들어가면 중심을 잃고 떨어져 깨진다. 너무 약한 힘이 들어가면 띄워지지 않는다. 정확히 손에서 10cm를 유지 시켜라."

중태가 그 말처럼 왼손에 차크라를 밀었다. 계란을 띄어 올린다. 라고 생각했다.

조금 올라선 계란이 곧 허공으로 높이 치솟더니 천장에 푸왁하고 박혀 깨져버렸다.

다른 아이들도 하나 둘 씩 해보기 시작했다.

밥은 뒷전이었다. 이런 식으로 차크라를 노련하게 사용하는 방법을 익힌다. 고등학교와는 질이 다른 실전 차크라 훈련법이었다.

와직

퐈악!

사방에서 계란이 깨지고 있었다.

그 힘이 과해 터져버리거나 아예 띄워지지 못하거나 다르게는 허공으로 높이 치솟거나.

그때에 정적을 깬 소리가 들렸다.

달그락 달그락

'어떤 놈이 밥을 쳐 먹…!'

노민후의 고개가 식기 달그락 거리는 소리에 휙 돌아갔다. 다른 아이들도 마찬가지였다. 다른 아이들은 열심히 연습 중인데 혼자만 밥을 먹다니?

그곳에는 강민혁이 있었고 그 손 위에는 정확히 10cm 띄
어진 계란이 빠르게 회전하며 안정감 있게 떠 있었다. 왼
손을 뻗어 그 힘을 이용해 계란을 띄우고 오른손으로는 태
연하게 밥을 먹는 강민혁의 모습에 모두가 토끼 눈이 되었
다.

  "혁…!"

  "저, 저렇게 하는 겁니까?"

  "그렇다. 적당한 힘이 가해지면 계란은 회전하게 된다."

  '난 저걸 하는데 일주일이 걸렸는데… 미치겠군.'

  노민후는 너무 놀라 웃음도 나오질 않았다.

  자신도 처음 저 훈련을 하면서 일주일이란 시간이 걸렸
다.

  이 차크라 훈련법이 익숙해지면 소비되는 차크라를 줄일
수 있다.

  차크라 지수는 무한하지 못하다. 1의 힘으로 가능한 걸,
10의 힘으로 하려는 걸 막기 위해 하는 훈련.

  아주 간편하기도 한 훈련이라 많은 길드에서 시행되는
훈련이다.

  파직!

  또 다시 계란 하나가 터지는 소리가 들렸다.

  그날 아침은 민혁을 제외하곤 제대로 먹은 사람이 없었
다.

❖　✦　❖　✦

　라이센스 획득은 비교적 쉬운 편에 속한다. 각성자 진급 시험을 치른 후에 곧 바로 라이센스의 획득이 가능한 편이다.

　라이센스는 첫 등급이 E급부터 시작한다.

　매 달마다 던전 관리국에서 치는 진급 시험에 합격할수록 각성자 등급을 올릴 수 있다.

　라이센스는 팔찌 모양이다.

　등급마다 그 색이 다른 편이다.

　E는 노란, D는 하늘,C, 는 빨강, B 는 녹색, A는. 보라, S는 검정색, SS는 하얀색.

　민혁의 팔로 노민후가 노란색의 라이센스를 채워주었다.

　[사용자를 인식합니다.]

　라이센스는 꽤나 고가의 물건이다. 이 조그마한 팔찌는 다양한 것을 해냈다.

　사용자의 현재 상태.

　온도, 차크라 능력, 차크라 지수 등을 나타내준다.

　"스텟창."

　간단히 스텟창이라고 말하면 된다.

　[사용자: 강민혁]

　각성자 등급:E

체온:36.7도 컨디션: 보통

몸무게:67kg

힘:23+??? 체력:18 민첩:21

차크라 지수:97

괴수 포인트:0

차크라 능력:x

예상대로였다. 힘에만 '???' 가 따라붙었다.

카르마에 의해서 형성된 수치로 보인다. '???' 가 정확히
무엇을 뜻하는지는 모르겠지만 염인빈 일 때도 이랬다. 민
혁의 카르마는 힘을 상승시킨다. '???' 라고 표시될 정도로
무한한 힘을.

"라이센스. 비공개."

[라이센스를 숨깁니다.]

민혁의 목소리와 함께 라이센스가 자동으로 팔로 스며들
었다. 대부분 이 촌스런 팔찌를 보이지 않기 위해 비공개로
설정하곤 한다.

조그마한 팔찌에서 뇌파를 타고 머리에 울리는 소리에
민혁은 만족스런 표정을 지었다.

아이들에게 하나씩 작은 영단이 쥐어졌다. 괴수 포인트
를 50올려주는 아이템이다. 정부는 첫 라이센스를 획득한
이들에게 공통적으로 이 물건을 보급해줬다.

오독!

입에 넣어 씹어 삼켰다.

괴수 포인트가 50 차있는 것을 확인했다.

"차크라 능력."

민혁이 왼팔을 뻗자 팔찌가 스며든 부위에서 홀로그램을 쏘아냈다. 민혁의 앞으로 좌르륵 다양한 무기들이 펼쳐졌다.

차크라 구현 능력 시험 때의 능력창들과 같았다.

이번에도 맨주먹을 선택했고,

저번과는 조금 다른 능력을 선택했다.

25괴수 포인트가 드는 능력.

차크라 능력은 처음 작은 포인트를 필요로 하지만 서서히 레벨이 오를수록 더욱 많은 괴수 포인트를 요구한다.

차크라 능력:

[살쾡이-본능 회피]

엑티브 능력

레벨:1

위협을 느낀, 살쾡이의 재빠른 뒷걸음질.

숙련도0/100

다음 필요 괴수 포인트:50

[캥거루-괴력발동]

엑티브 능력

레벨:1

패배하기 직전의 캥커루의 마지막 힘을 쥐어 짠 스핀 공격, 120%의 공격력을 더한다.

숙련도0/100

다음 필요 괴수 포인트:50

"차크라 능력, 이름 변경. 선택. 살쾡이- 본능회피. 캥거루-괴력발동."

[차크라 능력 명을 변경합니다. '살쾡이 본능회피.' 능력명을 지정하여 주십시오,]

"스텝."

['살쾡이 본능회피' 가 '스텝' 으로 변경됩니다.]

[차크라 능력 명을 변경합니다. '캥거루-괴력발동.' 능력 명을 지정하여 주십시오,]

"백스핀."

['캥거루-괴력발동' 이 '백스핀' 으로 변경됩니다.]

군이 지정된 능력명을 사용할 필욘 없었다.

차크라 능력의 발동은 '시전어' 로 발동된다.

기존의 '살쾡이-본능회피' 의 경우 재빠르게 몸을 빼낼

때 사용되는 차크라 능력이다.

입으로 중얼거릴 틈에 자칫 능력 발동도 하지 못한 채 당할 수도 있다.

짧은 명령어가 편했다.

거기에 스텝은 차크라 능력의 레벨을 올릴수록 더욱더 빠르고 멀리 벗어날 수 있다.

모든 능력은 차크라 지수로 인해서 소모된다.

어제의 계란을 움직이는 훈련은 이 차크라 지수의 과소비를 막기 위한 것.

앞에 선 노민후가 각자의 계열에 따라서 우선시 되는 차크라 능력을 설명해주었다.

아이들은 그의 말에 따라 자신에게 맞을 것 같은 차크라 능력을 선택했다.

이미 능력을 선택한 민혁은 듣는 둥 마는 둥 했다.

라이센스를 받고 차크라 능력을 올린 아이들은 흥분에 차 있었다. 남들보다 빨리 차크라 능력을 얻는다는 것은 분명 기분 좋은 일이다.

오전. 라이센스를 모두 받고 오후에는 다른 훈련이 기다리고 있었다.

아이들은 매트리스 위에 올라서 있었다. 그들의 앞에는 활인길드의 각성자들이 한 사람씩 서 있었다.

"모두 앞에 선 이의 얼굴을 잘 확인하도록. 너희들의 개인 교관이 되어줄 사람들이다. 교육생들의 성향에 가장 잘 맞는 각성자들이다. 그만큼 너희들의 힘을 증진 시킬 수 있다 판단된다."

민혁의 앞에는 마른 체형의 남성이 서 있었다. C+급 각성자. 민혁에게는 그저 스치는 몇 길드원 중 한 사람일 뿐이었기에 얼굴만 기억 날 듯 말 듯 했다.

자신처럼 공격계의 맨몸을 사용하는 각성자일 것이다.

"무슨 차크라 능력을 올렸나?"

"살쾡이-본능회피와 캥커루-괴력발동입니다."

"어째서지?"

앞에 선 교관의 미간이 찌푸려졌다.

"살쾡이-본능회피는 아직 네가 쓸만한 능력이 아니다. 큰 경험이 없는 네가 상황을 인지하고 사용하기에는 너무 어려운 능력인데 아까 전에 설명을 허투루 들었나?"

"저에게 가장 적합하다 판단되는 능력을 선택했을 뿐입니다."

"그래?"

교관의 미간이 찌푸려졌다. 건방지고 오만방자해 보였다.

어떤 학생인지에 대해선 들었으나.

아직 자신도 살쾡이-본능회피를 쓸 때엔 멈칫거린다.

그런데 방금 라이센스를 획득한 놈이 어찌고 저째?

"교관인 나는 너를 앞으로 3개월 동안 옆에서 함께 지도한다. 지금부터 가르칠 것은 네가 올린 차크라 능력에 적응할 수 있도록 지도하는 것. 한 번 덤벼봐라."

"네."

민혁이 작게 웃었다.

다른 곳에서 이미 아이들의 비명이 터져 나오고 있었다.

밟히고, 맞고, 구르고.

심한 이는 바닥에 쓰러져 실신을 한 듯 기절해 있었다.

이곳에 온 이상. 인간으로서의 인권의 존중을 요구해선
안 된다.

자신들은 사람을 죽이는, 사람이 죽여야 하는 괴수를 사
냥해야 한다. 그런 자신들이 더 없이 강해지기 위해선 혹독
한 훈련이 필요하다.

병역캠프 같은 것을 기대했다면 당장 짐 싸고 돌아가는
게 맞다.

민혁의 발이 한 발자국 움직였다.

그의 손날이 목을 노리고 쏘아져 들어갔다.

'빠, 빠르다…!'

순식간에 거리를 좁혀 목을 노리는 공격에 앞에 선 교관
의 눈이 크게 떠졌다.

왼팔을 올려 가드한 그가 무릎으로 차올리려는 순간이었
다.

무릎을 팔꿈치로 찍어 내린 민혁의 몸에 스핀이 걸렸다.

"백스핀."

후우웅!

백스핀 하는 민혁의 주먹에 120%의 강한 힘이 실리며 카르마가 깃들었다. 수치는 120%를 나타내지만 실제 민혁의 카르마는 더욱 큰 괴력을 내지 않던가?

콰지익!

순간적으로 차크라를 끌어올려 팔을 들어 가드한 교관의 몸이 기우뚱했다. 그 순간 비틀거리는 교관의 발이 명치를 노리고 들어왔다.

"스텝."

파팟!

순식간에 민혁의 발이 바람처럼 움직이며 뒤로 물러났다.

'이, 이 새끼. 도대체 뭐야…!'

자신의 공격을 가뿐히 차크라 능력으로 피해낸 민혁을 보며 교관이 지끈거리는 팔을 어루만졌다.

이게 고등학생이라고? 지금 제대로 차크라 능력을 사용해서 맞붙으면 이길 수 있을지 가늠할 수 없었다.

턱!

"강민혁 교육생은 특별히 내가 지도한다."

이 모습을 지켜본 노민후가 교관의 뒤로 다가와 어깨 위에 손을 얹었다.

그 앞에 선 노민후가 손을 우둑 풀었다.

민혁의 본능, 감각, 전투능력. 모든 것은 이 안의 어떤 이보다 우월하다.

사실 그는 이들에게서 배울 건 없다.

그럼에도 교육생이 된 이유는 하나다.

남들보다 더 빠르게 괴수를 사냥할 수 있다.

그것은 즉 괴수 포인트를 획득할 수 있다는 것을 의미한다.

민혁과 노민후의 주먹이 허공에서 부딪쳤다.

❖　❖　❖

"끄으응…!"

노민후는 자신의 팔을 어루만졌다. 활인길드에서 보급되는 소매가 긴 티셔츠를 입은 그는 티셔츠를 벗었다. 단단하게 만들어진 육체가 모습을 드러냈다.

그는 퉁퉁 부은 자신의 팔을 보았다.

강민혁을 이기는 것은 간발의 차였다. 아니, 오히려 녀석이 자신을 봐준 건가 싶기도 했다.

차크라 능력이 두 개라는 것. 아직 덜 성숙한 신체라는 것을 제외한다면 그는 강했다. 눈보다 빠른 손과 팔의 움직임, 강한 공격, 쓸데없이 허비하지 않는 차크라 지수까지.

모든 게 완벽한 놈이었다.

퉁퉁 부은 팔에 그는 연고를 바르고 붕대를 칭칭 감았다. 전화가 요란하게 울렸다.

"활인. 교육생 교관. 노민후입니다."

[민후야, 그 꼬마 어떠냐, 재밌지.]

3분대 공격대장. 이길현이었다.

그의 목소리는 기대감으로 가득 찼다.

노민후는 우는 소리를 내며 오늘 있었던 일에 대해서 말해주었다.

[계란을 단 한 번에 돌려? 교관이 맞고 쓰러질 뻔 한 걸 구해줬어? 거기에 너까지 쳐 맞았어!?]

"하하. 그, 그렇습니다."

이길현의 놀람이 찬 목소리에 노민후는 어색하게 웃을 수 밖에 없었다.

[우리 활인이 진짜 보물 하나를 얻었구나.]

이길현의 목소리는 기쁨으로 가득했다.

통화가 끊어지고 곧 이어선 2분대 공격대장 오혁수의 전화가 걸려왔다.

통화내용은 비슷했다.

차출된 인재에 관심을 두는 이유는 두 가지다.

활인의 성장.

대회의 우승.

오재원은 공격대장과 회의를 진행하며 화랑의 의도를 짐작했고 그들이 대회라는 수를 자신만만하게 선택한 것에 있어서 이미 화랑에 키운 강자가 있을 거라고 예상했다.

때문에 그는 강조했다.

'화랑의 ' 그 누군가 '에게 뒤지지 않을 만큼의 인재가 필요하다. 지금의 이 대회는 앞으로 화랑과 활인에서 누가 우

위인지를 가리는 첫 신호탄이 될 것이다.'

누구 하나 물러설 수 없는 자존심 싸움.

던전의 소유권보다 중요한 것.

'누굴 키웠든 데려와 봐라. 우리도 보물을 얻었으니.'

팔은 지끈거리지만 노민후의 얼굴엔 웃음이 돌았다.

❖ ❖ ❖

CH-47헬기는 큰 박스형 동체를 가지고 있었다. 운송용
이 목적이며 33명의 완전 무장한 병력을 실을 수 있다.

투투투투투!

프로펠러 돌아가는 소리가 귀를 격하게 때렸다. 활인의
교육생이 된 지 어느덧 두 달이 되어가고 있다. 낙하산을
등 뒤에 멘 아이들의 얼굴이 딱딱하게 굳어 있었다.

그중 강민혁만 편안한 표정이었다. 두 달 새 아이들은 많
이 변해 있었다. 눈빛, 표정, 근육의 정도까지. 그러나 이
운송 헬기 안에선 그 용맹한 눈빛과 표정이 누그러들었다.

"목표지점에 착륙 전 교육생들은 용머리 독수리를 사냥
해야 한다!"

노민후의 목이 찢어지랴 외쳐졌다. 용머리 독수리는 그
크기가 오토바이만 하다. 날카로운 이빨은 사자의 것처럼
뾰족하고 턱 힘이 강해 단숨에 사람의 팔까지도 뜯어 먹을
수 있다.

특히나 독수리의 머리보단 용의 머리에 가까운 형태였다. 바짝 선 발은 단숨에 사람을 낚아채기도 한다.

현재 헬기에 올라탄 인원은 네 명.

오중태, 김미혜, 이민정, 강민혁.

2조.

2조의 조장은 강민혁이었다.

"용머리 독수리의 숫자는 정확히 넷! 너희들이 한 마리씩 사냥해야 친구가 편할 것이다."

'무, 무서워…'

다른 아이들의 표정도 사색이었지만 김미혜는 유독 온몸이 사시나무 떨리듯이 떨고 있었다. 그녀는 고소공포증을 가지고 있었다.

'그래도 친구들한테 더 이상 폐 끼치고 싶지 않아…'

두 달이란 시간동안 친구들의 도움을 많이 받았다. 그 때문에 독해지기 위해 노력했다. 하지만 말처럼 되지 않았다. 몸이 따라주질 않는 것이다.

차크라 능력의 구현이 남들보다 빠르다는 것 빼곤 특별할 것 하나 없는 자신이 교육생이 된 것이 맞는 걸까? 요즘도 자주 그 질문을 하곤 했다.

삐익삐익삐익!

싸이렌이 요란하게 울렸다.

목표지점에 도달했다는 신호였다.

"건투를 빈다."

노민후의 손이 빨간색 버튼을 눌렀다.

촤아아악!

파아아아앙!

뒷문이 열렸다. 높은 고도로 인해 숨 쉬기가 쉽지 않았다. 찢어발길 듯 몸을 감싸는 바람은 몸을 움직이기 힘들 정도였다.

"뛰어! 뛰어! 어서 빨리!"

강민혁을 선두로 한 사람씩 뛰어내리기 시작했다.

마지막. 김미혜가 눈을 질끈 감고 뛰어내렸다. 몇 번을 망설이다가 겨우 용기를 낸 것이다.

'저 녀석, 걱정이구만.'

노민후는 떨어져 내리는 김미혜를 보며 작은 한숨을 머금었다.

파아아아앙!

공기를 찢으며 바닥으로 떨어지는 민혁의 몸은 총알과 같았다. 몸을 일직선으로 쭉 편 그는 빠르게 하강하고 있었다. 서서히 목표물과 그가 가까워지고 있었다. 고글 사이로 검은 색 점들이 점점 커지는 것이 보였다.

용머리 독수리. 놈들이다. 세로로 내려서던 민혁의 몸이 날다람쥐처럼 쫙 펴졌다. 속도가 늦춰줬다.

"내가 한 놈을 먼저 사냥한다."

[역시 민혁인, 빠르다니까!]

무전을 들은 중태의 흥분에 찬 목소리가 들렸다.

용머리 독수리와 가까워진 순간이었다. 민혁의 몸이 하늘을 나는 녀석의 등을 밟고는 부웅 떠올랐다.

[끼에에엑!]

갑자기 등을 밟아선 느낌에 바닥으로 내려섰던 용머리 독수리가 민혁을 발견하곤 궤도를 바꿔 날아왔다.

목표지점에는 용머리 독수리를 조종하는 지원계 각성자가 있었다. 일인당 정확히 한 마리씩.

용머리 독수리는 지원계 각성자의 의지대로 움직였다.

[끼에에엑!]

쭉 내민 앞발로 용머리 독수리가 어깨를 낚아채려는 순간이었다. 기다리고 있던 민혁의 손이 앞발 하나를 잡아챘다. 놈의 도망치기 위한 몸부림이 거셌다.

민혁의 손에 카르마가 몰려들었다.

카르마는 날이 선 검의 모양새로 펼쳐졌다.

손을 일직선으로 쭉 편 그의 손이 목을 지나치자 깨끗하게 무가 썰린 듯 용머리 독수리의 목이 떨어져 나가며 하늘로 솟구쳤다. 반대로 몸은 바닥으로 떨어져 내렸다.

"사냥완료."

[오케이! 다음은 내 차례다!]

중태의 목소리가 들렸다. 얼마 지나지 않아서였다. 사냥완료라는 신호가 떨어졌다. 이민정 역시도 가뿐하게 사냥을 완료한 듯 신호가 떨어졌다.

남은 건 김미혜 뿐이었다.

"김미혜? 김미혜, 응답해라."

민혁은 진즉에 낙하산 펴고 목표지점에 내려설 수 있었지만 몸을 가로로 피고 속도를 늦추고 있었다.

조원들을 챙기기 위함이었다.

[나, 나 역시 아, 안 되겠어, 미, 미안해…!]

[무슨 소리야, 미혜야?]

[나 너희들한테 정말 미안한데! 나, 낙하산… 펴야겠…! 꺄아악!]

속도를 늦추며 김미혜를 찾던 민혁의 귀로 비명 소리가 들렸다.

[헉! 무슨 일이야!?]

[미혜야, 괜찮아!?]

[꺄아아악! 나, 낙하산이 다리에 걸렸어! 어, 어떻게… 어]

"침착해라. 김미혜, 김미혜!?"

더 이상 대답은 들려오지 않았다. 현재 장비류는 전부 차크라와 연결되어 있다.

펴야 하는 낙하산까지도 차크라와 연결된 상태다.

계란을 손에 띄우는 것을 한 달 동안 익히고 원하는 만큼의 차크라를 소진하는 방법을 배웠다.

낙하산을 펴기 위해선 총 다섯 개의 차크라 힘을 동일하게 나눠서 주입해야 했다.

처음엔 7의 차크라, 다음 3, 다음 13, 그 다음은 6, 1. 이런 식. 그래야 낙하산이 펴진다.

현재 그녀의 무전기는 공황상태의 빠진 그녀가 차크라를 건트롤 하지 못한다는 것을 뜻했다.

"빌어먹을. 내가 김미혜를 구한다. 조원들 모두 무사 귀환토록!"

[민혁아. 믿는다.]

민혁이 양손을 손오공이 에너지파를 쏘는듯한 모양새로 만들었다. 땅을 보고 가로로 앞쪽으로 누운 그의 양손에 카르마가 쏟아졌다.

"흐으으읍!"

파아앙!

에너지파를 쏘듯 그의 손에서 붉은 빛 카르마가 뿜어졌다. 그 순간 민혁의 몸이 번쩍 떠올랐다. 순식간에 낙하산을 펴고 내려오는 다른 아이들을 지나쳐 올라섰다.

몇 차례 반복한 민혁의 시선이 미혜를 찾아 움직였다.

"저기 있군!"

파아앙!

세로로 서자 몸이 다시 총알처럼 날아갔다. 김미혜는 비명을 지르며 낙하산에 온 몸이 엉켜진 채 빠르게 바닥으로 추락하고 있었다.

'너무 많이 내려왔다. 하지만 할 수 있다.'

조금이라도 늦으면 땅과 김미혜는 충돌할 것이다.

서둘러야 했다.

허공을 뚫고 민혁의 몸에 속력이 붙었다.

그 순간이었다.

[끼에에엑!]

용머리 독수리가 울음을 토하며 김미혜에게 접근하고 있었다.

'빌어먹을!'

밑에서 김미혜를 겨냥한 지원계 각성자를 그는 힘껏 욕했다. 한 두 번이 아니었다. 활인길드는 망설임도 없었고 봐주는 것도 없었다.

물론 이것들이 모이고 모여 자신들을 빠르게 성장시키고 있었다.

후우웅!

용머리 독수리가 그 날카로운 입으로 김미혜의 목을 물어뜯기 위해 이빨이 달린 부리를 벌리고 있었다. 더 속도를 높인 민혁의 살들이 찢어질 듯 아렸다.

"으아아… 어, 엄마…!"

김미혜가 용머리 독수리의 날카로운 부리를 보곤 눈을 질끈 감았다.

그 순간,

푸화아아악!

용머리 독수리의 목이 절단되며 피가 튀었다. 누군가 자신을 꽉 껴안는 느낌이 났다.

"나다."

"가, 강민…."

"꼭 붙들어 매라. 자칫 잘못하면 우리 둘 다 죽어! 이제 낙하산 필거다."

순식간에 바닥과 가까워지고 있었다.

80m!

70…60…m

그리고 민혁의 차크라를 주입하는 손.

'7! 3! 13!….'

시야가 어느덧 땅과 가까워져버렸다.

눈을 질끈 감은 김미혜가 비명을 질렀다.

"꺄아악! 미, 민혁아 좋아해!"

'1!'

주입이 끝나는 순간.

촤아아악!

낙하산이 펼쳐졌다. 낙하산은 속도를 늦춰줬다. 뜨지는 못했다. 그대로 느려진 두 몸이 바닥에 곤두박질 쳐졌다.

"크읍!"

"꺄아악!"

두 사람이 목표지점 위를 낙하산으로 몸이 엉키며 뒹굴었다. 몸을 감싸는 충격에 민혁은 절로 김미혜를 잡은 양팔에 힘을 강하게 주었다.

"허억허억."

구르던 몸이 멈추자 민혁은 거친 숨을 토했고 미혜는 실신한 듯 바닥으로 축 늘어졌다.

좀만 늦었으면 민혁도 발록이고 뭐고 돼질 뻔 했다.

'뭐라고 소리 친 거야, 저거?'

조원 챙기기 더럽게 힘들다.

❖ ❖ ❖

실신했다가 깨어난 김미혜는 조용한 식당에 혼자 들어갔다. 아직 자신이 속한 2조의 훈련은 끝나지 않았다.

노민후 교관의 통제 하에 김미혜는 오늘 하루 휴식을 취하는 것으로.

식판에 밥을 받아 떠먹는 그녀는 자신의 머리를 두들겼다.

'이 바보 멍청이, 멍개, 해삼 말미잘!'

정말 자신이 잘하는 게 뭘까. 일반 학생들 중에선 우수한 이가 뽑힌다는 이 활인길드 인재육성에 있는 자신이 일반 학생들보다 강하기는 한 걸까?

매일 같이 같은 조원 친구들에게 폐만 끼치는 자신.

이런 자신이 한심스럽고 원망스러웠다. 울보에 겁쟁이에 소심하기까지.

거기에.

'민혁아 좋아해가 왜 나와!'

죽기 직전이라고 생각해서일까. 품고 있던 생각을 입으로 뱉어버렸다. 까짓 죽기 전에 고백이나 하자?

차라리 정말 그냥 죽지. 자신은 자신에겐 말도 안 되는 사람을 마음에 품고 있었다.

2조의 조장 강민혁.

어떤 이보다 뛰어나게 인정받고 있다.

또한 자신에게 무슨 일이 생길 때마다 자신을 도와주곤 했다. 낙하산에서의 일도 그랬다. 자칫 둘 모두 죽을 지도 모르는 상황이었었다.

괜히 김미혜의 눈가에 눈물이 핑 돌았다.

그때 1조의 인원들이 들어오는 모습이 보였다. 식당의 바로 앞에서는 1조 조장 이영욱이 교관과 이야기를 나누고 있었다.

8. 김미혜

NEO MODERN FANTASY STORY

RAID
신의 탄생

레이드

NEO MODERN FANTASY STORY

"어머, 미혜야. 너 낙하산에서 떨어져서 실신 했다는 이 야기는 들었어. 몸은 괜찮니?"

하연화라는 아이가 있었다. 미혜와 같은 방출계 각성자.

고교 방출계 조합 대회에서 우승을 차지한 이력이 있는. 전국의 방출계 각성자들에게 관심을 한 몸에 받고 있는 아 이.

이 아이는 미혜를 무척이나 싫어하고 집요하게 괴롭히려 들었다.

"어머, 이 땀 좀 봐."

여화가 이마에 흐르는 땀을 앞머리를 다듬어 주는 척 하 며 어루만졌다.

찰싹!

"바보야, 제발 조원들한테 민폐 좀 끼치지 마렴. 너 때문에 너희 조가 우리 조보다 항상 뒤처지는 거 아니겠어? 강민혁. 걔도 참 대단해. 그래도 걔가 있으니까 이정도이지 넌 걔 없으면 이미 꿲!"

하연화가 엄지로 목을 긋는 시늉을 했다. 미혜의 목이 막혔다. 그 정돈 자신도 안다.

머리를 쓰다듬는 여화의 손에 힘이 실렸다.

"잘 좀 하자 미혜야. 응? 참 일주일 뒤에 너 나하고 대련 있는 거 알지? 호호호 바지에 오줌 싸면 안 되는데."

마지막 말을 귓가에 대고 속삭이는 그녀.

이제부터 본격적인 훈련이 시작될 것이다.

2개월 동안 기초를 다졌다면 이제부턴 더욱 혹독하게 실전에 돌입한다.

정확한 사안을 밝히진 않았지만 이제 남은 한 달간은 던전을 공략하고 교관이 아닌 교육생들끼리 몸을 부딪치고 다양한 경험을 하게 될 것이라고 하였다.

"호호, 꼴에 밥은 목구멍 뒤로 넘어가나…"

"그만해라. 여화. 친구끼리 적당한 선을 지켜."

보다 못한 스미스가 미혜의 머리를 툭툭 때리는 여화의 손목을 잡아챘다.

"흐, 흥! 스미스. 넌 같은 조면서 대체 누구편이야, 이 걸레같은 애한테 마음이라도…."

"입 좀 조심해. 여화!"

스미스의 성난 목소리에 여화가 깜짝 놀랐다. 이영욱이 교관과의 이야기가 끝난 후 들어오다 미간을 찌푸렸다.

"그 손 놔. 스미스."

"후우. 정말 미치겠군."

스미스는 이영욱의 서늘한 눈빛에 어깨를 으쓱거렸다. 이영욱과 하연화는 정말이지 쿵짝이 잘 맞았다.

여화가 결국 스미스의 시선을 이기지 못하고 몸을 일으켰다. 이영욱이 휘파람 불며 지나가듯 말했다.

"나였으면 차라리 자진 퇴소했다."

꿀꺽!

겨우 남아있던 밥을 목구멍 뒤로 넘긴 미혜가 결국 눈물을 떨궜다. 보이지 않기 위해 최대한 고개를 파묻었지만 흐느끼는 몸을 감출 순 없었다.

스미스를 제외한 이들의 얼굴로 비웃는 웃음이 스쳤다.

❖ ❖ ❖

"그런 일이 있었다고."

"그래, 민혁이 미혜 때문에 고생 많이 하는 거 알아, 매번 미혜 때문에 우리 조보다 뒤처지는 것도 알고 고생하는 것도 물론 안다. 그래도 더 챙겨야 할 것 같아서."

늦은 저녁. 스미스의 말을 막사 밖에서 듣는 민혁의 눈이 날카로워졌다.

"고맙다, 스미스."

"친구인데. 뭘."

스미스는 큰 키와 다부진 체격, 흑인. 거친, 사냥법 등과는 어울리지 않게 쾌활하고 정직한 성품을 가진 아이였다. 민혁이 유일하게 1조원 중 마음에 들어 하는 이다.

특히나 스미스는 이영욱보단 실질적으로 더 강했기 때문에 조원이라 해도 이영욱이 쉽사리 대하진 못하고 있다.

들어가려는데 때마침 김미혜가 나왔다. 김미혜는 할 말이 있는 듯 고개를 푹 숙이곤 머뭇거렸다. 스미스가 어색하게 웃어주며 김미혜의 어깨를 어루만지곤 안으로 들어갔다.

"할 말 있어?"

민혁의 물음에 미혜가 자신의 손톱을 어루만졌다.

"손톱 만지는 습관 버리라 했을 텐데?"

"있잖아. 민혁아. 나 내일 퇴소할거야."

민혁의 미간이 찌푸려졌다.

"난 너희들에게 도움도 안 되고 폐만 끼치는 거 같아. 처음부터 와선 안 되었어. 남들보다 구현이 빠른 거? 그게 뭐 대수라고. 그리고 사실 나 무서워. 여화하고 대련할 거 생각만 하면 다리가… 다리가 움직이질 않아."

"무섭다. 각성자가 싸우는데 무섭다. 퇴소로 충분한 이유군."

민혁의 입가로 실소가 스쳤다. 미혜는 깜짝 놀랐다. 위로의 말을 굳이 기대한 건 아니었지만.

너무 차가웠기 때문이다.

'하긴 어쩌면 조원들 모두 내가 나가길 바라고 있었을지도 몰라. 내가 나가면 우리 조는 1조 따위 우습게 앞지르겠지.'

슬펐지만 현실이었다. 자신이 나가면.

"다시 돌아가라. 돌아가면 이제 넌 성인이고 3월부터 라이센스 획득이 가능해진다. 그럼 각성자가 되겠지. 근데 무서워하는 네가 각성자가 될 수 있다고 생각하나?"

사실이었다. 지금 교육을 받는 곳에서도 이런데 실전이 난무하는 곳에서 각성자가 되면 절대 살아남지 못한다.

"결국 차크라 구현능력 빠른 일반인에 다를 바 없겠지. 너 때문에 고생하신 어머니와 아버지도 계속 고생하시면 되겠고. 너희 아버지도 우리 아버지와 같은 처리조 일원이라 들었다. 뭐 너 때문에 등골이 휘랴 일하셨겠지만 상관없지. 네가 싸우는 게 무섭다니까 도망쳐라. 겁쟁이처럼."

차갑디 차가운 말에 미혜의 입술이 질끈 깨물렸다.

자신 때문에 집안은 가난하기 그지없고.

언젠간 멋진 각성자가 되어 부모님께 잘해야겠다고 생각했다.

두 명 있는 동생들 역시 자신이 책임져야 했다.

민혁이 막사로 들어가려했다.

"마, 말이 너무 심하잖아. 민혁아."

"무엇이? 도망치는 너한테 내가 웃으며 말해줄 이유는 없다. 부모님의 꿈도 네 꿈도 전부 집어던지고 도망치는 네가!"

민혁이 성큼 그녀 앞으로 다가가 어깨 위에 힘이 들어간 양 손을 올렸다.

"무엇을 할 수 있지?"

미혜의 손이 민혁의 손을 쳐냈다.

"너, 너무해."

그녀의 입술이 질끈 깨물렸다.

"왜 포기할 줄 밖에 모르지? 하연화가 뭐가 무섭지? 일개 너와 같은 교복을 입는 학생일 뿐이다. 한 번만 말하겠다. 포기하지 마라."

마지막 민혁이 내민 손이다.

뿌리친다면 더 이상 잡지 않을 것이다.

이 손을 잡는다면.

그녀를 힘껏 조장으로써 이끌 생각이다.

"부모님과 동생들이라도 생각해라."

그녀의 고개가 다시 푹 숙여졌다.

결국.

"미, 미안… 여, 역시 난 너희한테 페… 끼쳐도 여기 있을래."

"잘 생각했다. 그리고."

민혁의 얼굴로 부드러운 미소가 맺어졌다.

미혜는 무척 아름답다. 이제까지 민혁이 본 여인들 중 손에 꼽을 정도로.

긴 머리칼과 도톰하게 오른 볼 살, 동그란 눈과 오똑하게 솟은 코. 갸름한 턱선, 볼륨 있게 솟은 가슴과 엉덩이.

이 때문에 추녀 하연화가 그녀를 괴롭히는 것일 거다.

"내일 밤부터 나와 함께 훈련을 한다."

"훈련?"

"교관님께 내일 일찍 승인을 받겠다. 네가 더 나아질 수 있게 이끌어주마. 하연화와 싸울 때 밀리지 않는 법을 가르쳐주마."

'하연화 따위는 김미혜의 상대가 되지 못한다.'

속내를 민혁은 보이진 않았다.

허나. 하연화는 절대 김미혜의 상대가 될 수 없다.

민혁의 눈은 정확하다.

"으응, 고마워. 그리고 아까 했던 말."

민혁의 미간이 다시 찌푸려졌다.

"잊어줘."

민혁은 답하지 않고 작게 웃기만 했다.

"들어가자. 친구들이 우리 연애하는 줄 알고. 놀릴라."

"으, 응!"

미혜가 종종 걸으며 민혁의 뒤를 따랐다.

'감히 우리 조원을 건드려?'

민혁의 눈이 날카로워졌다.

밤 10시. 다른 아이들은 모두 취침에 들어가야 할 시각이었다. 민혁과 미혜만 막사를 빠져나와 걸음을 옮겼다.

　이곳은 산턱에 있기 때문에 밤이 되면 유독 더 추웠다, 특히나 강원도 화천 아니던가.

　미혜의 치아가 따닥따닥 부딪치다가 곧 정상체온을 되찾았다.

　'차크라를 끌어올려 몸의 적정체온을 유지한다.'

　시키지 않아도 알아서 척척. 민혁은 보이지 않는 웃음을 지었다.

　그녀의 가장 큰 단점은 눈물 많은 겁보라는 것.

　장점은 빠른 차크라 구현능력과 일반 아이들보다 우위에 선 차크라 지수였다.

　그 뿐 아니다. 그녀는 차크라를 다루는 능력 역시 우월했다.

　손 위에 계란을 10cm 간격으로 띄우는 것도 민혁 다음으론 미혜가 가장 빨리 해냈다. 그것도 이틀 만에.

　차크라를 자유자재로 만들어내는 여인이 그녀다.

　그녀는 결코 가벼운 재능을 가진 것이 아니다.

　아니, 사실 민혁은 이토록 어리면서 배울수록 이토록 빠르게 차크라 구현을 해내는 아이는 보지 못했다.

　그 정도다.

추후 잘만 키운다면 그녀는 A급 이상을 보게 될 것.

그리고 민혁이 본 하연화도 뛰어난 방출계 각성자였다. 빠른 두뇌 판단력과 강한 방출계 마법.

차크라 능력을 다양하게 다루고 빨리 구현하는 미혜와 조금 상반된다. 강한 한방과 방출계 각성자치고 빠른 몸놀림.

방출계 각성자들은 대게 육체가 약하기 마련이다.

능력지연+미약한 육체. 때문에 공격계 바로 뒤에 서는 것.

허나 하연화는 차크라 구현이 다소 늦더라도 다져진 신체가 문제다. 요리조리 김미혜의 방출계 마법을 피할게 분명하다.

'그렇다면 피할 수 없게 만든다.'

민혁은 나뭇가지 하나를 꺾어 그것을 보였다.

"이게 몇 개지?"

"하나."

뚝!

"이건?"

"두 개."

다시 두 개를 분질렀다.

"이건?"

"네 개."

미혜는 의아한 표정을 짓고 있었다. 의도하는 바를 알 수 없었다.

"지금 가진 능력이 차크라 볼트하고 헤이스트인가?"

"응."

"차크라 볼트를 구현해라."

파팟!

오른손이 앞으로 펼쳐졌다. 빠른 속도로 푸른빛을 띠는 차크라가 손위로 몰려들며 작은 점이 구의 형상으로 커졌다.

'4초. 빠르다.'

김미혜가 차크라 볼트를 소환하는데 걸린 시간. 단 4초.

말도 안 되는 속도다. 절로 신음이 나올 뻔한 걸 민혁은 삼켰다.

특히나 더 놀라운 건.

차크라 볼트의 크기였다.

일반적인 차크라 볼트보다 거대했다. 보유 차크라 지수가 높다면 굳이 많은 차크라를 담지 않아도 그 크기가 크다.

즉 차크라 지수는 하나의 레벨로 보면 되는데 미혜가 보유한 차크라 지수는 딱 우리나이 또래의 두 배 이상으로 보였다.

'타고난 천재다.'

분명했다. 김미혜는 타고난 천재.

아직 자신의 대단함에 대해서 모를 뿐.

"이제 이거 어떡해? 날릴까…?"

소심하게 물어보는 그녀의 말에 민혁은 픽 웃었다.

"나뭇가지 한 개를 나누었을 때 두 개가 된다. 다시 두 개를 나누면? 네 개가 된다. 네 개를 다시 나누면 여덟 개가 된다."

"아… 혹시, 이렇게 하라는?"

'…미치겠군 진짜.'

뜻을 알아차린 미혜의 표정이 밝아지며 차크라 볼트를 두 개로 나눴다. 크기가 작아진 두 개의 차크라 볼트. 그것을 보며 민혁은 웃음까지 쏙 들어가 버렸다.

차크라를 나눈다는 건 쉬운 일이 아니다. 민혁도 아주 예전에 세계 삼대 길드 중 하나로 불리는 미국의 세린디피티의 줄리안 무어가 방출계 능력을 나눠서 사용하는 것을 보고 영감을 얻었다. 그녀는 13인의 퍼스트 클래스 중 한 사람으로써 SS-급의 방출계 각성자 중 최고라 칭송받는 여인이었다.

그때 기억으로 차크라를 나눈다는 것은 무척 힘든 일이라 들었다.

정확히 같은 양의 차크라를 나누지 않으면 나눠진 차크라가 상쇄된다는 것.

헌데 이 김미혜는 너무 쉽게 해버렸다.

'이러다 줄리안 무어보다 강해지는 건 아니겠지?'

민혁은 자신의 생각을 정정했다. 추후 A급이 아닌, S급을 볼 지도 몰랐다. 이젠 정체까지 궁금해질 지경이다.

"다시 나눌 수 있나?"

아메바의 몸이 분리되듯이 차크라 구가 여덟 개로 나뉘어졌다. 그녀의 몸 앞으로 가로로 늘어져 있는 차크라 구를 보며 민혁은 만족스런 미소를 지었다.

'일주일도 필요 없겠군.'

하연화와 그녀가 붙는 건 일주일. 아니 이젠 육일 후였다. 그때까지도 필요 없을 듯 싶었다.

그녀는 민혁의 가르침에 따라 눈을 동그랗게 뜨고 귀를 기울인 채 경청했다.

❖ ❖ ❖

결국 사단이 났다. 민혁이 노민후와 면담을 주고 받았던 사이에 일이 불거진 듯 싶다. 성난 고성에 빠르게 문을 열고 들어간 민혁의 눈에 들어온 것은 당장이라도 이영욱에게 달려들 것 같은 표정을 짓는 오중태였다. 그 앞을 간신히 막는 스미스.

그 뒤로 어깨를 으쓱거리며 있는 이영욱과 하연화. 1조의 다른 인원들.

"뭣들 하는 거야!"

"민혁! 빨리 중태 좀 말려봐."

"스미스! 비켜 씨발! 너 지금 뭐라고 했어, 빨리 미혜한테 사과해!"

얼굴이 붉어진 중태는 극도의 흥분에 빠져있었다. 중태의 앞에 다가선 민혁이 스미스의 몸을 밀치기 위해 안간힘을 쓰는 중태를 밀어내며 노려봤다.

"뭐 하는 거냐. 지금. 싸움 잘못하면 퇴출인거 몰라?"

"민혁아. 후우, 나도 알겠는데. 저 하연화 년이…! 미혜한테. 노민후 교관님한테 몸 대주고 들어온 거 아니냐고 그런 소릴 지껄이잖아!"

"연화. 빨리 미혜한테 사과해."

민혁이 들어오자 한 시름 놓은 스미스가 그녀에게 외쳤지만 그녀는 콧방귀를 끼며 팔짱을 꼈다.

"내가 왜? 안 그래? 어떻게 저런 애가 여기에 들어왔냐고. 맞잖아? 2조. 너희도 알잖아? 쟤는 너희한테 짐짝일 뿐이야. 이제부터 본격적인 실전 훈련 들어가는데 쟤 데리고 니들은 잘 헤쳐 나갈 수 있을까?"

"그 주둥아리 찢어줄까?"

민혁의 눈이 날카로워지며 한 발자국 성큼 다가가자 하연화가 흠칫 놀라며 반 발자국 물러났다.

"워워우, 진정하라고 강민혁. 친구들끼리 싸울 수도 있지, 안 그래? 그리고 연화가 틀린 말 한 것 같지도 않은데."

민혁은 당장 이 앞의 하연화와 이영욱을 단숨에 때려눕힐까 생각했다. 곧 고개를 저었다.

고작 이따위 것들의 도발에 넘어갈 자신도 아니다.

자신이 그들을 건드리는 순간 자신은 강제퇴출이다.

노리는 바일지도 몰랐다.

"그, 그만해. 너희들 말이 맞아. 그래도 말을 가려서 했으면 좋겠어."

고개만 푹 숙이고 몸을 떨던 미혜의 눈이 독기를 머금고 연화를 노려봤다.

"오호우! 저년 눈깔에 독기 봐라?"

"야, 하연화!"

미혜의 옆에 앉아 그녀를 달래던 이민정이 당장 달려들 것처럼 벌떡 일어섰다. 민혁이 왼 팔을 뻗어 그녀를 막았다.

"우리 내기 하나 할까?"

"내기?"

이영욱의 한 쪽 눈썹이 올라갔다.

"내일 하연화는 김미혜에게 패배한다."

"무슨 말 같지도⋯."

"장난하냐, 강민혁 지금? 저딴 애한테 연화가 진다고?"

연화의 깜짝 놀란 말을 뒤로하고 이영욱이 나섰다.

각 조의 자존심이 걸리기도 한 일이다.

"그래. 털 끝 하나 건드릴 수 있을지 의문인데?"

"하, 미쳤구나."

"아참참, 이것도 있다. 내일 이영욱 넌 내가 왼손으로만 상대해주지. 내게 주먹이라도 한 번 먹여봐라."

민혁이 왼팔을 들어 올려 팔을 풀며 웃었다.

"참고로 난 오른손잡이다. 내기이니 너희도 걸어야지. 난 가볍게 더 이상 우리 조원들 건드리지 않는 것으로 했으면 싶군."

"이 새끼가 정말…."

"내 말이 틀리다면 난 자진해서 나간다. 한 대 칠 수 있음 쳐보든가."

그 말을 듣던 이영욱은 철저히 자신들을 무시 한다 여겼다.

확실히 강민혁이 이중 가장 뛰어나다는 건 2개월이란 시간동안 증명되었다.

그렇지만 고작 한 대를 건드리지 못할까?

또 지금 저기서 떨고 있는 김미혜가 하연화를 이긴다고!?

'네가 화가 나서 사리분별을 못하는구나.'

그는 속으로 조소했다.

눈엣가시 같은 강민혁이 나간다면 자신이 대회에 참가할 수 있게 될 지도 몰랐다.

이 대회는 무조건 강하다는 것으로 되는 게 아니다.

성적표처럼 다양한 분야가 뛰어나야했다.

스미스와 자신을 비교하면 그렇다.

스미스는 뛰어나게 괴수를 사냥할 수 있지만 대체로 머리 쓰는 일에 약하다.

그에 반해 골고루 잘 분포된 자신이 종합 성적은 스미스의 위였다. 그런 자신보다 훨씬 위가 강민혁.

그였다.

그가 꺾인 점수 하나는 김미혜로 인한 팀별 성적 뿐이었다.

그런 민혁이 나가면 자신은 기회를 얻는 것.

"후회하진 마라. 두 말도 하지 말고."

민혁은 픽 웃기만 했다.

이제야 아이들이 한층 사그라들었다. 반면에 1조원들은 내일의 대련에 기대를. 2조원들은 걱정을 했다.

설마 이영욱이 왼팔만 쓰는 민혁의 털 끝 하나 건드리지 못할까.

설마 김미혜가 하연화를 이길까?

하지만 그 말을 정작 뱉은 민혁은 미혜의 머리를 한 번 흐트려주고는 자신의 침대에 머리 밑에 깍지 낀 손을 놓고는 누워 눈을 감았다.

'처리조의 자식새끼.'

이영욱의 입이 비틀려 올라갔다. 내일 있을 일은 꿈에도 모른 채.

❖ ✣ ❖

각성자들끼리의 대련은 보통 공격계는 공격계끼리, 방출

계는 방출계끼리 식으로 치러진다. 이유는 간단한다.

공격계와 방출계 각성자가 붙는다면 방출계 각성자가 분명히 패한다.

이유는 단순하다. 방출계는 신체적인 요소, 모두가 떨어지며 시전을 하는데 시간이 걸리기 때문이다.

그렇다고 무시할 순 없는 게 방출계다. 공격계가 우월하게 많은 세상이었지만 방출계는 던전에서 그들이 해내지 못하는 강한 한 방을 보이니까.

[대련표]

강민혁vs이영욱

오중태vs스미스

이민정vs이백현

김미혜vs하연화

총 아홉 명 중 남은 한 명은 교관과 대련을 벌인다.

첫 싸움은 강민혁과 이영욱.

두 사람이 함께 대련실로 들어갔다.

대련실은 넓었다. 원의 형태의 대련실로 두 사람이 들어가 가운데에 마주보고 서자 파란 막이 형성되었다.

서로의 공격이 밖으로 튀어나가지 못하게 막는 차단막이었다.

"잘 가라. 민혁아."

이영욱의 얼굴로 웃음이 감돌았다.

민혁은 답하지 않고 입술을 비틀었다.

차단막 바로 밖에는 노민후가 서 있었다.

"규칙들 잊지 마라. 시간은 3분이다."

삐이익!

노민후가 분 휘슬이 울렸다.

수많은 눈이 두 사람에게 집중했다. 노민후 역시 마찬가지였다.

이영욱의 손가락이 구부러지며 목을 움켜잡으려는 듯 뻗어왔다.

❖ ❖ ❖

"헉…!"

"말도 안 돼."

"믿을 수가 없군."

아이들의 탄식이 터졌다.

단 두 수에.

이영욱이 명치를 부여잡고는 바닥에 엎어져 토악질을 해댔다. 정말 왼팔만 사용했다. 무차별적으로 휘둘러지는 이영욱의 공격이 그의 털끝 하나 건드리지 못했다.

사색이 된 1조원들.

그리고 다시 시작된 대련.

두 달 전에 비해 눈에 띄게 강해진 아이들.

그리고 마지막.

김미혜와 하연화가 함께 대련실로 들어갔다.

'두려움만 극복한다면 김미혜가 훨씬 우수한데 말이지.'

민혁의 생각처럼 노민후 역시도 하연화보다 우수한 것이 김미혜라는 것을 알고 있었다. 그렇지만 그 '두려움'이라는 게 참 컸다.

아무리 총을 잘 쏘는 명사수라고 할지라도 정작 적을 향해 총을 쏘지 못하면 무용지물 아니겠는가.

차단막이 쳐졌다.

"넌 처음부터 그냥 재수가 없었어. 생긴 건 예쁘장하게 생겨가지고 울며불며 너희 조 애들한테 꼬리나 치고. 응? 그렇지."

"그, 그렇지 않아…."

미혜는 연화와 눈을 마주치지 못했다. 고개를 도리도리 저으며 부정했다.

"걸레 같은 것. 너하고 잔 애들이 너희 조에도 몇 명 있겠지, 강민혁도 너하고 몇 번 그랬으니 이렇게 너를 챙겨주는 거일거야."

"미, 민혁인 그런 사람 아니야."

"남잔 다 똑같아."

"시끄러! 이 추녀야!"

"뭐?

연화의 얼굴이 처참히 일그러졌다.

하연화가 미혜에게 가장 질투하는 것. 아름다운 외모였다. 하연화는 길에서 남자들에게 채일 정도의 추녀였으니까.

얼굴에 듬성듬성 자란 만성 여드름에 돼지의 코같이 생긴 복코, 쭈욱 찢어진 눈매, 툭 튀어나온 입!

재능은 뛰어나도 그녀는 분명한 추녀였다.

"이년이? 죽여버리겠어. 이 처리조의 자식새끼!"

"우, 우리 부모님은."

휘이이이익!

휘슬이 울렸다.

"부모님은 욕하지 마!"

미혜의 눈이 붉어졌다. 연화가 실소를 머금었다. 감히 자신에게 추녀라고 해? 그녀의 그 예쁘장한 얼굴을 뭉개줄 생각이었다.

규칙 따위 필요 없다.

이 김미혜를 발밑에 밟고 조롱할 수 있다면 퇴출 따위 상관 없다. 어딜 가든 자신을 원하는 길드는 많을 테니까.

그녀의 손 위로 차크라 능력이 구현되기 시작했다.

"넌 나한테 한 번…."

퍼억!

구현을 시작하며 미혜를 향해 시선을 튼 순간이었다.

연화의 얼굴에 야구공을 맞은 듯한 타격감이 생겼다. 뒤로 휘청한 그녀가 다시 자세를 잡았을 땐.

미혜의 앞으로 탁구공보다 조금 작은 크기의 차크라 볼트가 쪼개져 수십 개가 두둥실 떠올라 있었다.

'믿을 수 없다. 수십 개의 차크라 볼트라니!? 저걸 15초도 걸리지 않고 해냈다고?'

노민후는 처음 보는 이 광경에 눈을 비볐다.

활인 길드의 그 어떤 이도 저러한 방법으로 능력을 나누진 못했다.

"이년이 무슨 수작을 부린…! 욱!"

퍽!

당혹한 하연화의 말이 끝맺기 전에 다시 날아간 차크라 볼트가 그녀의 복부를 강타했다. 상체를 앞으로 숙인 그녀는 능력 구현을 서두르려 했다.

"이익… 구, 구현만 끝나…."

그녀의 구현 속도 역시 빨랐다.

허나 곧 그녀는 자신을 향해 날아오는 수 십의 차크라 볼트를 보고는 사색이 되었다.

퍼! 퍼퍼퍽! 퍼퍽! 퍽!

쉴 틈 없이 날아온 차크라 볼트는 열다섯 정도의 소년이 휘두른 주먹과 같았다. 여성의 몸으로는 다소 버티기 힘든 타격!

아무리 차크라 볼트가 쪼개져 그 힘이 나뉘었다지만 차크라 능력은 능력이다.

"으아아… 그, 그만…."

하연화의 손 위에서 구현되던 차크라 능력이 사라졌다. 구현할 틈도 없이 김미혜의 공격이 끊임없이 이어진 거다.

후들후들 떨리는 다리를 겨우 지탱시키는 하연화의 안면 중심부를 향해 마지막 차크라 볼트가 날아와 박혔다.

퍼억!

"끄윽!"

철푸덕!

뒤로 고꾸라진 하연화는 몸을 비틀거리며 신음을 토했다.

"다신… 우리 조원들 건드리지 마."

비틀어져 올라간 김미혜의 입술 사이로 나온 말.

'역시.'

민혁의 얼굴로 웃음이 스쳤다.

혹시나 하는 걱정도 있었다. 김미혜가 정작 하연화에게 덤벼들지 못하면 끝이니까. 헌데 하연화가 그녀를 도발했다.

그 도발에 독기가 찬 김미혜는 단숨에 그녀를 제압해버렸다.

바깥에서 스크린으로 이 모습을 지켜보던 아이들 모두가 경악했다.

김미혜가 너무나도 손쉽게 하연화를 이겼다. 전국 방출계 각성자들의 관심을 받고 있는 그 하연화를!

노민후의 얼굴로 작은 웃음이 스쳐지나갔다.

그는 미혜의 이름 옆에 별표를 두 개 친 후 적었다.

'활인의 또 다른 보물.'

❖ ❖ ❖

미혜는 여전히 실감이 나질 않았다. 화가 났다. 자신을 욕하는 것은 어디까지라도 참을 수 있었다. 그렇지만 자신의 부모님을 욕하는 건 싫었다.

찢어지게 가난한 집.

중고로 사 입은 교복을 입고 다니는 동생들. 머리가 흰 어머니, 처리조의 아버지.

자신의 학교 수업료 때문에 동생은 수학여행을 포기했고 어머니 아버지는 멋진 세단 차량도 갖지 못해 겨우 굴러가기나 하는 그런 차량을 타고 다니셨다.

그 사람들만은 지키고 싶었다. 자신도 모르게 이성의 끈이 끊긴 찰나. 하연화는 바닥에 쓰러져 있었고, 자신은 그 앞에 우뚝 서 있었다.

대련실 밖으로 나오자 자신을 반기는 2조원 아이들이 있었다.

"우와아아! 대단해 김미혜! 세상에 차크라 능력을 나누다니! 듣도 보도 못한 방법이야!"

"미혜야, 너 되게 멋있더라. '다신 우리 조원들 건드리지 마.' 나 소름 돋았어어!"

아이들은 흥분에 가득 차 있었다. 민혁은 그저 아이들의 뒤에 선 채 작은 웃음만 짓고 있었다.

"이게 다 민…."

"미혜가 1주일동안 나하고 밤에 훈련을 정말 열심히 했다. 너희들에게 폐 끼치고 싶지 않다고. 그동안 고생한 보람이 있는 거지."

그녀의 말을 끊고 민혁이 말했다.

아이들이 싱글벙글했다.

"에이, 네가 무슨 폐를 끼쳤다고!"

"미혜야, 넌 우리의 소중한 친구야!"

"고, 고마워 얘들아."

모두 고맙다.

민정도, 중태도.

그리고 지금 노민후 교관에게 부축되어 나오는 하연화와 이영욱을 싸늘하게 노려보는 강민혁.

그도.

❖　❖　❖

빔 프로젝트가 빛을 스크린에 쏘아내고 있었다. 노민후는 긴장한 기색이 역력했다. 그의 앞에는 활인길드의 중심이라 할 수 있는 이들이 앉아있었다.

공격대의 대장. 수색대의 대장, 지원계의 대장.

전술대의 대장.

열 댓이 넘는 이들 모두가 국내에서 내로라하는 최고의 실력자들이었으며 활인의 주축이라고 할 수 있었다.

특히나 염인빈이 없는 그 자리를 대신하는 활인의 스트라이커 이수현까지.

3분대 공격대의 일개 조원인 자신이 마주하기에는 너무 높은 사람들이다.

그렇지만 그는 차분히 가라앉힌 가슴으로 설명해나갔다.

"아홉 명 모두 상당한 실력을 보였으며 지금까지 무사히 따라와 주었습니다. 들으셨던 바와 같이 지금까지 2개월간 진행된 훈련은 최고난이도의 훈련들 위주였습니다. 이중 아홉 명 모두 수료가 끝난 후 활인길드에 정식 길드원으로 임명하여도 무방하다는 판단이 섭니다."

그의 설명을 듣는 이들은 고개를 끄덕였다.

다시 스크린이 넘어가고 노민후의 설명은 계속 되었다. 모두가 하나 같이 그 이야기를 놓치지 않았다.

마지막 스크린 한 장.

그곳엔 두 사람의 얼굴이 떠올라 있었다.

"남자 아이는 강민혁. 여자 아이는 김미혜입니다. 이 두 아이는 추후 활인을 이끌어갈 주축이 될 지도 모른다고 판단됩니다."

그 말에 이수현의 눈이 가늘어졌다.

"노민후 교관의 판단만으로 그리 말할 수 있겠나?"

그의 질문에 노민후는 마른 침을 꿀꺽 삼키곤 답했다.

"화, 확실합니다. 강민혁 학생의 경우…."

노민후는 강민혁의 학교에서 있었던 일. 훈련과정 중 있었던 일 등을 말해주었다.

"1분대 공격대장님. 노민후가 제 분대원이여서 하는 말이 아니라 어쩌면 활인은 정말 값진 인재를 얻은 거일지도 모릅니다."

3분대 공격대장 이길현이 입을 열었다.

버스커 길드 때의 일을 설명해주자 이수현이 턱을 어루만졌다.

"그 뿐이 아니죠. 제 아들 녀석과 트러블이 있던 아이인데 학교 시험에서 차크라 적응력이 98% 수치가 나왔다고 합니다. 거기에…."

두 사람의 설명을 들을수록 이수현의 눈이 흥미를 머금었다.

"이 여자아이는 어떤 게 특별하나?"

이번엔 이수현이 아름다운 미모를 가진 미혜를 턱짓하며 물었다. 노민후의 시선이 다른 곳으로 돌아갔다.

"4분대 공격대장님. 차크라 능력을 나눠서 사용한다는 이야기 들어보셨습니까?"

4분대 공격대장 냉혈의 마녀. 몸 전체에 서리가 낀 듯 차가운 눈빛의 여인 한지혜. 그녀의 미간이 찌푸려졌다.

"들어는 봤지. 하지만 좀처럼 쉬운 일이 아니야. 나도 나눌 수는 있어. 그래도 이게 생각보다 대단한 정신력과 집중력을 필요로 하지."

"역시 그렇지요?"

싱긋 웃은 노민후가 리모컨을 누르자 동영상 화면 하나가 떠올랐다.

곧 동영상을 주시하던 이들의 눈이 휘둥그레 떠졌다.

그곳에는 순식간에 차크라 볼트를 수 십 개로 쪼개내는 김미혜가 있었다.

한지혜가 자신도 모르게 책상을 손바닥으로 탁 때리면서 자리에서 일어났다.

"저, 저게 이제 막 라이센스를 획득한 아이라고!?"

"예. 이 친구가 바로 김미혜입니다."

"저게 그렇게 대단한 것인가?"

이수현은 공격계다. 방출계 계열은 한지혜가 더 잘 유식하다.

"말이라고요? 저도 저렇게 할 수는 있어요. 물론 더 뛰어난 능력을 나누는 것도 됩니다. 그렇지만 만약 제가 저 아이의 나이였다면 저렇게 하지 못했을 겁니다."

그녀는 확신어린 목소리로 답했다.

"4분대 공격대장이 그렇게 말할 정도라면 만족스럽군. 우리 활인은 이번 대회에서 필히 우승을 따야한다. 현재 둘 중 누가 더 우위인가."

"대회는 강민혁 교육생이 나가는 것이 옳다 생각됩니다. 김미혜 교육생은 뛰어나지만 아직 미숙한 부분도 많고 성격 자체가 겁이 많습니다."

"그렇군."

다시 이야기가 지나가고 이번에 앞에 선 이는 전술대 조장이었다. 전술대는 딱 한 개의 분대가 활발히 활동하고 있었다.

빔 프로젝트가 쏘아내는 화면이 바뀌고.

민혁과 비슷한 나이의 학생이 나타났다. 머리를 시원하게 밀고 스크래치를 넣은 이.

"임재혁. 화랑 길드가 키운다는 소문이 있는 아이입니다. 아니, 정정합니다. 화랑 길드는 훨씬 전부터 이 임재혁을 육성하고 있던 것으로 밝혀졌습니다."

"역시."

"더 재밌는 사실은 하우쉔의 수제자라는 사실입니다. 임재혁의 현재 추정 등급은 B+급입니다."

"끄흐음…!"

"허음."

얕은 탄식이 터져 나왔다. B+급.

그것도 아직 미성년자가.

"문제는 그뿐만이 아닙니다. 번자권의 고수인 하우쉔에게 직접 번자권을 배웠다는 것이지요. 번자권은 주로 빠른 몸동작을 무기로 사용합니다. 아시겠지만 각성자는 등급만이 싸움의 승패를 좌지우지하는 것은 아닙니다. 임재혁. 이 친구는 B+급 이상의 감각을 가지고 있는 것으로 추정됩니다."

"이거 애초에 너무 무리한 싸움 아니오!? 반칙 아니오! 반칙! 애초에 이길 수도 없던 것이었어!"

수색대의 조장 한 사람에게서 흥분어린 목소리가 터져 나왔다. 어째서 오재원 마스터는 짐작하고 있었음에도 순순히 수긍한 것인가!

"그렇다면 마스터께서 무작정 밀고 들어갔다면 순순히 화랑에서 '아, 싫음 마세!' 했을 것 같나? 다른 방법으로 계속 이야기를 주도했겠지. 허수아비뿐인 대통령을 앞세웠을 수도 있어."

"끄응."

이수현의 말에 그는 결국 꼬리를 내리곤 신음만 흘렸다.

모두의 얼굴이 좋지 않다. 질 싸움이란 것인가? 결국?

허나 그때 이길현이 몸을 일으켰다.

"이길 수 있습니다."

모두의 시선이 그에게 향했다.

평소 장난기 가득한 얼굴의 그. 그의 얼굴에 웬일로 진중한 표정이 맺혔다.

"앞으로 남은 한 달간의 훈련은 제가 직접 지도합니다. 또한 노민후 교관이 확보한 강민혁 교육생에 대한 데이터와 영상 모두를 검토한 결과 저는 강민혁 교육생을 임재혁과 동급의 각성자로 판단합니다."

"…그, 그게 말이 되나? 이제 2개월 지났을 뿐인데?"

"각성자 등급은 분명 떨어집니다. 허나 임재혁. 그보다 강민혁 학생의 감각, 전투능력, 모든 것이 더 우월하다는 판단입니다."

적어도 3분대 공격대장 이길현의 확신어린 말이었다.

그 말은 정말! 이길현이 그를 믿는다는 것!

"만약 강민혁이 임재혁을 밟으면 어찌 될까요?"

이길현의 얼굴로 웃음이 감돌았다. 이수현의 입에서 웃음이 터져 나왔다.

"하하하! 정말 재밌겠어!? 화랑은 지들이 나름 준비했는데, 우리한테 지고 그걸 빌미로 하려했던 모든 일들이 무마될지도 모르겠지! 김재민의 일그러진 얼굴이 벌써부터 기대가 되는데!?"

"그렇게 될 수 있도록."

이길현의 눈이 가라앉았다.

"만들겠습니다."

9. 현상금 사냥

NEO MODERN FANTASY STORY

RAID
신의 탄생

레이드

NEO MODERN FANTASY STORY

똑똑!

"들어와."

이길현이 새로 총 교관으로 부임되었다. 총교관실로 노민후가 먼저 들어오고 뒤따라 민혁이 함께 들어왔다.

"우리 구면이네?"

"예. 활인."

민혁이 경례를 취하자 이길현이 가볍게 받았다. 자리에서 몸을 일으킨 그는 교육생들이 적은 건의사항 용지를 민혁의 앞으로 내려놨다.

"재밌는 걸 적어놨더라."

민혁은 대답하지 않았다.

이길현의 검지 손가락이 용지의 한 부분을 가리켰다.

"우승 할 시 인피니티 건틀릿을 받고 싶다?"

활인길드는 만약 대회에 출전하여 우승할 시 원하는 것하나를 적으라고 했다. 그에 민혁은 인피니티 건틀릿을 적었다.

자신의 보물.

그리고 자신을 강하게 키워줄 무기!

카르마는 인피니티 건틀릿이 없다면 힘을 강하게 해주고무한한 성장이 가능하게 해주기만 할 뿐이다.

인피니티 건틀릿과 만나야 진짜 그 힘을 발휘해 자신에게 큰 성장을 쥐어줄 거다.

"뭐가 잘못 되었습니까?"

"푸흐흐. 아니 잘못된 건 아니지. 우리가 너희가 원하는걸 해준다고 하긴 했으니까. 그래도 이건 너무 뜻밖이다.인피니티 건틀릿에 대해선 알고 있기는 한 거냐?"

그의 눈이 가늘어졌다. 인피니티 건틀릿은 죽은 고(故)염인빈의 물건이었다. 수호신과 같았던 코리안 나이트. 그의물건을 달라는 건 활인에서 쉽게 허락할 수 없다.

그가 사망 후 그의 재산은 활인길드의 것이 되어 고루 길드의 성장을 위해 길드원들에게 나누어지기는 했다.

그렇지만 인피니티 건틀릿은 인빈이 아꼈던 물건 아니던가.

"아주 잘 알고 있습니다. 코리안 나이트. 고(故) 염인빈

님이 사용했던 물건. 화랑 길드에서 얻은 골든 다이아몬드로 제작되었다고 들었습니다. 염인빈 님이 사용하지 못하면 일반 무기류에 지나지 않을 물건이라는 것도요."

인피니티 건틀릿을 평범한 물건이라 칭하는 민혁의 말. 이길현은 픽 웃었다.

반은 맞고 반은 틀렸다.

분명히 인피니티 건틀릿은 염인빈이 사용하지 않으면 평범한 무기다. 허나, 인빈이 사용하지 않아도 활인길드의 명장이 만들어낸 무기다.

그만큼 그 값어치가 있었다.

"그것보다 더 좋은 무기들도 많다. 네 말 그대로 염인빈 님이 사용하지 않으면 그저 조금 뛰어난 무기에 지나지 않으니까. 굳이 인피니티 건틀릿을 요구한 이유가 무엇이지?"

"염인빈 님을 동경했고 추후 그 분을 뛰어넘고 싶어서입니다."

이길현의 눈이 그 말에 가라앉았다.

감히 염인빈을 뛰어넘고 싶다?

일반적인 S급 이상의 각성자들을 빗대어 말한다면 꿈이 그러려니 하겠다. 허나 상대가 너무 다르다.

"생각보다 멍청한 건지 건방진 건지… 일단 대회에서 우승할 자신은 있는 거냐? 아니 누가 널 내보내 준대?"

"그렇게 될 겁니다."

"재밌구나."

강민혁은 자신의 강함에 대해 알고 있었다.

그것을 부정하지도 숨기지도 않았다.

숨긴다면 결국 강해지는데 한계에 부딪치게 된다. 더없이 빨리 강해져야만 누구도 자신을 암살할 계획을 세우지 않게 된다.

"일단 이건 마스터님께 건의토록 하겠다. 나가봐라."

"예. 확인."

민혁이 나서고 이길현은 웃음을 터뜨렸다.

"크흐흐. 재밌다니까. 진짜. 민후야."

"네, 대장님."

"나 궁금한 거 있다."

"말씀하세요."

"너 민혁이 이길 수 있냐?"

그 물음에 노민후의 얼굴로 어색한 미소가 자리 잡았다.

자신의 입으로 말하긴 그렇다. 자신이 가르치는 입장이었으니까. 그렇지만 현실은.

"아뇨."

"크흐흐, 역시 그렇지? 저 녀석 진짜 우승할 것 같은데. 큰일 났다. 마스터님한테 인피니티 건틀릿 달라고 떼쓸 판이야."

포부가 크다. 자신감도 있어보였다.

강민혁. 역시 재밌다.

총 교관이 바뀌고 2개월이 자나감으로써 이제 진짜 실전 훈련에 돌입하게 된다. 2개월 간, 교관들의 지도하에 괴수 사냥, 차크라 능력 익숙해지기, 체력 다지기, 무기 다루기 등 다양한 것을 배웠고 이제 그들은 사실 대부분이 C-급 이상 정도는 될 것이다.

단 민혁을 제외하고. 민혁은 B+급 이상으로 추정된다. 단, 추정일 뿐이지 예측을 불허한다.

"너희들의 한 달간 스케줄 중 가장 첫 번째 할 것을 알려 주겠다."

이길현의 앞에 각을 잡고 선 아이들은 긴장된 모습이 역력했다. 활인의 3분대 공격대장! 이길현.

감히 눈도 마주치지 못할 분이 자신들의 교관이 되었다.

"처음 할 일은 현상금 사냥이다."

"현상금 사냥?"

"응? 사냥?"

"괴수도 아니고?"

아이들의 눈이 동그래졌다.

"지금 조는 두 개의 조가 있지? 조를 하나로 다시 합친 다. 조장은 누가 맡을래?"

이길현이 이영욱과 민혁을 번갈아보았다. 꼬리 내린 강 아지처럼 분한 듯 이영욱이 고개를 숙였다. 앞으로는 진짜 생명의 위험이 클지도 모르는 훈련이 될 수도 있다.

분명 더 강하고 뛰어난 사람이 맡아야했다.

"좋다, 강민혁이 아홉 명 전부를 통솔한다. 현상금 사냥이란 말 그대로다. 너희들은 앞으로 현상금이 걸린 각성자를 사냥하게 될 것이다."

"헉!?"

"사, 사람 사냥이라니…?"

아이들의 눈이 크게 떠지며 놀람에 찼다. 괴수를 사냥하는 것은 그렇다 치지만 각성자를 사냥해야한다니?

"타켓은 이 자다."

"백두산 길드 마스터…?"

백두산 길드는 버스커 길드처럼 조직 폭력배 조직이다. 그렇지만 그 규모가 버스커 길드에 비해서 훨씬 작은 편에 속했다.

그렇다는 건 마스터의 수준도 더 낮다는 의미다.

그렇지만 문제가 발생하는 건 백두산 길드의 마스터를 사냥해야한다는 것은 길드원들도 사냥해야한다는 의미이기도 했다.

"예상들 했겠지만 길드원들도 일망타진해야 한다. 이들을 모두 검거 시에 5억 원. 길드에서 지원금으로 4억 원을 지급할 예정이다. 총 9억 원. 각 1억씩!"

이길현의 목소리에 힘이 실렸다.

실상 각성자에게 1억은 그리 큰돈이 아니다. 더군다나

이 안의 아이들은 추후 미래가 기대되는 인재들. 5년 이상 만 지나도 1억을 푼돈처럼 여길지 몰랐다.

허나 지금 그들에겐 분명히 큰돈이었다.

"난 죽이라곤 말 안했다. 검거하면 된다. 단 피치 못하면 죽여도 된다. 죽일 수 있다면 말이지."

길현의 얼굴로 실소가 스쳤다. 소름끼치는 그 웃음에 민혁을 제외한 아이들의 등골이 오싹해졌다.

"알겠지만 백두산 길드의 마스터는 B-급 각성자로 알려져 있다. 뭐 길드원들이야. D+급에서 C-급을 왔다갔다하는 어중이떠중이들일 뿐이지."

크기가 괜히 작은 게 아니다. 그들의 급이 대체로 낮다. 이유는 뻔하다. 그 급을 가지고 일반 길드에서 벌 수 없는 수익을 내고 싶어 악한 일을 일삼는 것이다.

그래봤자 오합지졸들.

"질문 있습니다."

"그래."

오중태가 손을 들었다.

"백두산 길드는 화랑이 뒤를 봐주지 않습니까?"

"그래서 타켓이 이놈들이다."

"아…!"

오중태가 옳거니 했다.

민혁을 버스커 길드원들이 습격했다는 말을 들은 적이 있다.

그리고 그때 활인이 그들을 일망타진했다고.

지금 활인은 머리를 굴려 불법적인 조직 폭력배들을 잡아넣음으로써 정의사회구현이라는 명목으로 화랑 길드에게 반격을 가하고 있는 것이다.

화랑 길드는 뒷돈을 받아먹는 조직들을 하나 둘 씩 잃지만 정작 활인에게 그 총대를 돌릴 순 없는 거다.

분명 활인은 옳은 일을 했으니까!

이거야말로 일석이조.

"기간은 딱 일주일 준다. 내가 만족할 수 있게 완벽하게 일망타진토록!"

이길현이 작게 웃었다.

"활인!"

아이들 모두가 왼쪽 가슴 위에 손을 얹었다.

❖　❖　❖

이번 현상금 사냥에서 중요한 것은 두 가지다. 교육생들이 다치지 않는 것과 완벽한 일망타진.

교육생들이 최대한 다치지 않게 하기 위해서는 효율적인 전략이 필요하다.

무작정 쳐들어가서 '다 덤벼! 씨댕!' 했다가는 큰 피해를 입을 수도 있다. 사실 이중 강민혁과 스미스. 이영욱, 오중태. 이 네 사람이 쳐들어간다면 더 좋은 합을 맞출 수 있을

지도 모른다. 누군가 하나는 크게 다칠지도 모르지만 강민혁이 있기 때문에.

문제는 역시 팀플레이라는 것이다.

아홉 명의 교육생들이 고루 호흡을 맞추어 움직여줘야 했다. 최대한 안전하고 효율적으로.

또한 완벽한 일망타진이라고 하면 그들 모두를 검거하는 것 뿐만이 아니라 그들이 가진 마약류를 모두 회수하는 것도 의미한다.

백두산 길드는 마약류 거래로 유명한 편이다. 일본의 후지산 길드와의 원활한 마약류를 거래하는 것으로 안다.

각성자들이 거래하는 이 마약류는 실제 마약과 비슷했다. 단 재료가 괴수의 부산물이라는 사실이다.

실제 이 마약류는 차크라 증폭제와 비슷한 역할을 해낸다. 차크라 지수를 상승시킨다. 그렇지만 이 마약류는 차크라 증폭제 이상의 효과를 낸다.

마약이 무서운 이유가 무엇인가?

끊을 수 없는 중독. 마약을 할수록 피폐해지는 육체다. 각성자들이 복용하는 마약도 같다. 차크라를 갉아먹고 강한 중독성을 보여 결국 그 각성자를 죽음으로 빠트린다.

각성자 마약류 관리법에 의거한 법률에서 제한 위급 상황을 제외하고선 복용하는 것은 모두 불법이다. 가장 기초적인 예를 들자면 민혁이 발록과 싸울 때 복용했던 차크라 증폭제가 바로 마약의 일부였다.

아이들이 카페의 한 자리를 차지하고 앉아있었다.

일주일 동안 아이들은 그 지긋지긋한 활인의 훈련소가 아닌 밖에서 생활하게 된다.

조장인 민혁에게로 생활비 명목으로 500만원이 쥐어졌다.

"미국에 이터널 길드가 있었다. 동양인과 흑인 각성자들이 모여 만든 조직 폭력배 길드로 그 규모는 작은 편이었다."

아이들의 갖은 의견이 분분하던 가운데에 묵묵히 이야기만 듣던 스미스가 입을 열었다.

"지금은 없어진 길드이지만 백두산 길드가 그 정보까지 쫓을 정도로 크다고는 생각되지 않아. 우리가 이터널 길드의 길드원이 되는 거다."

"이터널 길드의 길드원으로 위장한다. 재밌군. 우리가 마약을 거래할 것처럼 하면 되는 건가?"

"그렇지. 사실 우리 아버지가 그 이터널 길드의 마스터셨다. 이터널 길드 역시도 마약류에 대한 거래를 하였고 절차에 대해선 알고 있다. 그리고 이건 재밌는 말이지만 내 얼굴 정도면 보스라고 해도 믿을 것 같은데?"

스미스가 검지 손가락으로 자신을 가리키며 하는 말에 아이들이 자신들의 입을 막고 웃음을 참았다.

"크흠! 그렇긴 한 것 같다. 스미스. 누구라도 스미스 정도의 얼굴이라면 조폭 두목이라고 해도 믿겠지!"

이영욱은 웃음을 참으려 하지 않고 박장대소하며 말했다. 성심이 착한 스미스였지만 겉으로 보면 미국 갱단의 조직 폭력배 보스 같기도 했다.

또한 덩치도 컸고 얼굴도 험악한 편이었기에 나이도 어려보이지 않았다.

"이 인원 전부가 들어가는 건 무리다."

민혁이 한 말에 스미스가 고개를 끄덕였다.

분명 앳되어보였다. 몇 아이들은.

"유인해야지. 작은 조직 폭력 길드의 허점이 바로 이곳에 있다. 이들은 거래를 트는 것만으로도 큰 것을 얻는 것이기에 유통을 중요시 한다. 우리가 미끼를 걸면 알아서 올 것이다."

스미스의 말에 민혁이 고개를 끄덕였다.

스미스가 제안을 했다. 이제 조장인 민혁과 스미스가 함께 전략을 짤 차례였다.

두 사람의 입이 쉴 새 없이 움직였다.

❖ ✠ ❖.

밤이 되고 아이들을 호텔로 이끌었다. 현상금 사냥이라는 무시무시한 명목을 위해 바깥에 나오기는 했지만 잠깐의 휴식도 필요하다 여겼다.

아이들이 먹고 싶어 하는 치킨이나, 피자, 보쌈 같은 음식들을 잔뜩 시켜주었고 얼굴이 험악한 스미스가 술도 사와서 아이들이 가볍게 맥주를 축이고 잠에 빠져들었다.

이불을 걷어내고 옆으로 누워 자는 미혜의 쇄골 부분까지 이불을 끌어올려 덮어준 스미스가 베란다에서 골똘히 생각에 잠긴 채 서울 전경을 내다보는 민혁을 따라 밖으로 나왔다.

"피곤하지 않나, 민혁."

"피곤하긴 하군. 애들 보는 게 여간 쉽지 않아."

"가끔 이런 말 들으면 민혁은 어린애 같지 않아."

"스미스 역시도 마찬가지다."

민혁은 스미스가 마음에 들었다. 가끔 그의 눈은 아주 슬픈 듯한 눈을 하기도 하곤 했다. 그렇지만 그것을 이겨내기 위해 애쓰는 모습이 그의 눈에 들어오곤 했다.

다른 아이들은 모를 수도 있지만 민혁은 산전수전 다 겪어 보았으니까.

"어딜 보고 있었지? 한 대 태우겠나?"

"물론."

스미스가 담배를 권했다. 민혁이 한 가치 건네받았다. 스미스가 불을 붙여주고 자신의 것에도 불을 붙여 기다랗게 뿜어냈다.

"저기 보이지? 저곳이 바로 활인길드의 본부다."

"저곳이? 눈도 좋군. 민혁."

"저곳에 내 소중한 사람이 있다."

"소중한 사람? 아, 민혁의 아버지가 활인길드의 길드원이라고 했지?"

민혁은 아무런 대답을 하지 않았다. 물론 아버지도 소중한 사람 중 한 사람이다.

그리고 그만큼 소중한 사람들이 저곳에 있다.

활인길드의 모두가.

자신에게는 지키고 싶은 소중한 사람들이다.

그들을 다시 지키기 위해 사실 지금 이곳에 서있다.

"난 소중한 것을 지키고 싶다. 스미스."

"민혁이라면 할 수 있을 거라. 믿는다."

스미스가 주먹 쥔 손을 내밀었다. 담배 연기를 뿜은 민혁이 픽 웃으며 주먹을 부딪쳤다.

"나도 더 강해지고 싶다. 더 강해져서. 해야 할 일이 있다."

그 해야 할 일이 무엇인지에 대해선 굳이 묻지 않았다.

스미스는 스스로 그 일에 대해 입을 열기 시작했다.

"난 열 일곱 살 때까지만 해도 아주 나쁜 아이였다. 민혁. 갱을 꿈꿨고 낯간지럽지만 마피아를 넘어선 조직을 만들고 싶었다. 말했지, 우리 아버진 이터널 길드의 보스셨다. 너와 같은 동양인."

"동양인?"

"한국 사람이셨어. 어머니 역시. 아버지는 이터널 길드의 보스셨지만 나를 입양해주었다. 나만큼은 바르게 키우고 싶어 하셨는데, 그 모습 보고 자라는 내가 바르게 자랄 리가 없지. 폭행, 마약은 부지기수였고 이 두 주먹이면 못할 게 없다고 여겼다. 그러다 그 일이 있었지."

그는 마지막 남은 한 모금을 깊숙이 들이키곤 담배를 퉁겼다.

"내가 내 또래의 동양인 아이들과 시비가 붙어서 곤죽을 만들어놓았던 적이 있었다. 더 이상 피해갈 수도 없을 정도로 일이 불거질 때였어. 뭐, 나 같은 사람들에겐 어린 나이에 감옥에 가는 것쯤이야. 우습고 벼슬 같다고 여겼었지. 그때에 아버지에게 처음으로 맞았었다."

기억을 회상하는 스미스는 그리운 듯한 표정이었다.

"엄청 맞았지. 난 소리쳤다. '아버지도 다른 사람의 것을 빼앗잖아!' 그 말 했다가 더 맞았다. 정말 죽을 뻔 했었다."

스미스의 장난스런 어조에 민혁이 작게 웃었다.

"다음 날 아버지가 그러더군. 길드를 정리하시겠다고. 한국으로 가자고. 난 그 이유가 나 때문이라는 걸 짐작했지, 그땐 왜 그러나 싶었어. 우리 집이 좋은 이유, 좋은 차가 있는 이유, 멋있는 이유. 다 정리하고 왜 한국으로 가자는지 그땐 어려서 몰랐던 거지. 그리고 그 이야기를 하고 그날 밤에 아버지는."

스미스는 다시 담배 한 가치를 입에 물었다.

"살해당하셨다."

"뭐?"

민혁의 고개가 휙 돌아갔다. 살해? 혹시 경쟁조직에 의해 제거당한 건가? 아니면 다른?

"나와 비슷한 또래의 동양인 소년이었다. 머리에 독특한 스크래치를 넣은 녀석이었는데. 내가 팼던 동양인 아이들과 아는 녀석인지 뭔지는 모르겠다. 내가 마지막으로 본 모습은 지쳐있는 녀석이 아버지의 가슴에 칼을 꽂는 모습이었다."

'스크래치…?'

스크래치라는 말에 민혁의 머리속에 떠오르는 이가 있었다. 하우쉔과 같이 있던 그 소년. 임재혁.

"지쳐있던 녀석을 향해 난 달려들었지만 내가 너무 쉽게 쓰러졌다. 중국 무술을 구사한 것 같은데. 아직도 그 녀석의 그 살벌한 눈이 잊혀지지 않아. 칼이 꽂히면서도 나를 향해 도망가라며 손짓 하는 아버지의 그 모습도. 난 그 녀석을 찾아내고 말거다. 민혁. '

중국 무술까지 구사한다.

임재혁. 민혁이 생각하는 그가 맞는 것 같았다.

그것도 스미스를 가볍게 제압했다는 것을 본다면.

지금도 스미스와 임재혁을 두고 저울질 하라면 애석하게도 민혁은 임재혁이 우위에 섰다고 손을 들 수 있었다.

그 당시 몇 번 손을 부딪쳐봤을 뿐이었지만 녀석은 아직 어린 소년이라고 볼 수 없을 정도의 거침없는 몸동작과 빠른 움직임, 힘을 보였으니까.

'혹시 화랑이 키우는 인재가 그 녀석인가?'

민혁의 눈이 날카로워졌다.

'그렇다면 조만간 스미스와 만나게 될 지도 모르겠군.'

민혁은 굳이 임재혁에 대해 안다는 말은 꺼내지 않았다.

오늘 저녁은 달빛이 유난히 더 밝은 것 같다.

❖　❖　❖

스미스가 검은 색 슈트에 검은 지팡이, 중절모, 선글라스를 착용하고는 카페 안으로 들어갔다. 그가 카페 안으로 들어서자 절로 카페 안의 사람들이 숨을 죽였다.

그 뒤를 따라 그처럼 검은 색 슈트에 선글라스를 낀 민혁이 뒤따라 들어갔다.

스미스가 상의를 벗어 의자에 편하게 걸었다.

그는 중절모를 테이블 위에 올려놓고는 양 다리를 꼬은 채 거만하게 앉았다.

손가락에 도금 된 굵은 가짜 금반지가 여러 개 끼워져 있었고 와이셔츠 소매를 걷어 올리자 도깨비의 형상을 한 반영구문신이 그려져 있었다.

이 도깨비 형상은 이터널 길드의 본래 문양이었다. 잠시 이터널 길드의 진짜 길드원이 된 것처럼 꾸민 것이다.

민혁은 스미스의 등 바로 뒤에 섰다.

얼마 지나지 않아서였다.

머그컵에 따라진 아메리카노를 축이며 시가에 불을 붙여 뿜는 스미스의 앞으로 낯선 사내 한 명이 다가왔다.

쾌활하게 생긴 사내는 머리를 올백으로 넘겼다. 나이는

스물 후 반 정도.

껄렁하게 생긴 걸음걸이가 인상적이라면 인상적이고 볼을 혀로 밀어 넣는 모습이 뭔가 양아치스러워 보이기도 했다.

"미국의 이터널 길드의 Mr.스미스. 맞습니까?"

"그렇소. 스미스요. 백두산 길드의 길드원이 맞소?"

"예."

자리에 앉은 그는 스미스의 얼굴을 살폈다. 스미스가 선글라스를 벗어 테이블 위에 올려놓고는 반지 가득한 손을 깍지 꼈다.

"전화상으로 말씀드렸듯이 우리 이터널 길드에서 한국의 백두산 길드와 거래를 하고 싶소."

"좋지요. 저희야 유통할 수 있는 곳이 더 생긴다면 얼마든지 환영합니다. 양은 얼마나 됩니까?"

"최대한 많이오. 가격은 1kg당 10억. 부족하지 않은 액수라 생각되는데."

기존의 마약보다 비싼 게 각성자의 마약인 건 당연시하다. 또한 스미스는 일부러 더욱 높게 불렀다.

그들이 혹할만한 제안을 하는 게 옳았으니까.

그리고 역시 사내는 의심의 눈초리를 가지고 있었다.

"그런데 왜 굳이 우리 백두산 길드와 거래를 하고 싶어하는지."

"사실 우리 이터널 길드는 마피아 길드와 협력이요. 말이 협력이지. 그 밑에서 기생하는 길드와 엇비슷하오. 그렇지만 마피아 길드를 통해서 거래가 진행되면 어마어마한 수수료를 떼게 되고 정작 남는 건 얼마 없지. 때문에 이 대한민국의 길드와 하는 게 더 이익이고 백두산 길드라면 비밀엄수를 해줄 것 같아서 말이지요."

사내는 고개를 끄덕였다. 충분히 납득할만한 이야기다. 더욱더 높은 이익을 내기 위해서 마피아의 시선을 피해 그들과 엮이지 않은 대한민국의 작은 조직과 거래한다.

그렇지만 사내는 여전히 눈을 가늘게 뜨고 있었다. 그는 품에서 담배 한 가치를 꺼내 물었다. 담배를 꺼내 문 그는 불을 붙이고는 길게 스미스의 얼굴로 연기를 뿜었다.

"후우우. 당장 바깥에 대기하고 있는 우리 애들이 열 정도는 되는데… 니들 뭐하는 씹새끼들이냐."

"뭐요?"

스미스와 민혁은 뭔가 잘못되었음을 알아챘다. 스미스의 미간이 찔룩였다.

"내가 미국에 있었을 때 잠깐 이터널 길드의 보스를 스치듯 한 번 본 적이 있었지. 그때 그는 너 같은 흑인 새끼가 아니라 동양인이었다."

변수였다. 백두산 길드에 이터널 길드와 안면이 있던 조직원이 있던 것이다. 그리고 그 당사자가 바로 앞에 있는 것!

그 순간이었다.

민혁이 사내의 앞으로 성큼 다가갔다.

"지금 날 건드리는 순간 당장 뛰어 올 조직원들…."

그 말이 채 끝나기 전이었다.

머리채를 움켜잡은 민혁이 테이블 위에 쎄게 대가리를 박았다.

퍼억!

"끄헉!?"

깜짝 놀란 그가 벌떡 몸을 일으켜 세우기도 전이었다. 민혁은 거침없이 그의 머리를 테이블에 계속 쳐 박았다. 이마가 쪼개지며 피가 뚝뚝 바닥에 흘렀다.

머리를 뒤로 젖혀 바닥에 던져버린 민혁이 우둑 손목을 풀었다.

"보스께 건방지게. 감히."

민혁이 욕을 지껄이곤 스미스를 보며 윙크를 찡긋했다.

그 모습을 바깥에서 본 것인지 카페의 문이 열리며 우르르 백두산 길드의 조직원들이 자신들의 무기를 챙기고 안으로 뛰어 들어왔다.

"꺄아야악!"

카페에서 평화로운 일상을 만끽하던 사람들이 서둘러 카페를 벗어났다.

"이 개새끼들이 감히!"

"죽고 싶어!?"

"죽고 싶어. 라고 했소? 이 대한민국은 거래를 하자는 곳에 이런 식의 예의를 보이나보오?"

스미스가 시가를 입에 물고는 터벅터벅 머리가 테이블에

박혀 피를 질질 흘리며 신음을 흘리는 사내의 앞으로 다가
갔다.

스미스가 이번엔 방금 당한 것처럼 시가 연기를 그의 얼굴
에 뿜었다. 그리곤 머리채를 움켜쥐며 서늘하게 노려봤다.

"후우우. 당신이 그러지 않았소, 이터널 길드의 보스는
동양인이 맞소. 허면 이터널 길드의 보스의 아들이 흑인이
라는 소리는 못 들어 봤나보오?"

"이 개새끼가…!"

"끄흑…!? 자, 잠깐…!"

뒤에 서 있던 백두산 길드원들이 당장 달려들 것 같은 모
습을 보였다.

사내의 눈이 휘둥그레 커지더니 그가 피가 묻은 손을 들
어 그들을 제지시켰다. 자신도 듣기만 했던 이야기였지만
기억이 난다. 이터널 길드의 보스는 동양인. 아내 역시도
동양인인데 아이는 입양된 흑인이라고.

워낙 독특한 족보라 잊지 않았다.

"그 아이의 이름이 스미스란 것도 들어보지 못했소?"

"끄흐읍… 조, 죄송합니다. 몰라봤습니다."

순수하게 유통을 위해서 접근한 조직이라면. 자신들의
조직이 이런 식으로 대한다면 크게 피해를 볼 수도 있다.
특히나 자신이 돌아가면 길드의 마스터에게 어떤 호된 일
을 당하게 될지 모른다.

자신들의 의심이 거래를 쳐내는 것과 다름 없었으니까.

"혀, 형님?"

"나가들 봐라. 내가 사람을 잘못 생각했다. 이터널 길드의 보스가 맞다."

민혁이 냅킨을 통째로 꺼내서 그의 앞으로 던졌다. 그것으로 대충 머리에서 흐르는 피를 닦은 사내가 앓는 소리를 내며 다시 자리에 앉았다.

'다행이군. 아버지가 죽었다는 건 듣지 못한 모양이야.'

민혁의 당당한 행동과 스미스의 여유로운 연기가 정확히 먹혀 들어갔다.

"내가 이제 스무 살이 되었소. 이터널 길드를 물려받기 위해선 이 거래를 무사히 성사시켜야 하는데. 그렇다고 굳이 내가 이 거래를 할 필욘 없지. 다른 길드도 많으니까."

스미스가 선글라스를 끼고는 몸을 일으켰다. 민혁이 자연스레 상의를 다시 입혀주고 중절모를 건넸다.

중절모를 걸친 스미스가 지팡이를 잡는 순간이었다.

"죄, 죄송합니다. 한 번만 봐주시면 안 되겠습니까!?"

이대로 돌아가면 그는 정말 어찌 될지 모른다.

대량의 마약을. 그것도 더 후한 가격으로 쳐준다는데.

스미스와 민혁은 이야기가 더 쉬이 돌아가고 있음을 느꼈다.

"그렇다면 백두산 길드의 보스가 직접 예의를 보여야 하지 않겠소?"

"예, 예의요?"

일개 조직원일 뿐인 자신이 보스가 예의를 보이게 만들
라니?

"그렇지 않다면야…"

"아닙니다! 내, 내일 보스와 함께 찾아뵙겠습니다."

"그렇다면 아까 연락 주었던 번호로 다시 연락 주겠소."

스미스가 거침없이 몸을 돌렸다. 민혁이 그 뒤를 따랐다.
두 사람이 나서자 앞을 꽉 막던 백두산 길드의 길드원들이
양 옆으로 길을 열어주었다.

"크윽. 빌어먹을."

"이터널 길드의 보스가 맞습니까?"

"보스는 아닌데 아들인 건 확실한 것 같다. 조직 물려받
으려고 준비하는 것 같은데. 보스한테 된통 깨지겠군."

그래도 거래를 불발시키느니. 차라리 보스에게 깨지는
게 나았다. 그는 이마에서 흐르는 피를 닦아내고는 몸을 일
으켰다.

❖   ❖   ❖

5층짜리 공터였다. 민혁과 아이들이 그곳을 꾸몄다. 말
이 꾸몄다지 별 거 없었다. 고물상에서 구한 낡아빠진 소파
를 가져다놓고 테이블 하나를 갖다놨을 뿐이다.

어차피 이터널 길드는 미국에 현존한다고 말해놨기에 임
시 아지트다. 라고 말하면 수긍할 터.

공격계 계열의 아이들은 둥그렇게 솟은 기둥의 뒤에 서 대기하고 있었다.

방출계 계열. 이민정, 하연화, 김미혜는 한 층 위에서 몸을 숨긴다. 지원계 계열은 숨을 죽이고 아군의 피해가 생기면 재빨리 팀원을 빼내고 치료한다.

공격계 계열은 방출계 계열 아이들이 집중공격을 퍼붓는 순간 도망치지 못하게 막는다. 그와 함께 보스의 목을 딴다.

백두산 길드의 보스는 공격계 계열의 단도를 사용하는 각성자다. B-급. 스미스와 민혁이 함께 잡는다.

아이들 전부 정장을 입혔다.

되도록 고개는 숙이고 있으라고 말했다. 어린 낯짝을 보여선 좋을 게 없으니.

곧 공터로 검은 색 차량이 줄을 이어 도착했다. 총 여섯 대. 스무 명 가까이 되는 무리들이 계단을 밟고 올라오는 구둣발 소리가 들렸다.

아이들이 마른침을 꿀떡 삼켰다.

가장 앞에 선 사내 백두산 길드의 마스터. 헌병수. 그 뒤를 줄을 이어오는 길드원들.

헌병수는 마흔 중반이었다.

체구는 무척 작았지만 한 눈에 보기에도 단단한 체격을 가지고 있었다.

"반갑습니다. 백두산 길드의 헌병수입니다."

"스미스요."

스미스는 짧고 굵으면서도 심드렁하게 말했다. 어제의 일로 언짢다는 듯, 지금 위에선 이제 아이들이 방출계 마법을 준비하기 시작할 터였다.

"어제 있었던 일에 대해선 들었습니다. 이거야 원. 밑에 것들이 한 실수인지라 이러지도 저러지도 못하겠고 제가 죄송하군요."

"아니오. 그저 이 대한민국이란 나라의 조직들은 다 이렇듯 의심이 많은가했소."

스미스는 시가에 불을 붙여 길게 뿜었다. 헌병수가 어색하게 웃으며 손가락을 한 번 퉁기자 뒤에서 대기하고 있던 사내가 다가왔다.

그는 작은 보석함을 테이블 위에 올렸다. 헌병수가 보석함을 열어젖혔다.

그 안에는 입을 벌리고 있는 주먹 만한 크기의 황금 두꺼비가 있었다.

"저희의 거래를 축하하는 의미로다가…."

"아직 성사되지는 않았소만."

스미스는 이야기를 재치 있게 잘 끌었다. 혹시라도 누구 하나라도 의심할만한 것을 발견하면 큰일이다.

그리고 때마침.

백두산 길드의 길드원 중 한 명이 고개를 숙이고 있는 기둥 옆에 선 중태를 보고는 고개를 갸웃했다.

'뭐야? 새파랗게 어린데? 그리고 보면 저 보스 스미스도? 아니 보스가 어리면 조직원도 어리나?

그는 고개를 갸웃했다. 스미스는 그나마 외적으로는 노안이었지만 나이에 대해선 들었다. 그런데 방금 스친 이의 얼굴도 이제 막 성인이 되었을까 싶을 정도로 어렸다.

'뭔가 이상해.'

'뭐지? 이상한데.'

하나둘 자신들을 포위하듯 넓게 기둥 옆에 선 이들의 얼굴을 확인한 그들이 이상하다고 느끼기 시작했다.

헌병수는 뒤쪽의 조직원들이 술렁거리자 미간을 찌푸렸다. 지금 무척 중요한 이야기가 진행 중인데.

그때 한 사내가 그에게 성큼 다가와 귀에 입을 가져갔다.

"형님 아무래도 이상합니다."

"이상하다니?"

"아이스 필드!"

파지지지지징!

헌병수가 미간을 찌푸릴 때에 방출계 마법을 준비한 하연화가 시전어를 중얼거린 순간이었다.

한 곳에 모여 헌병수의 뒤를 지키던 이들의 발밑으로 차가운 냉기가 서리더니 순식간에 바닥을 얼렸다.

그와 함께 발을 타고 올라가 다리까지 얼렸다. 몸이 빠른 조직원 몇은 몸을 뺐지만 대다수가 당했다.

"민혁. 보스는 내가 따도 되겠어?"

"그러고 싶다면 그래도 된다. 스미스."

민혁은 작게 웃었다. 그는 스미스의 힘을 믿었고 앞의 헌병수보다 강하다는 걸 알고 있었다.

"이게 무슨…!"

"무슨 짓이긴 너희들을 모두 검거하겠다는 의미다."

민혁의 입이 비틀려 올라갔다.

사뿐

타앗!

허공에서 내려와 바닥에 선 김미혜의 앞에는 50여개의 쪼개진 차크라 볼트가 두둥실 떠있었다.

"헤…."

조직원들의 시선이 자신에게 집중되자 그녀는 겁먹은 듯 어색히 혀를 내밀며 웃었다.

그것이 신호탄이 되었다.

기둥 옆에 서있던 공격계 아이들이 몸을 날렸다.

"흐압!"

민혁도 마찬가지였다.

그는 헌병수의 바로 뒤에 서 방금 전 속삭거린 이의 안면을 후려쳤다.

그의 몸이 뒤로 부웅하고 날아갔다.

"속전속결이다!!"

추풍낙엽과 같이 빠른 속도로 민혁의 주먹이 둔해진 그들을 바닥에 때려눕히기 시작했다. 다른 아이들도 마찬가지였다.

특히나 미혜와 공격계 아이들의 호흡은 환상적이었다.

오십 여개가 넘는 차크라 볼트는 조직원들이 공격계 아이들을 공격하려할 때면 여김 없이 날아가 그들을 공격해 나갔다.

"아이스 에로우."

파지잉!

위층에 몸을 숨긴 채 하연화와 다른 방출계 아이도 계속해서 조직원들의 수를 줄여 나가고 있었다.

마지막 한 놈!

손목을 잡아채 자신 쪽으로 끌어온 민혁이 손날로 광배근을 내리찍었다.

우드득!

그의 무시무시한 괴력에 어깨가 아스라지는 소리와 함께 그가 바닥으로 풀썩 무릎 꿇었다.

민혁의 발이 힘껏 차올렸다.

퍼억!

후두두둑!

이빨 서너개가 바닥에 흩뿌려지며 사내가 바닥에서 꿈틀거렸다.

뒤를 돌아본 민혁은 스미스가 헌병수의 목을 비트는 것을 보았다. 목이 비틀린 헌병수가 바닥에 풀썩 쓰러졌다.

"우리 좀 쩐다."

오중태도 자신들이 행한 일이 믿기지 않는 표정이었다.

아홉 명 남짓으로 스무 명 남짓을 너무나도 손쉽게 잡았다.

실제 백두산 길드의 인원의 반절 밖에 되지 않지만 일인
당 조직원 두 명을 잡은 셈.

더 재밌는 사실은.

아이들 중 누구하나 크게 다친 이는 없다는 것.

"아직 끝이 아니다. 여긴 스미스와 방출계 계열 아이들이
남고 남은 이들은 나를 따라 조직에 남은 잔당을 쓸러 간다."

민혁이 앞서 걸었고 그 뒤를 다른 아이들이 따랐다.

스미스는 휴대폰을 꺼내 이길현에게 전화를 넣었다.

❖ ❖ ❖

김재민이 몸을 일으켜 창문을 활짝 열어 젖혔다. 담배를
피는 하우쉔은 자신의 왼 손의 손가락이 없는 부분을 어루
만졌다.

재민은 활인의 인재들에게 오늘 백두산 길드원들 전원이
일망타진되었다고 보고받았다. 버스커 길드에 이어 백두산
길드. 계속해서 활인은 자잘한 조직 폭력배 집단을 모두 검
거하고 있었다.

그들은 중요한 자금줄이었다. 그럼에도 김재민의 얼굴에
는 여유가 가득했다.

"아직도 그때의 일이 계속 마음에 걸리십니까?"

"물론. 내 인생에서 가장 큰 수치였지. 내 기필코 녀석의

목을 비틀고 손가락을 자르려 했더니 이렇게 허무하게 죽어버리다니!"

하우쉔은 원통하다는 표정이었다.

염인빈. 그자의 그 눈빛을 잊지 못한다.

자신을 벌레 보듯 상대하면서도 그는 전력을 다하지 않았다.

같은 각성자끼리 싸울 때 전력을 다하지 않고 압도 한다는 것은 자신을 철저히 무시했다는 것이다. 다섯 명의 괴인 중 한 사람으로써 악명을 떨치는 자신에게!

아직도 그 자만 떠올리면 손가락이 잘린 부분이 욱신거리는 것만 같았다.

"어쩔 수 없지요. 활인. 오재원의 손가락으로라도 달래시는 수 밖에."

"그래야지."

하우쉔이 작게 조소했다. 김재민 역시 웃었다.

그들이 계속해서 자신들을 압박하려 한들 자신들을 손아귀에 쥘 수는 없을 것이다.

인빈이 없는 그들.

물론 오재원. 그자는 만만한 자가 아니다.

허나 중국의 백룡길드와 화랑이 손을 잡은 마당이다.

세계 삼대 길드라 불리는 백룡 길드와!

화랑은 곧 활인길드를 기분 좋게 먹어치울 것이고 그와 함께 활인이 가진 모든 것을 흡수함으로써 더욱더 견

고해 질 것이다.

"활인은 결국 퇴보적이지 않은가. 인재들을 이용해서 조직 폭력배들을 소탕한다. 임재혁 역시 행했던 일이지."

어둠에 가려져 보이지 않던 재혁이 두 발자국 걸어 나왔다. 그의 입가에 작은 미소가 맺혀있다.

"이터널 길드였나?"

"네, 그렇습니다."

"이 친구가 이터널 길드의 보스를 잡은 게 고작 열 일곱 살 때지."

"하하! 그렇습니까!? 대단합니다. 역시…! 활인의 인재는 이 임재혁의 손에 처참히 무너져 잡아먹히겠지요."

"물론."

하우쉔의 목소리는 자부심이 가득했다. 녀석은 자신을 빼다 박았다. 때문에 대한민국 감옥에 있는 걸, 백룡길드의 마스터와 상의하여 겨우 빼왔다.

그리고 자신을 통해서 단련시키고 철저히 훈련을 시켜왔다. 그는 추후 백룡길드의 주축 더 나아가 화랑 길드까지 손에 쥐고 흔들 것이다.

그땐.

'이 자 역시 우리의 꼭두각시에 지나지 않겠지.'

검은 속내를 보이지 않는 하우쉔은 김재민이 자리에서 몸을 일으켜 임재혁의 양 어깨에 올리는 모습을 보며 속으로 웃었다.

연락을 받은 활인 길드원들이 도착해 백두산 길드원들을 이송했다. 백두산 길드의 본거지에 있던 남은 잔당들 역시 마찬가지였다. 그들의 아지트에서 대량의 마약을 압수할 수 있었다.

기존에 일본과 거래를 트고 있던 부분은 활인에서 알아서 전부 처리할 것이다.

아이들이 모든 일을 처리하고 호텔로 돌아왔을 때는 호텔 객실 안에 노민후가 소파에 앉아 있었다.

그는 아이들을 반겨주었고 그들 앞으로 통장 하나씩을 내밀었다.

아이들의 이름이 그대로 적힌 통장이었다.

통장은 며칠 전부터 개설 된 듯 보였고 돈도 일주일 전에 이미 입금 되어 있었다.

"니들 나간 지 단 3일 만에 끝났다. 멋지구나. 다음 주부턴 활인이 가진 비오픈 던전을 공략해야한다. 긴장들 늦추지 말고 이길현 공격대장님께서 특별히 너희들을 배려해서 남은 4일 동안 휴가를 주셨다. 부모님과 함께 좋은 시간 보내도록."

그 말을 들은 아이들은 기뻐했고 민혁도 집으로 향했다.

2개월이 더 넘은 시간 만에 부모님을 뵈는 것이었다.

부모님은 격하게 반겨주었고 어머니는 밤늦은 시간에 진수성찬을 차려주셨다.

레이드 _{신의 탄생} 293

아버지는 단련되어 단단해진 민혁의 몸을 보면서 어른스러워졌다면서 좋아하셨다.

그러시면서 '철부지 같던 놈이.' 하면서 눈을 붉히셨는데, 그 모습을 들키기 싫으셨는지 베란다에 나가 자주 담배를 물곤 하셨다.

4일간의 행복한 휴가가 끝났을 때 민혁은 두 사람의 앞으로 1억이 넣어져있는 통장을 내밀었다.

"이번에 훈련 하면서 의도치 않게 1억 원의 포상을 받았어요."

"1, 1억?"

그들에게 1억은 분명 큰돈이다. 아버지는 각성자이지만 비각성자보다 조금 나은 돈을 버시니까.

두 분의 눈이 휘둥그레 커졌다.

통장을 열어젖힌 어머니는 금액을 확인하셨다. 아버지도 곁눈질로 확인하고는 그 통장을 어머니에게 건네받더니 작게 웃었다.

어머니도 작은 웃음을 지었다.

아버지가 통장을 밀었다.

"너 쓰려무나."

10. 설산의 지배자. 예티

NEO MODERN FANTASY STORY

RAID

신의 탄생

레이드

NEO MODERN FANTASY STORY

"죄송하지만 아버지. 저한테는 필요 없는 돈입니다."

"돈이 필요하지 않은 사람이 있니?"

"지금 당장 그 1억으로 비싼 외제차를 살까요? 아니면 오피스텔을 혼자 얻어서 살까요? 두 가지 모두 지금 저에겐 크게 행복을 주진 못하는 거예요. 저 때문에 어머니하고 아버지하고 고생 얼마나 했을 줄 알아요. 저에겐 지금 차도 필요 없고, 집도 필요 없어요. 두 분 함께 있으면 족해요."

아들의 늠름함에 아버지와 어머니의 눈시울이 붉어졌다.

"얼마 전만 해도 철부지 같던 녀석이."

"그래도 우리 아들이 착하긴 했지, 잘 키웠어."

"호호, 당신 말고 내가 잘 키웠죠."

두 사람은 결국 통장을 받아들였다.

돈을 섣불리 사용하시진 않을 것이다.

자신의 진짜 부모님이 아니었지만.

'난 잘하고 있다. 민혁. 이 몸 고맙다.'

그는 자신의 가슴에 잠깐 손을 얹어 그에게 인사했다. 지금 그가 만족할 만큼 잘하고 있고 앞으로도 그럴 것이다.

❖ ❖ ❖

미혜도 부모님에게 통장을 건네주었다. 다섯 식구가 살기엔 턱없이 작은 18평의 포름 빌라가 그녀의 집이다.

미혜의 부모님도 처음 통장을 거절하셨지만 미혜의 동생들 대학이나 혹은 학용품. 옷 같은 것들을 운운하자 결국 통장을 받아들이시곤 눈물을 펑펑 흘리셨다.

편안한 기분으로 자신의 침대에 누운 그녀가 휴대폰을 어루만지다가 민혁이 뇌리에 스쳤다.

"지금 자려나?"

그녀의 손이 그에게 메시지를 넣으려다 멈칫했다.

"뭐라고 보내지? 잘 쉬었어? 내일이면 다시 지옥 시작이다? 자니? 아니면 뭐라고 해야지."

그녀는 한참을 골똘히 고민했다.

[자?]

짧고 무심한 듯 그저 그냥 연락 한 번 해본 듯.

"아 근데 내가 먼저 연락하면 쉬워 보일 수도 있는데."

그걸로 또 한 20분을 그녀는 고민했다. 결국 그녀가 눈을 질끈 감고 메시지를 넣었다.

그녀는 설레는 마음으로 답장이 오길 기다렸다.

1분, 3분, 5분, 10분.

"바, 바쁘겠지? 하긴! 부모님하고 같이 있을 테니까!"

답장이 오지 않자 그녀는 불안하면서도 애써 수긍했다.

20분 째에는.

"내가 연락 하는 게 싫나?"

30분 째.

"흐어어엉! 망했어! 민혁이는 내가 연락하는 게 싫고 귀찮은 거야! 나 읽씹 당한 게 분명해!"

40분 째.

"난 실연당한 게 맞아. 하긴 민혁이 같은 애가 나 같은 애를 마음에 둘 리가 없지. 포기하자. 바보 김미혜."

여자는 40분이란 시간동안 답장이 없으면 별의 별 생각을 다 한다 하지 않던가.

이제 그만 민혁을 놓아야하나 하는 생각을 하던 찰나.

[운동하고 왔다. 피곤할 텐데, 안 자고.]

메시지 왔다는 소리가 들리자마자 그녀는 휴대폰을 바람처럼 집어 들었다.

"잠깐, 너무 빨리 답장하면 기다렸다는 거 티 나는데?"

그녀는 조금 늦게 보낼까 했다.

그런데 손은 다르게 움직였다. 계속 메시지만 보던 눈, 그리고 빠르게 움직이는 손!

[내일 언제쯤 춘천 터미널에서 만나야하나 해서.]

그녀는 다시 기다렸고.

그날 저녁.

그녀는 포기할까 말까 하다가 답장이 오면 설레이며 날을 지새웠다.

❖ ❖ ❖

이길현은 단 3일 만에 현상금 사냥을 무사히 완수하고 4일 간의 휴식 후 복귀한 아이들을 보았다.

다시 아이들은 실전 훈련에 돌입할 때였다.

노민후는 걱정 어린 표정을 짓고 있었다. 이길현이 총 교관으로 오게 되고 그가 어떠한 사차원적인 행동을 할지 걱정이 되긴 했지만 설마 했었는데, 그는 너무 무모한 생각을 하고 있었다.

그가 입술을 질끈 깨물었다.

'B-22 던전 공략을 애들에게 시키려 하다니!'

B-22던전은 이 아이들이 사냥하기에는 벅찬감이 있는 곳이다. 아무리 활인의 훈련 방식이 독하고 고되다고 할지라도 지금 아이들은 훈련을 하러 가는 것이 아니라 던전을 공략하러 가는 것.

자신들의 도움 없이 스스로의 힘으로만.

그렇다면 적어도 그 급이 낮은 던전을 던져 주어야하지 않겠는가? 허나 이길현은 오히려 아이들을 이 B-22던전을 공략하게 해야 한다고 목소리를 높였고 위에서도 승인이 떨어졌다.

자칫 아이들 몇이 죽을지도 몰랐다.

이 B-22던전은 활인의 5분대 공격대가 공략을 한 던전이다. 5분대 공격대는 공격대중 가장 약하다. 그렇지만 '공격대' '수색대' 등등의 수식어만 붙어도 강자에 속하는 편이다.

공격대나 수색대 소속이 아닌 길드원은 '일반 길드원' 의 급이 부여되니까.

5분대 공격대에서도 이 던전을 공략하면서 중상이 둘. 경상 다섯이 발생했다.

그런 곳으로 이 아이들을 보내려 하다니!

이길현의 머릿속을 도통 알 수 없다. 자칫 힘들게 키운 인재들을 모두 사지로 몰아넣는 셈이다.

이길현은 아이들에게 설명을 시작했다.

"이 던전은 우리 활인길드에서 한 번 공략한… 외부에 알려지긴 한 오픈 던전이긴 하지만… 그 당시 꽤나 애를 먹고… 던전의 급은. C+급이다."

"C+급…?

아이들의 얼굴이 사색이 되었다. 던전에는 급이 존재했고 각성자들은 주로 자신의 급보다 한 단계 낮은 급을 사냥한다. 그래야 어느 정도 안전하니까. 물론 그렇다고 각성자들이 같은 급의 던전을 공략하지 못하는 것은 아니지만 위험부담이 컸다.

헌데, C+급이라면 오히려 자신들보다 급이 높다!

물론 현재 C+급이라 할 수 있는 이들이 꽤나 된다.

그렇지만 너무 위험하다는 것을 아이들도 알고 있었다.

하연화가 자신도 모르게 마른침을 꿀꺽 삼켰다.

고요한 그곳에 침 삼키는 소리가 요란히 울렸다.

"선택은 없다. 까라면 까라."

"네."

유일하게 한 사람만 대답했다.

민혁이었다. 어찌 보면 사지로 몰아넣는 것처럼 보였다, 특히나 B-22 던전이다. 거기에 외부에 알려진 던전이라고 할지라도 그 공략방법은 활인에서만 알고 있었다.

자신들 스스로 공략해야한다는 것인데.

해도해도 너무하지 않은가 싶으나.

민혁은 작게 웃었다.

그 웃음을 본 이길현이 고개를 갸웃했다.

'뭐야, 저 웃음은.'

민혁은 괜히 웃은 게 아니다.

B-22던전은 분명 자신들 급으로 사냥이 힘든 던전이다.

허나, B-22던전은 공략법을 알면 너무나도 쉬운 던전이다. 단 한 명의 사상자도 없이 민혁은 아이들을 이끌고 이

B-22던전을 공략할 자신이 있었다.

아이들은 대답을 한 민혁을 보면서 그 말을 걷어주길 바랐다.

자신들 모두가 못하겠다고 하면 그래도 어느 정도 힘이 실리지 않을까 해서. 그러나 민혁의 표정은 변함없었고 뜻을 굽히지 않으려 했다.

결국.

"알겠습니다. 후우."

"까라면 까야죠."

"에휴."

스미스를 중심으로 하나둘 승낙하기 시작했다. 아이들의 얼굴엔 걱정이 가득했다, 허나 그들은 민혁의 얼굴을 보곤 답을 내린 것이다.

그의 여유만만한 얼굴.

분명 무언가 있다!

❖ ❖ ❖

B-22던전. 오픈 던전의 활인길드의 소유.

주로 나오는 괴수.

얼음꼬리 도마뱀.

털복숭이 붐.

얼음꼬리 도마뱀의 꼬리에 직격 당하는 순간 온 몸이 얼어버린다. 녀석의 무게는 130kg정도 추정. 그 크기도 일반 도마뱀이라고 할 수 없을 정도로 무시무시하게 크다.

두터운 피부와 몸을 두르고 있는 얼음갑각에 쉽게 사냥이 힘든 녀석.

털복숭이 붐.

사람의 형태라고 해야 할까? 두발로 걸어 다닌다. 강한 괴력을 자랑한다. 힘의 대명사로 불리는 오우거와 동급이라는 이야기도 있다. 온 몸에는 하얀 털이 수북하게 자라있고 눈은 딱 하나 이마를 정중앙으로 바로 밑에 큼지막한 눈 하나가 달려있다.

두 녀석 모두 위험한 놈들임이 분명하다.

이제까지 상대했던 괴수들과는 다른 차원일 것이다.

'하여튼 이길현,'

이길현의 모험정신. 반대로, 자칫 정말 인재들 모두를 잃을 수 있음에도. 그는 자신들을 B-22던전으로 보낸다.

어쩌면 그만큼 믿고 있다는 뜻일 수도 있다.

아이들이 모두 막사로 돌아오자마자 탄식을 토하며 걱정 가득한 표정들이었다.

"할 수 있어. B-22던전. 깰 수 있다."

"아니, 조장. 무조건 그렇게 할 수 있다. 라고만 한다고 해서 되는 게 아니잖아! 자그마치 C+급 던전이야. 우리 전부 죽을 수도 있다고."

이영욱이 거칠게 반박하고 나섰다.

민혁은 고개를 저었다.

"날 믿어라."

항상 아이들이 믿었던 사람. 강민혁. 그가 다시 한 번 자신을 믿으라며 굳은 눈빛을 보내고 있었다.

이영욱은 미간을 찌푸렸으나 곧 단념한 듯 한숨을 크게 뱉었다.

다른 아이들도 이번엔 상황이 조금 다르다는 듯 한숨을 크게 쉬었다.

늦은 저녁.

민혁은 아이들을 한 곳에 모았다.

그는 자신이 그린 것을 촤르륵 펼쳐보였다.

"민혁, 이게 뭐지?"

스미스가 고개를 갸웃했다. 다른 아이들도 마찬가지.

민혁은 엄연히 활인길드의 정상에 선 사람이었다. 적어도 활인길드 안에서 벌어지는 모든 일은 알고 있었다.

B-22던전에 대해서도 잘 안다.

"B-22던전을 그린 것이다."

"뭐? B-22던전을 그려?"

"민혁, 이걸 어떻게….."

오픈 된 던전이라고는 하지만. 그 지형까지 세세하게 알고 있는 이는 드문 것이 당연하다. 대한민국 땅에만 해도 수백, 수천의 던전이 존재하는데 그중 하나의 지형을 알고 있다는 건 현실성이 없는 게 사실이니까.

더군다나, 그렇게 널리 보편화되어 알려진 던전도 아니다.

"모두에게 한 마디만 하겠다. 날 믿고 따라 와라 다른 말은 하지마라 그렇다면 승리를 주겠다."

그 목소리에 몇 아이들은 입술을 깨물었다.

항상 그랬다.

민혁은 말하지 않았고 무엇이든 이유를 답해주지 않았다. 그저 '조장을 믿어라.' 식이었다.

괜한 말을 하지 않는 것은 민혁 스스로 자신이 알고 있는 사실들에 대해서 무덤을 파고 말이 많아지게 하는 것일 수 있기 때문이다.

"알았다."

"OK."

"우리 민혁 말고 누굴 믿겠어."

아이들이 하나둘 수긍했다. 이영욱과 하연화도 결국 고개를 끄덕였다. 가장 삐딱대던 두 사람도 이젠 민혁에게 꼬리를 내리고 잘 따르고 있었다.

특히 이영욱은 자신이 발버둥치고 별 지랄을 다해도 민혁을 이길 수 없음을 확실히 인지했다.

그렇게 자신을 인정했을 때는 그나마 수월해졌고 더욱더 훈련에 적응하기 편해졌다 할 수 있다. 물론 민혁을 좋아하지는 않지만.

"B-22던전은 설산이다. 주로 나타나는 괴수는 얼음꼬리 도라뱀과 털복숭이 붐이다. 들어 봤을지는 모르겠다. 얼음

꼬리 도마뱀은 꼬리에 방출계 마법이 걸려있다. 스치기만
해도 몸이 얼어버릴지도 모른다. 차크라 지수가 쫓아가지
못하면 꼼짝없이 죽을 수도 있다는 걸 명심해. 털복숭이 붉
은 설산의 오우거라 불리는 놈. 그 힘이 무시무시하다. 나
무를 통째로 뽑아 공격을 해올 수도 있다는 걸 알아야한다.
가장 주의할 점은 외눈박이인 놈의 눈과 마주치면 녀석은
난폭해진다는 것. 우리는 이 두 괴수를 사냥해야하는데 지
금부터 공략법을 말해주겠다."

"공략…법?"

"공략?"

아이들이 깜짝 놀란 표정이 되었다.

B-22던전에 대해서 알고 있는 것도 놀라운데, 공략법이
라니?

어떻게?

허나 아무도 질문하는 이는 없었다.

민혁의 설명이 이어졌다.

❖　❖　❖

"쩐다…."

"와…."

"그런 식이라면 우리 모두 무사할 것 같은데."

아이들 모두가 고개를 끄덕였다. 민혁이 작게 웃었다.

"미혜가 역할 수행을 잘해줘야만 가능하다는 단점이 있다. 할 수 있겠나? 미혜?"

"으으응… 무, 무섭긴 하, 한데. 민혁이도 함께 옆에 있어준다고 했고 그, 그러도록 할게!"

"좋다. 그리고 또 하나."

민혁은 아이들을 둘러보았다.

"털복숭이 붐과 얼음꼬리 도라뱀의 부산물은 무척 값지다. 사실 활인길드의 노다지 던전 중 하나다. 무한리젠 던전이기 때문에 활인길드가 아주 유용하게 자금줄로 사용하고 있지. 설산의 모든 놈들을 소탕하면 우리는 얼마 전 받은 1억 이상의 돈을 거머쥘 수 있다."

"1억 이상…."

이영욱이나 하연화 같이 부모님이 각성자인 이들은 크게 대수롭지 않은 모습이었지만 김미혜나 혹은 일반적인 아이들은 1억 이상의 돈을 만질 수 있다는 것에 기대어린 표정이다.

"위험을 우리가 감수하게 된 만큼 뽕을 뽑아야지. 또 알겠지만 차크라 능력을 제대로 상승시킬 기회다. 자신과 동급 혹은 높은 급의 괴수를 사냥하면 괴수 포인트가 더 많이 오른다는 건 알고 있겠지? 이 던전을 공략하면 우리는 확실하게 더 성장할 것이 분명하다."

어쩌면 이길현이 노린 것이 이것일지 모른다.

목숨을 빼앗길 듯 위험하지만 자신의 수준보다 더 높은 괴수를 사냥하면 괴수 포인트가 더 쌓인다. 또한 위험이 반

복되는 싸움은 그 각성자를 성장시킨다.

"이길현 공격대장님의 눈이 휘둥그레지게 한 번 만들어
보자."

민혁의 말에 아이들의 얼굴에 희열이 감돌았다.

이번에 B-22던전을 클리어하면 지금보다 더 강해질 수
있다.

❖ ❖ ❖

활인에서 보급해준 무기들을 아이들이 챙기고 따로 민혁
의 지시와 같이 여벌의 두터운 옷들도 챙겼다.

식량은 펙스 고기와 물나무 가지다.

펙스 고기는 괴수의 부산물을 가공하여 만들었다. 네모
난 마늘햄과 비슷한 모양으로 500원짜리 동전만큼만 먹어
도 훌륭한 단백질 보충원이 되어주고 포만감이 생기는 녀
석으로 괴수 사냥시 주로 이용된다.

물나무 역시 마찬가지다. 물나무는 빨면 빨수록 계속해
서 물이 나온다. 수분을 공급해줄 중요한 놈이다.

B-22던전에서 생활해야할 기간은 약 1주다. 보통의 던
전공략의 경우 2~3일 내지 한 번씩 밖으로 나와 휴식을 취
한 후 들어간다. 그러나 그렇게 되면 시간이 오래 소요된다.

그 방식으로 가면 10일 이상이 걸릴 터.

민혁이 제안한 것이었다.

빠르게 사냥하고 빠르게 돌아와 휴식을 취하는 게 낫다는 판단이 섰다.

한 번 날이 선 느낌을 가진 아이들이 휴식을 취해버리면 다시 감을 잃을 수도 있기 때문이다.

또 한 번 진짜 괴수들과 싸워보면 전의를 잃고 들어가기 싫어하는 이도 생길 지도 몰랐다.

노민후를 따라서 그들은 스타렉스 밴 차량을 타고 이동했다. 곧 도착한 곳은 일반 가정집으로 보이는 곳이었다.

던전은 한 곳에 무작위로 만들어진 던전이 있는가 하면 이렇듯 일반적인 거리에서 무분별하게 만들어지는 경우도 있었다.

단독 주택 안으로 들어가자 거실 중앙에 던전으로 넘어서는 입구가 나타났다.

"건투를 빈다."

노민후는 아이들을 둘러보았다. 걱정이 이만저만이 아니었다. 도대체 이길현의 생각을 이해할 수 없었다.

나름 노민후도 정이 든 녀석들이라 누구 하나 크게 잘못되면 상심이 클 것 같았다.

때문에 아이들 얼굴을 하나하나 눈에 넣었다.

"그런데 그 가방에는 도대체 뭐가 들었냐?"

아이들이 가방 하나씩을 등에 메고 있자 노민후가 고개를 갸웃했다.

"생필품입니다."

"생필품이라. 무슨 소풍 가냐?"

민혁은 대답 하지 않았다. 굳이 설산인 것을 알고 있다고 말할 필요 없다.

자신들이 어떻게 해내는지 경과만 보여주면 될 뿐.

"후우, 모쪼록 조심들 해라."

"예."

아이들이 고개를 힘차게 끄덕였다. 민혁이 앞서 들어가려는 것을 보던 노민후가 힘 있는 목소리로 말했다.

"너희들은! 자랑스러운 활인의 인재들이다! 딱 한 마디만 하겠다!"

그의 목소리에 깃든 강한 힘과 믿는다는 자부심. 아이들의 표정이 차분하게 가라앉았다. 그에게 집중된 이목.

"죽지 마라!"

"활인!"

아이들의 손이 왼쪽 가슴 위에 올라갔다.

민혁을 선두로 하나 둘 던전에 발을 들이기 시작했다.

모든 아이들이 사라졌을 때.

"돼지는 새끼는 내가 정말 돼지게 패줄 테다."

노민후가 혼자 중얼거렸다.

어둠이 지나가고 살을 에는 듯한 추위를 느낄 때에서야 민혁은 도착했다는 걸 알 수 있었다.

그가 눈을 떴을 때 보인 것은 눈이 수북하게 쌓인 설산이었다.

입에서 입김이 새하얗게 나온다.

"으으으…!"

"미, 민혁이 말이 맞았어."

"정말 설산이잖아?"

"옷들 빨리 입어라. 공략법을 안다 해도 이곳에서 우리는 분명히 싸움을 해야 한다. 차크라를 이용해서 몸의 적정체온을 유지해라. 잘못하면 동상에 걸릴 수도 있다. 더 잘못되면 저체온증으로 사망할 수도 있다."

민혁의 말에 아이들이 후다닥 가방에 챙겨온 옷을 걸쳐입었다. 조잡하긴 하지만 밤새워 민혁이 만들어놓았던 체인을 아이들이 발에 걸었다.

다행이도 눈이 많이 쌓이지는 않았다.

충분히 이동이 가능해보였다.

"숨을 죽이고 나를 따라와라. 베이스 캠프로 간다."

아이들이 줄을 지어서 민혁의 뒤를 따랐다.

[크와아아아!]

털복숭이 붐의 포효소리가 들렸다. 아이들의 몸이 움찔했다.

"최대한 조심히 숨을 죽이고 빠르게 이동한다."

민혁의 말에 아이들이 고개를 끄덕이며 더 빠르게 뒤쫓았다. 아이들 중 2개월간의 훈련으로 인해서 뒤처지는 아이는 없었다.

가장 걱정되는 미혜도 스미스의 바로 앞에서 잘 따라와주고 있었다.

얼마 후 민혁이 말한 베이스 캠프에 도착했다.

"이곳이 민혁이 말한 곳이야?"

고개를 끄덕여 답했다.

"우와. 여긴 진짜. 민혁 말대로구나."

아이들이 감탄했다. 정말 민혁은 이곳 설산의 지형에 대해서 알고 있었다.

민혁이 말했던 그대로였다.

가파르게 펼쳐진 다른 길과 다르게 이곳은 넓게 둥그렇고 평평했다. 마치 콜로세움과 비슷해보였다.

"이곳에서 우린."

민혁의 입가로 작은 웃음이 스쳤다.

"몹몰이 사냥을 실시한다."

몰이 사냥이라는 말에 아이들의 얼굴로 작은 웃음이 돋았다. 몹몰이 사냥. B-22던전의 얼음꼬리 도마뱀과 털복숭이 붐이기에 가능한 사냥이다.

두 놈은 강하다. 유독.

특히나 그 맷집이 B-급은 될 정도다.

허나 놈들은 무리를 지어 생활하지 않는다는 약점이 존재하며 꽤나 몸놀림이 느리다.

주로 한 두 마리씩 포진되어 있다.

김미혜의 헤이스트를 이용한다. 차크라 능력의 상당량을 미혜는 헤이스트에 투자했기에 평소 몸보다 1.3배 가량 빠르게 이동 가능하다.

거기에 민혁이 미혜의 옆에서 함께 달리며 가드 한다.

미혜가 차크라 볼트를 날려 괴수의 이목을 끈다.

이 멍청한 털복숭이 붐은 자신과 눈을 마주치고 자신을 처음 공격한 이만 집요하게 쫓아가는 습성이 있다.

그나마 조심해야할 놈은 바로 얼음꼬리 도마뱀.

얼음꼬리 도마뱀은 털복숭이 붐보다 조금 똑똑한 편. 그런데도 멍청한 놈이다.

자신들은 이곳에 구덩이를 하나 팔 것이다.

아주 깊은 구덩이. 미혜는 자연스럽게 그 안에 얼음꼬리 도마뱀을 밀어 넣을 것이고.

집중 타격을 가할 것이다.

이렇게 한 두 마리씩 이 설산의 모든 괴수들을 사냥할 것이다.

"지금부터 사냥준비를 시작한다."

민혁의 말에 따라 아이들이 분주하게 움직이기 시작했다.

공격계 계열 아이들이 서둘러 땅을 파기 시작했다. 아주 깊게. 5m는 되야 했다.

민혁의 지시대로 방출계 계열 아이들이 먼저 땅을 녹여 주었다. 땅이 녹은 후 순식간에 다시 식었다. 그때를 노려 땅을 서둘러 팠다.

준비를 하는데도 세 시간이 훌쩍 지나갔다.

아이들이 쉴 수 있는 공간도 마련했다.

"이곳에서 모두 포지션대로 대기한다. 나와 미혜는 첫

사냥감을 물색해오도록 하지."

펙스 고기를 씹어 먹고 물나무 가지를 쭈욱 빤 민혁이 말했다. 아이들이 긴장된 표정으로 고개를 끄덕였다.

"긴장할 것 없다. 어차피 한 두 마리씩이다. 우리의 수는 총 아홉 명. 다구리에 장사 없는 법이지."

그 말을 듣자 그제야 아이들이 어느 정도 안심한 듯 싶다.

이 베이스캠프 지점으로는 희안하게도 괴수가 많이 출몰하지 않는다.

만약 이곳 던전에 대해서·모르고 사냥을 나갔다면 괴수와 격투 중에 다른 괴수들이 또 합류하여 계속해서 괴수의 숫자가 세 마리, 네 마리 늘었을 것이다.

그렇게 되면 벅찬 싸움이 되었을 것.

"헤이스트!"

미혜가 민혁에게 방출계 마법을 걸어주었다. 방출계 마법 각성자들이 가진 몇 가지 안 되는 지원계 마법 중 하나.

이 헤이스트란 마법은 방출계 각성자도·지원계 각성자도 익힐 수 있는 보편적인 차크라 능력이다.

민혁의 몸이 마법에 걸리자 깃털처럼 가벼워지는 느낌이다. 미혜는 자신의 몸에도 걸고는 두 사람이 빠르게 움직이기 시작했다.

파팟!

설산이었지만 두 사람의 몸은 빠르게 타잔처럼 움직이고 있었다.

"긴장되나?"

"조, 조금?"

"내가 옆에 있으니까. 걱정마라."

"으응…!"

그 말에 미혜의 얼굴로 함박웃음이 폈다.

사랑에 빠진 소녀에게 당장 앞에 들이 닥칠 괴수도 두렵진 않은 법인가보다.

몇 분여를 더 빠르게 안으로 들어갔을까. 털복숭이 붐이 나타났다. 녀석은 정말 거대했다. 4m정도 되는 키. 거리를 조금 두고 민혁은 숨을 죽였다.

"미혜. 시작해."

"응."

미혜의 앞으로 차크라 볼트가 만들어졌다. 곧 수 십 여개로 쪼개진 차크라 볼트가 털복숭이 붐을 향해 날아갔다.

퍼억!

뒤통수를 한 대 후려치고.

[그워?]

녀석이 충격에 머리를 긁적일 때 연달아서 수십 개의 차크라 볼트를 한 번에 날려버렸다.

[크워어어어!]

털복숭이 붐에게 차크라 볼트는 아주 작은 타격감 밖에 주지 못한다. 그래도 약 올리는 데는 이만한 게 없다.

"뭐, 뭘 보냐! 이 바보 괴물아!"

겁에 질린 미혜가 털복숭이 붐과 눈을 마주치면서 말했다. 녀석은 눈이 마주치면 극도로 흥분한다.

쿠웅!

녀석의 발이 미혜 쪽으로 한 걸음 떼졌다.

술래잡기를 해야 할 타이밍이다.

"미혜, 뛰어."

"응!"

타타탓!

미혜와 민혁이 달리기 시작했다.

바로 등 뒤에서 털복숭이 붐이 주위의 나무를 단숨에 꺾어버리며 내달려오고 있었다.

잡힐 것 같으면 속도를 올렸고 너무 멀어진다 싶으면 속도를 늦췄다.

"생각보다 수월하지?"

"으응!"

겁을 잔뜩 먹었던 미혜는. 말 그대로 생각보다 수월하자 자신감이 붙었다.

그때

미혜의 바로 옆쪽에서 접근하는 무언가를 감지했다.

"미혜. 오른쪽으로 뛰어!"

"응!"

미혜가 오른 쪽으로 몸을 날리고 얼마 지나지 않아 그녀가 있던 자리로 얼음꼬리 도마뱀이 덮치고 들어왔다.

녀석의 꼬리가 미혜가 있던 자리에 휘둘러졌다.

"미혜 차크라 볼트."

"OK."

그녀의 손에서 뿜어져 순식간에 만들어진 차크라 볼트가 얼음꼬리 도마뱀을 가격했다.

얼음꼬리 도마뱀이 괴성을 지르면서 쫓아오기 시작했다. 쫓아오는 괴수의 숫자는 총 둘.

곧 베이스 캠프 지점에 도착한다.

눈이 수북이 쌓인 수풀을 지나 베이스캠프 지점에 들어선 순간이었다.

걸음이 털복숭이 붐보다 빠른 얼음꼬리 도마뱀이 선두에 서고 있었다.

미혜와 민혁이 구덩이를 향해 내달렸다.

그리고 두 사람이 순식간에 구덩이 밑으로 사라졌다.

얼음꼬리 도마뱀이 그들을 따라 구덩이 밑으로 들어간 순간.

쿵!

녀석은 뒤집어엎어져 일어나기 위해 안간힘을 썼고 구덩이의 한 편에 몸을 지탱시킬 수 있는 손잡이를 만들어놨던 그들은 손잡이에 매달려 있었다. 민혁이 서둘러 땅 위로 올라서고 힘겹게 버티고 있는 미혜를 끌어올려 주었다.

"얼음꼬리 도마뱀은 어지간해서 나오지 못한다! 다시 한 번 어그로를 끌 테니 집중공격토록!"

미혜와 다시 나란히 선 민혁. 어느덧 털복숭이 붐이 또다시 거리를 좁혔다.

쿠웅!

가드 역할을 맡은 민혁이 녀석의 거센 발길질에서 미혜를 껴안아 몸을 날려 옆으로 굴렸다.

"미혜!"

"응!"

이젠 이름만 불러도 척척이다. 서둘러 몸을 일으킨 그녀가 차크라 볼트를 만들어낸 후 수십 개로 빠르게 쪼갰다.

그리고 하나씩 털복숭이 붐에게 날려 녀석을 도발했다.

"연화!"

민혁이 그녀의 이름을 부르는 순간이었다.

그녀의 손에 이미 시전 되어 있던 얼음으로 일구어진 활의 활시위가 당겨졌다.

"아이스 에로우."

궤도를 그리며 날아간 얼음화살은 정확하게 민혁의 지시대로 털복숭이 붐의 외눈을 맞췄다. 직격하는 순간 눈 주위를 얼려버렸다.

파지직!

[쿠워어어!]

쿠쿠쿠쿵!

달리는 녀석의 몸이 불안해졌다. 시야가 흐릿해진 탓이다. 녀석은 손으로 얼음을 떼어내기 위해 애쓰면서도 흐릿

한 미혜의 잔상을 쫓았다.

"지금!"

민혁의 목소리와 함께 대기하고 있던 공격계 아이들이 힘껏 밧줄을 양 끝에서 잡아당겼다.

털복숭이 붐이 밧줄에 다리가 걸리면서 요란한 소리를 내면서 바닥에 풀썩 쓰러졌다.

"흐읍!"

스미스가 가장 먼저 엎어진 녀석의 머리통을 힘껏 내리찍었고, 쌍검을 든 중태가 그 다음으로 난입했다.

공격계 계열의 아이들이 엎어진 녀석을 향해서 다구리를 시전 했다.

강한 맷집을 가진 놈이었지만 아이들은 발버둥치는 녀석의 공격을 피하면서 일어서지 못하게 막고 계속된 다구리로 싸늘한 시신으로 만들어버렸다.

[키에엑!]

구덩이로 가자 얼음꼬리 도마뱀이 위로 올라오려했지만 되지 않는 듯 싶었다. 사정없이 꼬리를 휘둘러대지만 맥없이 벽만 가격할 뿐이다.

"마치 동물원 원숭이 보는 것 같은데."

"방출계 각성자와 지원계 각성자들이 사냥해라."

곧 방출계, 지원계 아이들이 각자의 공격마법을 이용해서 얼음꼬리 도마뱀을 사냥했다.

민혁은 균등하게 아이들에게 배분을 해줘야한다고 판단

했다. 공격계는 주로 털복숭이 붐을. 방출계, 지원계는 구덩이에 들어간 얼음꼬리 도마뱀을 사냥한다.

괴수 포인트를 어느정도 균등히 배분하기 위함이다.

민혁의 경우도 공격계 아이들과 함께 털복숭이 붐을 잡거나 부족하다 싶으면 아이들이 쉴 때 따로 한 마리씩 사냥을 하러 갈 생각이었다.

첫 사냥에 아이들은 자신감이 붙은 듯 했다.

구덩이에 빠진 얼음꼬리 도마뱀을 끄집어 내 털복숭이 붐과 한 켠에 잘 두었다.

그 후에 다시 민혁과 미혜가 몰이를 하기 위해 나섰다.

❖ ❖ ❖

밤중이 되었다. 밤의 설산은 더욱 위험하다. 특히나 극도로 내려간 온도는 어쩌면 사람을 잡아먹고 단숨에 죽음으로 몰고 갈 지도 몰랐다.

방출계 아이들을 통해서 불을 피우게 하고 차크라를 몸의 적정온도를 유지시키는데 집중하라고 말했다.

그리고 아이들이 식사를 하고 민혁도 끝냈다.

돌아가면서 네 개의 조가 불침번을 서기로 하고 숙면을 취하기로 했다.

첫 조는 오중태와 하연화.

민혁은 그들과 함께 몸을 일으켰다.

"민혁아 왜?"

중태가 의아한 표정을 지었다.

민혁이 작게 웃으며 숲 쪽을 턱짓 했다.

"잠깐, 주위 좀 둘러보고 오려고."

아이들에게 굳이 혼자서 괴수 좀 사냥하겠다는 말은 할 필요가 없다. 눈을 동그랗게 뜨며 놀랄 테니까.

자신 혼자서면 이 정도 녀석들은 충분히 사냥이 가능했다.

아이들도 사실 혼자서 사냥 가능할 것.

허나 위험부담이 따르기에 이렇게 효율적으로 움직일 뿐이다.

민혁이 걸음을 옮겼다.

"조심해."

"그래."

중태의 걱정 어린 목소리를 듣고 민혁은 수풀로 들어갔다. 밤인지라 한 치 앞도 보이지 않을 만큼 어두웠다. 그는 빛을 밝혀주는 요정뿌리를 한 번 꺾었다. 그러자 요정뿌리에서 환한 빛이 뿌려지며 주위를 밝혀주었다.

왼 손에 요정뿌리를 쥔 민혁의 걸음걸이가 조심스럽게 움직였다.

계속 나아가면서 그는 털복숭이 붐 두 마리, 얼음꼬리 도마뱀 세 마리와 격투를 벌였다. 생각보다 쉬이 사냥을 한 그는 계속 안으로 들어갔다.

'이제 슬슬 돌아가야겠군.'

자신의 불침번 시간이 다가오고 있었다. 막 돌아서려던 민혁의 눈이 한 곳에 멈췄다. 그의 눈이 가늘게 떨렸다.

'빌어먹을! 왜 하필 우리들이 들어왔을 때!'

그의 눈에 들어온 곳엔 트럭의 타이어 크기만한 발자국이 눈 밭 위에 선명하게 찍혀 있었다.

단번에 이 발자국의 주인이 누구인지 민혁은 알 수 있었다.

이곳 B-22던전의 왕.

그리고 설산의 지배자.

예티였다.

예티는 B+급 괴수다. 아주 드문 확률로 이곳 B-22던전에 모습을 드러내곤 하는 편.

한 번 이곳을 전담하는 5분대 공격대가 예티와 마주쳤다가 막대한 피해를 입었던 적이 있었다.

그렇지만 녀석은 던전을 한 서른 번을 휩쓸어야 한 번 나올까 말까할 녀석으로 아주 희귀하다. 녀석의 부산물은 분명히 값지다.

녀석은 B-22던전의 보스 격과 마찬가지였으니까.

놈은 털복숭이 붐과 비교도 할 수 없을 정도의 단단한 갑각과 빠른 몸놀림, 덧붙여 방출계 마법을 구사하며 오우거도 짓이겨버릴 수 있는 강한 힘을 가지고 있는 놈이다.

녀석의 압력은 사람을 잡아채 가볍게 팔을 찢어낼 수 있을 정도로 강하다.

"젠장!"

민혁의 얼굴이 더 일그러졌다. 발자국을 따라 걸음을 옮기던 민혁은 그 발걸음이 자신과 엇갈린 길로 베이스 캠프로 향해있음을 알았다.

지체할 시간이 없었다.

그가 빠르게 내달리기 시작했다.

타타타탓!

파앗!

나뭇가지에 얼굴이 긁혀 핏방울이 맺혀도 민혁의 달리는 속도는 더욱더 올라가고 있었다.

서서히 베이스 캠프와 가까워지고 있었다.

"허억허억!"

다행이도 예티보다 빠르게 베이스 캠프에 도착할 수 있었다. 중태가 숨을 헐떡이는 그를 의아한 표정으로 봤다.

"민혁아 왜…."

"애들 깨우고 뒤로 빠지라 그래! 어서! 공격계 계열은 지금부터 방출계 계열을 호위한다! 또한 방출계 계열은 최소 40m떨어진 전방에서 나를 엄호한다! 지원계와 방출계는 걸 수 있는 버프 전부 나에게 걸어줘라. 그리고 혹여 내가 맞고 쓰러져도 절대 나서지 마라. 만약 내가 지는 거 같으면 오중태가 지휘권을 가지고 도망쳐라 그 정도 시간은 벌 수 있으니."

"도대체…."

"시간이 없다니까!"

민혁의 목소리에 화가 실렸다. 움찔 놀란 중태가 사태를 파악하곤 서둘러 자고 있는 아이들을 깨웠다. 아이들은 중태의 다급한 목소리와 민혁의 심상치 않은 표정을 보고는 지시대로 빠르게 움직여주었다.

아이들이 모두 후방으로 빠졌을 때쯤이었다.

민혁이 품에서 조그마한 유리병을 꺼냈다.

그것을 따서 벌컥 들이켰다.

하급 차크라 증폭제다.

많은 양을 올려주진 못하지만 지금보단 나을 것이다. 수치로 따지면 차크라 능력을 10%정도 강하게 해주고 차크라 지수 역시 10%정도 올려준다. 지원계 계열과 방출계 계열이 걸어준 버프들이 몸을 휘감았다.

불끈불끈 온 몸에 힘이 솟는다.

허나 녀석은 단순히 그 급을 떠나서 사용하는 방출계 능력과 그 빠른 스피드가 무척 난해한 놈이다.

민혁이 굳이 아이들을 뒤로 물린 이유는 간단했다.

아이들이 상대할 수 있는 급이 아니다.

오히려 합공한다면 자신에게 짐으로 작용될 확률이 크다.

또한 이 정도로 거리를 벌려놓으면 자신이 혹여 녀석에게 당해 바닥에 쓰러진다한들 아이들이 도망갈 시간 정돈 벌 수 있다.

'죽인다. 꼭.'

민혁의 눈이 차갑게 가라앉았다.

이곳에서 죽지는 않을 것이다.

그의 온 몸의 카르마가 들끓어 올랐다.

쿠웅! 쿠웅! 쿠우웅!

그리고 의아한 표정을 짓는 아이들을 깨우는. 땅이 진동하는 소리가 퍼지기 시작했다. 아이들의 얼굴이 사색이 되며 점점 소리가 가까워지는 곳으로 이목이 집중되었다.

그리고 모습을 드러낸 새하얀 털을 가진 예티를 본 순간, 아이들은 경악했다.

그 크기가 자그마치 6m는 될 정도였고 그의 양 손에는 방금 전 잡은 것인지 얼음꼬리 도마뱀이 잡혀 있었다.

[쿠오오오오!]

광분의 포효를 하는 녀석의 양 손에 잡힌 얼음꼬리 도마뱀이 팔 힘에 몸이 이등분으로 찢어지며 붉은 피를 하얀 눈밭에 뿌렸다.

추운 날씨임에도 민혁의 주먹 쥔 손에 땀이 흥건하게 맺혔다.

예티가 가장 무서운 이유는 방출계 마법과 폭주다. 녀석이 사용하는 전광석화는 순식간에 지척까지 몸을 이동시키는 공격인데 그와 동시에 온 몸에서 무엇이든 얼릴 것 같은 강한 냉기를 풀풀 풍긴다.

자칫 그 냉기에 닿으면 민혁의 온 몸이 꽁꽁 얼어 녀석의 주먹에 맞으면 몸이 산산조각이 날 것이다. 폭주는 녀석이 죽기 전 발휘하는 마지막 발악이었다.

괴수들 중 보스 격인 놈들 중에 상당수가 이 폭주를 하곤
하는데 폭주를 시작하면 녀석들은 모든 감각을 잃은 듯, 공
격해도 꿈쩍없이 돌진해오고 평소보다 녀석들의 공격력이
배로 상승한다.

"후우우."

민혁은 호흡을 가다듬었다. 침착해야한다. 호랑이 굴에
들어가도 정신만 바짝 차리면 살아남는다 하지 않는가.

그는 오랜 시간 숙련된 자신의 감과 본능을 믿었다. 그는
곧 작은 실소를 흘렸다.

자신이 누구던가.

코리안 나이트라 불렸던 이다.

B+급 괴수?

필요 없다.

애초에 자신에게 급이 매겨지는 것 자체가 우스운 이야
기다. 자신이 가진 급은 사실 버려야했다. 그 이상을 해내
는 많은 것들이 있었으니까.

[크어어어!]

녀석이 자신의 가슴을 두들기면서 내달려왔다.

빠르다. 강민혁이 된 후로 보았던 어떤 괴수보다 더!

파앗!

민혁의 몸이 바람처럼 움직였다. 순식간에 번쩍 뛰어오
른 민혁의 주먹이 예티의 턱을 향해 날아가고 있었다.

퍼억!

직격하는 순간 예티의 몸이 잠깐 기우뚱하더니 녀석이 이죽거리며 웃었다.

[쿠어어? 쿠쿠!]

녀석의 오른 손이 민혁을 낚아채기 위해 휘둘러졌다. 빙글 몸을 돌린 민혁이 바닥에 내려섰다. 예티의 발이 높게 솟은 게 보였다.

"스텝!"

후우웅!

바람처럼 움직인 그의 몸이 뒤로 빠졌다. 녀석은 계속해서 민혁을 향해 주먹과 발을 움직이며 휘둘렀다. 위급할 땐 스텝을 이용해서 피해냈다. 녀석의 빈틈을 찾아 헤맸다.

녀석의 맷집은 무척 강하다.

큰 한 방을 먹일 수 있는 급소를 공격해야한다.

'얼마 지나지 않아 전광석화를 할 것이다.'

예티도 슬슬 약이 오르는 모습이었다. 잡힐 듯 해도 잡히지 않으니 전광석화를 하는 순간을 노린다.

[쿠우우우!]

역시.

얼마 지나지 않아 녀석이 자세를 갖췄다.

무릎을 굽히고 상체를 웅크린 녀석.

그리고 몸에서 숨 막힐 듯 뿜어지는 차가운 기운!

〈2권에서 계속〉